Jean Anglade est né à Thiers, en Auvergne, d'une mère domestique et d'un père ouvrier maçon. Formé à l'École normale d'instituteurs de Clermont-Ferrand, il enseigne et devient professeur de lettres, puis agrégé d'italien.

Il a trente-sept ans lorsqu'il publie son premier roman, *Le chien du Seigneur*. À partir de son dixième ouvrage, *La pomme oubliée* (1969), il consacre la plus grande part de son œuvre à son pays natal, ce qui lui vaudra d'être surnommé le « Pagnol auvergnat ». Romancier – il a plus de trente-cinq romans à son actif –, mais aussi essayiste, traducteur (de Boccace et de Machiavel), il est l'auteur de plus de quatre-vingts ouvrages, et explore tous les genres : biographies (Blaise Pascal, Hervé Bazin), albums, poésie, théâtre, scénarios de films.

Jean Anglade a beaucoup voyagé et habite aujourd'hui près de Clermont-Ferrand.

**Retrouvez l'actualité de Jean Anglade sur
www.jeananglade.net**

UN CŒUR ÉTRANGER

DU MÊME AUTEUR
CHEZ POCKET

Une pomme oubliée
Le voleur de coloquintes
Le tilleul du soir
La bonne rosée
Les permissions de mai
Le parrain de cendre
Y'a pas de bon dieu
La soupe à la fourchette
Un lit d'aupébine
La maîtresse au piquet
Le grillon vert
La fille aux orages
Un souper de neige
Les puysatiers
Dans le secret des roseaux
La rose et le lilas
Avec le temps…
L'écureuil des vignes
Une étrange entreprise
Le temps et la paille
Le semeur d'alphabets
Un cœur étranger

JEAN ANGLADE

UN CŒUR ÉTRANGER

PRESSES DE LA CITÉ

Le papier de cet ouvrage est composé de fibres naturelles, renouvelables, recyclables et fabriquées à partir de bois provenant de forêts plantées et cultivées durablement pour la fabrication du papier.

Le Code de la propriété intellectuelle n'autorisant, aux termes de l'article L. 122-5, 2ᵉ et 3ᵉ a, d'une part, que les « copies ou reproductions strictement réservées à l'usage privé du copiste et non destinées à une utilisation collective » et, d'autre part, que les analyses et les courtes citations dans un but d'exemple et d'illustration, « toute représentation ou reproduction intégrale ou partielle faite sans le consentement de l'auteur ou de ses ayants droit ou ayants cause est illicite » (art. L. 122-4).
Cette représentation ou reproduction, par quelque procédé que ce soit, constituerait donc une contrefaçon, sanctionnée par les articles L. 335-2 et suivants du Code de la propriété intellectuelle.

© Presses de la Cité, un département de place des éditeurs, 2008
ISBN 978-2-266-19397-9

— Qu'est-ce que j'entends ?
— C'est moi.
— Qui donc ?
— Ton cœur
Qui ne tient mais qu'à un petit filet ;
Force n'ai plus, substance ni liqueur
Quand je te vois retrait ainsi seulet,
Com pauvre chien tapi en reculet.

François V<small>ILLON</small>

*À ma femme Marie,
à ma sœur Marthe
qui sont maintenant ensemble
dans la sérénité
et dans les certitudes*

Prologue

Pascal Lainé – auteur de *La Dentellière* –, parlant du Nord, affirme que sa représentation cartographique a la forme d'une betterave. Sans doute veut-il souligner que ce département était par sa figure même prédestiné à produire des betteraves sucrières. Qu'on examine bien une carte de France : on constatera que la plupart de nos départements ont la forme d'une betterave. À l'exception de quatre : le Cantal a la forme d'un pis de vache ; la Haute-Loire, d'un cœur ; les Côtes-d'Armor, d'une barque ; la Côte-d'Or, d'un verre à moutarde. Pour tous les autres vaut la ressemblance betteravière. Il faut souligner toutefois que ce légume offre des profils différents suivant sa nature et sa destination. La disette blanche à collet vert convient parfaitement au Nord. La géante de Vauriac à la Charente-Maritime. La jaune ovoïde au Haut-Rhin. La rouge globuleuse à la Sarthe. La corne-de-bœuf serpentine à la Meurthe-et-Moselle.

Ces comparaisons ne suffisent pas à définir les départements auxquels elles s'appliquent. Le territoire du Nord est d'une platitude accablante, à peine corrigée par d'anciennes dunes marines qui portent l'ambitieuse appellation de « mont » : mont Cassel, mont Noir, mont des Cats. Grosses mottes de terre luisant au soleil et semblables à des écailles de tortue. Sableuses et jaunâtres à l'est, argileuses et brunes à l'ouest, elles résultent de limons abandonnés par la mer, contre laquelle les hommes ont lutté pendant des siècles, réunis en associations de colmatage, les *waterings*. Aujourd'hui, la région est asséchée comme le sont les polders hollandais ou les *Maschen* allemands dont elle est le prolongement. Mais elle reste toujours à la merci d'un tsunami car son élévation en plaine est seulement de deux ou trois mètres. Le sol noirâtre ne porte que de rares arbres tordus par le vent.

La mer, peu profonde, est agitée de marées mugissantes, écumeuses. Elles ont rompu jadis l'isthme qui unissait la France à l'Angleterre et, jointes aux vents, elles poussent les sables vers l'intérieur. Le 1er janvier 1778, ils engloutirent l'église de Zuydcoote avec d'autres maisons. On les a fixés au moyen de graminées rampantes aux longues racines, tout en pointes et en piquants, les oyats, qui ne sont agréables ni à voir, ni à toucher.

Les rivières, nées trop près de leurs embouchures et trop longues pour si peu de chemin, serpentent et flânent au milieu des champs et des pâturages afin d'employer au mieux leur dimension exagérée. Elles franchissent parfois une frontière et s'évadent vers un pays voisin afin d'y trouver plus d'espace. Fréquemment reliées par des canaux que des routes pavées enjambent çà et là, faisant à peine le gros dos. Ces rivières et ces canaux ne charrient plus comme jadis les poissons d'argent, mais un liquide dense, puant et noir, avec des bulles qui montent crever à la surface, sécrété par des usines installées à proximité des rives.

La campagne, assez fertile, produisait autrefois de quoi nourrir les hommes et les animaux : la betterave en premier lieu, le blé, l'orge, le navet, la chicorée, le houblon, l'avoine, les cultures maraîchères. La plus commune est l'endive, plat typique de la cuisine nordique. Malheureusement, de nos jours, la terre cultivée a presque entièrement disparu, recouverte par les villes, les usines, les mines, les voies de communication. À vrai dire, on peut considérer cette région comme une seule et immense agglomération qui s'étend depuis la mer jusqu'aux montagnes de l'Ardenne. Une agglomération composée d'une multitude de quartiers, grands ou petits, dont les plus importants s'appellent Lille, Dunkerque, Douai, Valenciennes, Cambrai, Lens, Avesnes.

Afin de corriger l'uniformité de ce plat pays, les habitants ont édifié des montagnes artificielles, les terrils, ces tas de débris charbonneux qui hérissent tous les espaces miniers, sur lesquels poussent parfois des arbrisseaux rabougris, aux pentes desquels des gamins ou des femmes misérables venaient naguère ramasser des pierres noires encore combustibles. Dans le même esprit compensatoire, les Nordistes ont construit des beffrois, de hautes tours dont le sommet est habité souvent de jacquemarts, hommes ou femmes mécaniques qui frappent de leurs marteaux sur des cloches. Ou bien d'une girouette qui symbolise la cité : lion des Flandres à Bergues et à Douai, sirène à Bailleul, dragon à Béthune. Tout cela accompagné par la musique des carillons. Elle souligne que la région est remplie de musiciens.

Parlons de cette population. Elle est la plus pâle, ou si l'on veut la moins cuite de toutes les fournées humaines répandues sur la terre par le Créateur chaufournier. On sait qu'il les pétrit de la même glaise ; mais de son feu il en retira certaines à peine saisies en surface ; les dernières sortirent aussi foncées que le charbon. Ainsi répandit-il sur notre planète des peuplades aux colorations diverses, qui se détestent de tout leur cœur. Suite à différentes invasions, les unes venues du septentrion, les autres du midi, le département du Nord s'appelait avant 1790 Flandre, Ostrevant, Hainaut, Cambrésis. Aussi quelque peu Mélantois et Carembault. Peut-être même Courtraisis. Il appartint successivement aux Morins, aux Ménapiens, aux Nerviens, aux Frisons, aux Romains, aux Francs, aux Normands, aux Hongrois, aux Flamands, aux Espagnols. Il a toujours été la zone de contact entre le monde latin et le monde germanique, entre les hommes bruns aux yeux noirs et les hommes blonds aux yeux bleus. Deux langages y ont lutté pied à pied, le flamand et le wallon. Si le second a fini par l'emporter en France, le premier est survivant dans les toponymes : Dunkerque est l'église aux dunes ; Hazebrouck le marais aux lièvres ; le Houtland le pays au bois ; le Blootland une terre nue ; Ondankmeulen le moulin qui ne dit pas merci ; les villes en *-becque* ou *-baix* doivent leur nom à un ruisseau.

Quant au français parlé par le petit peuple, il n'a qu'une ressemblance éloignée avec celui de Marguerite Yourcenar (née Marguerite de Crayencour). Les vocables sont raccourcis, les voyelles avalées ou déformées, les consonnes chuintées. Le plus illustre exemple de ce langage populaire est la berceuse composée par Alexandre Desrousseaux (1820-1892), qui surmonte un square de Lille avec sa moustache et sa barbiche impériales :

Dors min p'tit quinquin,
Min p'tit pouchin, min gros rojin.
Te m'f'ras du chagrin
Si te n'dors point ch'qu'à d'main.

Ainsi l'aut' jour eun' pauv' dintellière
In amiclotant sin p'tit garchon
Qui, d'puis tros quarts d'heure n'faijot qu'braire,
Tâchot d'l'indormir par eun' canchon.
Ell'i dijot : « Min Narcisse,
D'main t'aras du pain n'épice,
Du chuc à gogo
Si t'es sache et qu'te fais dodo...

Au fond de la stèle lilloise, on voit la pauvre mais très belle dentellière tenant son enfant dans ses bras. Est-il vraiment nécessaire de traduire en français yourcenarien cette *canchon dormoire*, cette chanson dormitive ? Précisons seulement quelques termes. *Quinquin* : mot d'amitié réservé aux enfants du Nord-Pas-de-Calais. M. Pierre Maurois, maire de Lille, fut gentiment surnommé Gros Quinquin. Un *pouchin* est un poussin ; un *rojin*, un raisin. *Ch'qu'à* est l'abréviation de jusqu'à. *Amicloter* vaut bercer ; le *chuc* vaut du sucre.

Six autres couplets suivent ce premier, aussi oubliés des populations que les six derniers couplets de *La Marseillaise*. Ils racontent la pauvre dentellière qui, après une semaine de labeur avec ses *broquelets* (ses fuseaux) se promet d'aller au mont-de-piété (où Desrousseaux était justement employé) retirer les vêtements de Narcisse laissés en gage et d'habiller son garçon comme un petit milord. Mais le quinquin ne se décide pas à fermer les yeux. Seconde promesse : elle l'emmènera au théâtre des marionnettes et lui apprendra, au moment de la quête, à mettre dans le plateau, au lieu d'une pièce de monnaie en cuivre, une tranche de carotte. Découvrant cette tricherie, le marionnettiste se fâchera tout rouge et traitera la dentellière de noms et de surnoms. Elle répliquera de même. Tout le monde participera à la dispute et lancera de vilains mots. Cela produira deux spectacles au lieu d'un seul. Narcisse garde toujours les yeux ouverts. Troisième promesse : le jour de saint Nicolas, patron des dentellières, on le verra arriver sur son âne porteur de deux corbeilles, l'une remplie de jouets et de friandises, l'autre de martinets. Dans la crainte du chat à neuf queues, Narcisse acceptera enfin de s'endormir.

Cette berceuse est devenue une sorte d'hymne populaire pour les gens du Nord-Pas-de-Calais, qui se désignent eux-mêmes sous le nom de *ch'timis*. Composé de *ch'ti*, qui veut dire celui, et de *mi* qui signifie moi. *Ch'timi* : celui moi, celui que je suis. Donc différent des autres. Le parler ch'timi ne provient pas d'une simple déformation du français ; une bonne part de son vocabulaire est empruntée au picard ou au vlamisch, au flamand. Ainsi une *wassingue* est une serpillière ; le *berlou* est atteint de strabisme ; la *boudinette* est le nombril ; la *maguette*, une chèvre ; le *sauret*, un hareng saur ; les *cauderlats* sont des ustensiles de cuisine.

À présent, vous en savez autant que *mi*.

Telle est la région où s'est déroulée l'histoire des Stapinski, grand-père, père et enfants, que j'entreprends de raconter. Elle commence en Pologne, l'année 1926.

PREMIÈRE PARTIE

1

Si les Stapinski étaient restés dans leur pays natal, ils eussent été successivement apatrides, puis autrichiens, puis russes, puis polonais, puis soviétiques. En 1926, ils étaient provisoirement redevenus polonais, grâce aux efforts de Dombrowski, de Marie Walewska, de Poniatowski, de Pilsudski et de quelques autres fortes têtes.

Ils habitaient un groupe de chaumières en Galicie, entre Rzeszow et Stalowa Wola, une plaine que traverse le San, affluent de la Vistule. La terre, brune et fine, y était d'une belle fertilité ; mais elle se trouvait inondée chaque printemps, au moment où fondent les neiges des régions basses ; et souvent une seconde fois au début de l'été, quand fondent celles des Carpates. Cela, ajouté aux terribles froids de l'hiver, contrariait la pousse des blés ; dans le meilleur des cas, ils ne donnaient pas plus de douze quintaux à l'hectare. Leur maison était toute faite en planches de bois, même la toiture. Avec une cour pavée. Les feuilles de tabac, clouées au mur méridional, séchaient au soleil. Tous les hommes descendaient d'anciens Polanes – habitants de la plaine – qui avaient imposé leurs coutumes et leur langage aux autres tribus. Avant l'an 1000, Mieszko Ier s'était placé sous la protection du pape et avait converti son peuple au christianisme romain. De même que les musulmans doivent une fois dans leur vie se rendre à La Mecque, tous les Polanes devaient aller se jeter aux pieds de la Vierge noire de Czestochowa.

Heureusement, la famille Stapinski ne comptait que dix personnes : le père et la mère, cinq enfants (trois garçons et deux filles), un grand-père et deux grand-mères. La moyenne et la grande propriété polonaise, aux mains des aristocrates, occupait plus d'un tiers de la surface cultivable. La masse des petites exploitations disposait de moins de cinq hectares. Au décès des grands-parents, on ne pouvait partager des fonds aussi réduits. Un prolétariat agricole s'était formé peu à peu, environ six millions de Jean sans Terre, dont le nombre s'était accru par un afflux de réfugiés provenant d'Autriche, d'Allemagne, de Russie et même d'Amérique, attirés par l'établissement de la République polonaise.

Avant 1919, beaucoup d'hommes allaient en Allemagne s'employer aux travaux agricoles. Ils y étaient enfermés dans des sortes de casernes, sous l'autorité d'un *Werkführer*[1] qui leur imposait une rude discipline. Travail de cinq heures du matin à huit heures du soir, nourris uniquement de pommes de terre comme les cochons. Couvre-feu à neuf heures, interdiction de sortir le soir ; d'introduire de l'alcool. Pendant l'absence des pères, les mères et les enfants avaient la

---

1. Un contremaître.

charge de la ferme. À la fin de la saison, ces émigrés rapportaient leur pécule. Après le traité de Versailles, naturellement, l'Allemagne, vaincue et dépecée, refusa toute immigration temporaire.

C'est alors que le PUPP (*Panstwowy Urzad Posrednictwa Pracy* : Office de la main-d'œuvre) se mit à placarder des affiches sur les murs des villages. Il y était dit que les autorités françaises cherchaient des ouvriers pour l'agriculture, l'industrie et les mines. Les salaires proposés, suivant les emplois, iraient de quatre cents à huit cents francs mensuels, c'est-à-dire de deux mille à quatre mille zlotys. Des recruteurs franco-polonais, coiffés de casquettes somptueuses, jouaient du tambour pour attirer du monde, pour expliquer le sens de ces affiches à ceux qui ne savaient pas lire. Par la même occasion, ils leur donnaient une leçon d'histoire :

— La France a toujours été une amie de la Pologne, même quand celle-ci n'existait pas. Une princesse polonaise, Maria Leszczynska, fille de notre roi Stanislas, épousa un roi de France et lui donna une dizaine d'enfants. Plus tard, les Français s'étant révoltés contre leur roi, un général républicain appelé Napoléon qui combattait tous les tyrans d'Europe créa une légion de soldats polonais. Il les emmena avec lui sur les champs de bataille contre nos ennemis éternels, les Russes, les Prussiens, les Autrichiens. Ayant envahi la Russie au mauvais moment, ce Napoléon dut battre en retraite. Si ses hommes purent franchir la rivière Berezina, ce fut grâce à l'appui des nôtres. Afin de consoler ce Napoléon, une noble dame polonaise, Maria Walewska, lui donna un fils. Par la suite, beaucoup de Polonais quittèrent notre sol et se réfugièrent en France.

Le plus célèbre fut le pianiste Frédéric Chopin. Une autre Polonaise, Maria Sklodowska, épousa un savant français, Pierre Curie, tous deux furent admirés du monde entier. Après la Grande Guerre, la Pologne a été reconstituée dans ses frontières actuelles. À présent, la France a besoin de vous pour remplacer ses hommes sacrifiés. Le PUPP vous encourage à entendre son appel. Vous trouverez là-bas d'autres Polonais installés depuis des années et satisfaits de leur condition.

Les personnes intéressées, hommes, femmes, familles, devaient se présenter au bureau du PUPP à Rzeszow, munies de leur attestation de bonne vie et mœurs délivrée par le curé de la paroisse. Au terme de son allocution, le recruteur engageait la foule à chanter la mazurka composée en l'honneur du glorieux général Dombrowski, sur un mouvement de 3/4, comme toutes les mazurkas :

> *Jeszcze Polska nie zginela*
> *Kiedy my zyjemy...*
>
> *La Pologne n'est pas morte*
> *Puisque nous vivons.*
> *Ce que nous a pris la force étrangère,*
> *Nous le reprendrons par le glaive...*

Cet hymne national est sans doute le seul au monde qui invite à danser. Après ces discours, les recruteurs pliaient bagage et allaient plus loin.

Tous les villages galiciens entrèrent en ébullition. Tandis que l'Amérique fermait ses frontières, que l'Allemagne chassait de chez elle les travailleurs étrangers, la France ouvrait ses portes à l'immigration. La possibilité d'aller vivre dans ce pays bien-aimé, d'y être payé en monnaie française, enflammait les miséreux. Les filles se montraient même plus enthousiastes que les garçons. Les Stapinski eurent ensemble de longues palabres. Puis Wladis, le père, décida :

— Jan, qui est l'aîné de mes fils, partira d'abord. Si là-bas les choses vont bien, nous pourrons ensuite le rejoindre.

Avant l'aube du 24 juillet 1926, Jan fut donc salué par toute la famille. Sa mère et ses sœurs pleuraient. Ses deux grand-mères récitaient des prières et le couvraient de bénédictions. Ainsi pourvu, il partit à pied, son sac sur l'épaule. À cette heure du jour, il était agréable de marcher dans la campagne, au milieu de l'ondulation des blés. À peine eut-il parcouru une verste qu'une alouette lui cria, du plus haut du ciel :

— Où vas-tu ? Où vas-tu ? Où vas-tu ?

— Je vais en France gagner quatre mille zlotys par mois. Peut-être davantage.

Ironiquement, l'alouette grisolla, elle n'entendait rien aux monnaies. Plus loin, il trouva d'autres personnes qui, comme lui, se dirigeaient vers le centre de recrutement. Certaines sur des charrettes pleines de malles et de valises. Il en venait de partout, on eût dit l'exode des Hébreux.

À Rzeszow, tout ce monde se rassembla sur la grand-place : jeunes gens en casquette, hommes mûrs en chapeau, anciens soldats en vareuse verte, paysannes en robe de laine, en caraco de toile, les cheveux serrés sous un foulard bariolé ; jeunes filles ruthènes en jupe écarlate et bonnet jaune ; et même quelques enfants accrochés à leurs mères. Ils allaient vendre leurs bras, leurs jambes, leurs échines, comme le bétail à la foire. Tout cela transpirait, s'agitait, pleurnichait, s'interpellait, sentait la misère et l'angoisse.

Un gendarme parut, coiffé du képi carré, et cria :

— Les hommes, alignez-vous devant cette porte. Les femmes devant cette autre. En rangs par trois, comme si vous suiviez un enterrement.

La foule obéit dans la bousculade. La porte s'ouvrit. Jan entra avec les autres.

— Déshabillez-vous, buste nu.

Un médecin en blouse blanche les jaugea, les pesa, examina rapidement les dos, les bras, les cous, l'intérieur des bouches. Il élimina un tiers des sujets, malgré les supplications et les gémissements.

Après une autre queue dans un couloir étroit, ils passèrent devant un employé du PUPP qui les interrogea sur le travail qu'ils sollicitaient en France. Au premier coup d'œil, il dit à Stapinski :

— Toi, tu es paysan. Ça se voit et ça se sent.

— Ça se sent ?

— Oui, tu sens la vache. Il n'y a pas de honte à ça. Tu voudrais sans doute aller dans l'agriculture ?

— Non, dans la mine. À cause du salaire plus élevé.

— As-tu déjà fait le mineur, en Mazurie ou ailleurs ?

— Non, jamais.

Le puppiste lui palpa également les bras, l'échine, les épaules, pour enfin déclarer :

— D'accord, je t'inscris pour la mine. Après une période d'apprentissage, tu dois faire un bon mineur.

Il lui donna une carte jaune. Les éliminés repartaient chez eux, consternés. Les autres reçurent un bon de transport. Un train spécial les emporta, avec leur bagage, la musette où ils avaient logé un peu de nourriture. Ils s'abreuvaient aux fontaines ferroviaires. Après avoir traversé Cracovie, ancienne cité autrichienne, ils atteignirent Wroclaw, que les Allemands appellent Breslau.

— Tout le monde descend !

Arrivés à la nuit tombante, ils furent logés dans des hangars. Les sifflements des trains les empêchèrent de dormir. Le lendemain matin, après une soupe rouge et une tranche de pain, les visites médicales recommencèrent. Jan se retrouva demi-nu au milieu d'une centaine d'émigrants dans une pièce meublée de seuls porte-manteaux. À cause de la chaleur du jour, de la puanteur suffocante que répandait ce bétail humain, plusieurs s'évanouirent. Les infirmiers les étendaient à même le plancher, près d'une fenêtre ouverte, leur envoyaient des claques, les ranimaient de gré ou de force. À la sortie, tous passèrent sous la douche. Puis ils furent désinfectés, vaccinés, tondus, photographiés. Ceux qui avaient des hardes trop déguenillées en reçurent de nouvelles. Jan signa son contrat d'embauche où il apprit le nom de son patron français : Compagnie des houillères du Nord. Il reçut une liasse de papiers divers, parmi lesquels un passeport polonais.

Le lendemain, un dimanche, après le café, rassemblement dans la cour pour entendre une messe en plein air. Dans son homélie, le prêtre les informa qu'il les accompagnait dans leur exil, qu'il serait désormais leur aumônier. Il les exhorta à se comporter en terre étrangère comme de parfaits chrétiens, les mettant en garde contre les Français qui possèdent des écoles fermées à Dieu ; mais des religieuses, des institutrices et instituteurs polonais leur seraient affectés, à qui ils pourraient confier leurs enfants.

Après l'office, un employé des services de recrutement monta sur une chaise et leur tint un autre discours. Il expliqua d'abord les conditions générales des contrats qu'ils venaient de signer, probablement sans les lire attentivement à cause des imprimés en caractères minuscules. Effectivement, Jan avait seulement regardé les salaires, la durée du travail et sa catégorie. Le puppiste les informa que tout avait été prévu : maladie légère, maladie grave, accident, soins de longue durée, et même issue fatale.

— Dans ce dernier cas, la Compagnie des houillères s'occupera des obsèques. Elle fera dresser par le maire l'acte de décès, préviendra le juge, lui fournissant tous les renseignements qu'elle possède sur le défunt et son adresse polonaise. Le corps sera rapatrié aux frais de la Compagnie.

Pour finir, le puppiste donna des explications sur la monnaie française, le prix de quelques denrées, la manière dont les Français se nourrissent.

Un autre train les attendait à la gare de Wroclaw. Ils y furent disposés dans cet ordre : à l'avant, les hommes seuls ; au milieu, les femmes seules ; à l'arrière, les familles. Les wagons communiquaient, si bien que l'aumônier et le convoyeur pouvaient circuler d'un bout à l'autre ; mais, la nuit, les portes fermées empêchaient les rencontres. Tous les émigrants avaient reçu un livret de dix feuillets ; chacun de ceux-ci portait le nom d'une gare et, pour être compris même des analphabètes, l'image d'un produit comestible. Ainsi, à Bautzen, un potage fumant ; à Francfort, un morceau de cervelas et une tranche de pain. Quand le convoi arrivait dans ladite gare, tout le monde descendait et allait se faire servir. Quelle merveilleuse organisation allemande ! Dans l'Allemagne qu'ils traversaient, tout respirait l'aisance, les maisons fleuries, les campagnes couvertes de blé, les troupeaux dans les prairies. La guerre ne l'avait pas atteinte.

Ils dormirent sous les loupiotes, tirant la casquette sur leurs yeux. On entendait pleurer les enfants, épuisés par ce long voyage. Le jour suivant, ils atteignirent enfin la France, Strasbourg et la flèche unique de sa cathédrale. Dernier déshabillage, dernier interrogatoire devant des fonctionnaires assistés d'interprètes. Jan se trouva dans un groupe de candidats aux mines. La campagne française montrait ses cicatrices, villages détruits, clochers abattus, bois incendiés. À Toul, les futurs mineurs attendirent encore deux jours leur destination finale. Au bout de ce temps, une vingtaine, dont Stapinski, furent désignés pour Waziers, bassin de Douai.

— On ne peut vous accompagner jusqu'au bout. Mais avec ça, vous arriverez sûrement au bon endroit.

Ça, c'était un carton qu'on suspendit au cou de chacun avec une inscription qu'on leur traduisit : *Monsieur Van Hoot, directeur des Houillères d'Aniche, bassin de Douai, commune de Waziers (Nord). Prière aux personnes de rencontre de bien vouloir fournir au porteur tous renseignements lui permettant de se rendre à l'adresse indiquée.* Ainsi, sans savoir un mot de français, les émigrants devaient arriver à bon port comme des colis postaux, car tous les cheminots, tous les postiers les aideraient en cours de route.

Waziers était en 1926 un bourg de dix mille habitants, dont déjà presque la moitié de Polonais. Ils venaient de Westphalie, anciens ouvriers agricoles travaillant en Allemagne quand la Pologne n'existait pas, puis expulsés après 1918. Ils s'exprimaient en deux langues et demie, en allemand, en polonais et un peu en français. En gare de Douai, les nouveaux émigrants étaient reçus par des tombereaux des mines, tirés par des chevaux. Jan et ses compagnons furent transportés vers la cité Notre-Dame, ainsi nommée parce qu'on venait de lui construire une église consacrée à la Vierge.

En arrivant, le troupeau étiqueté se présenta à la mairie, où un représentant de monsieur Van Hoot vérifia leurs papiers. Puis il les aligna le long d'un mur comme s'il se préparait à les faire fusiller. Chacun tenait une ardoise sur laquelle était inscrit un numéro à la craie blanche. Vint un photographe avec son gros appareil et son voile noir. Il ne leur demanda pas de sourire, tous eurent sur le cliché une expression lugubre. Cette série de portraits numérotés permettrait aux directeurs un contrôle facile.

L'adjoint de monsieur Van Hoot assigna à chacun un *coron*[1] où il pourrait habiter. Ces corons formaient un ensemble de maisons rougeâtres par la brique des murs et les tuiles des couvertures. Toutes pareilles. Au rez-de-chaussée, trois pièces munies de volets blancs ; deux autres à l'étage ; une lucarne pour le grenier ; quatre courtes cheminées. Aux fenêtres, des pots de géraniums. Au ras du sol, un soupirail permettait de recevoir de la Compagnie une allocation gratuite de

---

1. *Coron* vient sans doute du wallon *akoron* : « jusqu'au bout ».

quatre tonnes de charbon par famille. Sur le devant, un jardinet.

Jan, se trouvant seul, dut accepter l'hospitalité des Wasilewski. Elle comprenait le coucher, le repas du soir, le café et le pain du matin, le *briquet* à emporter dans la musette pour manger au fond de la mine. Le tout pour une somme convenue. Plus tard, un compagnon lui demanda s'il jouissait de la petite pension ou de la grande.

— Quelle est la différence ?

Éclats de rire de toute l'équipe.

— Bientôt, tu t'en rendras compte toi-même.

Il resta sur ce mystère. Quoi qu'il en fût, son bail était une bonne affaire pour lui comme pour son logeur. La famille Wasilewski était composée de Karl, le père, d'Albina, la mère, et de deux gamins âgés de sept et neuf ans.

2

Pourquoi le logeur s'appelait-il Karl, qui n'est pas un prénom polonais, mais germanique ? Parce qu'il était né en Mazovie, région allemande depuis 1795 que la Prusse appelait sa « marche de l'Est ». En cent trente années de vie commune, les Polaks s'étaient accommodés de la rigueur administrative prussienne, des lois sociales, de la germanisation dans les écoles, l'industrie, l'agriculture. Ils avaient le droit de vote, leurs députés siégeaient au Reichstag. Naturellement, ils avaient aussi des obligations militaires. Pendant la guerre de 14-18, Karl avait d'abord combattu sous l'uniforme allemand. Capturé par les Français, prisonnier volontaire avec de nombreux autres germano-polonais, il avait montré son certificat de baptême rédigé en trois langues : *Testimonium baptismi. Swiadectwo chrztu. Taufschein*. Recruté malgré lui, il s'était montré disposé à combattre les Allemands.

— Dans ce cas, avaient répondu les officiers français, tu porteras notre uniforme.

— Qu'arrivera-t-il si, par hasard, à leur tour, les Prussiens me font prisonnier et me reconnaissent ?

— Ils te fusilleront sur-le-champ, comme traître à la Prusse. Peut-être même dans le dos, ce qui est la plus infamante des exécutions. Il y a un recours : changer de nom, prendre un nom français.

— S'ils m'interrogent en français ? Si je ne parle pas la langue ?

— On peut te l'apprendre.

— Comment ça ? Où ça ?

— À Bayonne, dans une école appropriée. Si l'ennemi te capture, tu te prétendras basque. Les Basques parlent mal le français.

Étrange recours. Quelques jours plus tard, deux cent quarante Mazoviens se trouvèrent réunis dans une caserne de Bayonne. Pendant des mois, des instituteurs retraités leur enseignèrent les verbes être et avoir, le présent, le passé, le futur, le conditionnel, le subjonctif. Ils y mirent tant d'ardeur que tous devinrent capables de dire : « Je suis un berger basque natif d'Hasparren. » Ou d'Ustaritz... Ou d'Ahusquy... » On leur donna un livret militaire entièrement bidon où ils portaient les noms d'Ilharreguy, ou de Bidarray, ou de Viassiau.

— Retenez bien votre nom, vos date et lieu de naissance.

Karl Wasilewski devint Charles Olharan. Mot facile à prononcer, proche du mot hareng. Les deux cent quarante Bayonnais pourvus de noms basques rejoignirent les troupes françaises en Picardie. Le 9 mai 1915, au cours d'un assaut contre les divisions allemandes à la Targette, sur les collines de Souchez dans le Pas-de-Calais, la plupart de ces Basco-Polonais perdirent la vie.

— Je suis un survivant ! déclarait fièrement Karl-Charles avec un sourire qui soulevait sa moustache, qu'il portait épaisse et tombante comme celle de Joseph Pilsudski. J'y ai gagné cette médaille.

La croix de guerre française. Il se l'accrochait sur la poitrine pour aller à la messe. De son premier uniforme, il avait conservé le casque à pointe qui trônait sur une commode. Parfois, Simon, son fils aîné, s'en coiffait et paradait dans les rues de Waziers, soulevant l'indignation des Waziérois qui le traitaient de sale petit Boche.

En 1926, Karl-Charles avait quarante ans ; sa femme Albina trente-deux. Ses maternités l'avaient laissée svelte et belle, bleue des yeux, blonde des cheveux ; elle les cachait ordinairement sous un foulard. Le dimanche, elle se coiffait du *wianek*, une couronne fleurie. La messe aussi avait trois langues : le latin, comme dans tout le monde catholique, l'homélie du prêtre pour moitié en français, pour moitié en polonais.

Rien n'était plus décoré que la maison des mineurs polaks : poêle émaillé, volets peints, rideaux immaculés derrière les vitres limpides, enfants astiqués. Aux murs, des images coloriées représentaient la Vierge noire de Czestochowa, le Christ enfant, le Christ adulte, saint Stanislas, Paderewski. Des bandes d'étoffe fixées aux dossiers des chaises disaient : *Sois le bienvenu. Partage notre pain. Vive la Pologne. La paix soit avec toi. Il y a beaucoup d'appelés, mais peu d'élus. Si Dieu est pour nous, qui sera contre* ? Sur la cheminée, au milieu des photos de famille, des fleurs s'épanouissaient. La maison sentait l'encaustique. Albina passait son temps à frotter, à cuisiner, à faire la lessive, tandis que les gosses grouillaient dans la rue boueuse, parmi des troupeaux d'oies. Des immigrés astucieux, souvent juifs, parcouraient les corons avec leur charrette, proposant toutes sortes de denrées. Une laitière : le « lait chaud », c'est-à-dire pourvu de toute sa crème qu'elle collectait dans les fermes des environs. L'épicier : les gruaux de sarrasin, d'orge, de millet, les betteraves rouges, les choux, les carottes, sans oublier pour les hommes la *wodka* dont le nom fait croire qu'elle n'est qu'une « petite eau ». Le boucher-charcutier : les cochonnailles dont les Polaks étaient friands. Aucun libraire ne venait ; il fallait aller en chercher un en ville où il vendait *La Voix du Nord* et *Narodowiec* (Le National).

Beaucoup de femmes pas encore mères de famille travaillaient à la mine comme trieuses ou chargeuses de berline. Les Ch'timis se montraient particulièrement bavardes. Quand le surveillant en avait remarqué une trop caqueteuse, il la mettait parmi les Polonaises qui ne connaissaient pas le français. Plutôt que de se taire, elle se vengeait en chantant. Karl avait préservé Albina de ces emplois salissants. Il la gâtait, lui achetait des dentelles, des robes, des gilets brodés.

— Tu es mon luxe, lui disait-il.

Et ses moustaches se soulevaient.

Débutant mais costaud, Jan fut d'abord employé, avec d'autres terrassiers, à creuser un nouveau puits. Protégés par une blouse caoutchoutée, un suroît de loup de mer en toile huilée, des bottes cuissardes, ils s'entassaient à cinq dans une espèce de grand seau métallique appelé *cuffat* d'où émergeaient seulement les cinq têtes. On les descendait au fond du puits commencé où ils creusaient le sol à la rivelaine, dans l'eau jusqu'aux genoux et sous la douche qui tombait des parois. Ce ne fut pour lui qu'une première épreuve, une manière de démontrer comment il se comporterait dans la *fosse*.

Comme il donnait pleine satisfaction, il devint par la suite chargeur de berline. Plus tard, rouleur, c'est-à-dire pousseur de wagon. Plus tard encore, *m'neu d' quévau*, comme disaient les Ch'timis, meneur de cheval. Plus tard toujours, piqueur, au pic ou à la rivelaine qui obligent à tordre le cou pour ne pas recevoir sur la tête le charbon qui dégringole ; ou bien au marteau pneumatique qui fait un bruit de mitrailleuse. Puis boiseur ; le rondin de pin craque avant d'éclater ; le rondin d'acacia résiste mieux, mais il pète sans avertir.

Un peu avant six heures du matin, à l'appel des sirènes, il arrivait à la salle de déshabillage, dite « salle des pendus ». Sur toute sa longueur, des banquettes de fer scellées au sol. Aux dossiers étaient accrochées une série de chaînes retenues par un anneau et un cadenas. Chaque mineur avait la sienne. Jan libérait sa chaîne et il voyait descendre du plafond ses hardes de travail qui là-haut, parmi d'autres, ressemblaient bien à un pendu. Il se dépouillait de ses vêtements propres, de ses souliers de ville, les installait dans le panier à la place de ses bleus alourdis par la boue, le cambouis, le schlam, chaussait les brodequins ; puis il tirait sur la chaîne, le panier regagnait le plafond où les courants d'air le balançaient un peu, à l'abri des souris et des voleurs.

Il se dirigeait alors vers la lampisterie. Dans une poche de son bourgeron, il trouvait une petite plaque de fer gravée d'un numéro. Le sien était *92*. (Ce jeton serait le seul témoin de sa présence au fond. En cas de grisou, il permettait de savoir que le mineur n'était pas remonté.) Le lampiste lui donnait aussi sa lampe de sécurité. Inventée par le chimiste anglais Humphry Davy. Cet homme eut l'idée d'entourer la flamme d'un treillis métallique très serré qui refusait de se laisser traverser et d'enflammer le grisou. Si par hasard elle venait à s'éteindre, il n'était pas question de la rallumer au briquet, le mineur devait remonter à la lampisterie, en prendre une seconde. Dans la fosse, on ne fumait ni la pipe ni la cigarette. Davy avait sauvé des milliers de vies humaines ou animales. Des années plus tard, les mineurs furent munis d'un casque de cuir, la *barette*, par-dessus une coiffe de toile, le *béguin*. Mais, en 1926, chacun portait encore une casquette, ou un béret, ou un bonnet, et tenait sa lampe grisouscopique à bout de bras, comme un encensoir.

Enfin adoubé, Jan et ses compagnons attendaient l'arrivée de la cage. Silencieux. Dépenaillés. Au-dessus de la porte du machiniste, ils voyaient le code des coups de trompette du porion :

hue	*1 coup*
recule	*2 coups*
hue des hommes	*3 coups*
hue un blessé	*1 volée et 5 coups*

Leurs figures étaient encore blanches, mais leurs mains déjà noires, pour avoir touché leurs hardes saturées de charbon. Après un moment, la cage arrivait, le machiniste ouvrait les portes. Il en sortait un chargement de figures ténébreuses où seul luisait le blanc des yeux. L'équipe descendante les reconnaissait quand même :

— Salut Kasimier… Salut Michal…

— Bon courage.

La cage s'enfonçait dans le puits. À ses ralentissements, les hommes fléchissaient légèrement les genoux ; aux accélérations, ils avaient le sentiment de s'envoler. Le temps de compter jusqu'à 90, invariablement, ils arrivaient au terme de la plongée, à neuf cents mètres sous la surface terrestre. Température de trente à quarante degrés suivant les galeries. D'instinct, Jan humait l'air qu'il allait respirer pendant huit heures pour se rendre compte s'il sentait un peu de grisou. Car on le décèle à l'odorat. Les anciens disaient qu'il avait l'odeur d'un tas de pommes dans le grenier, un peu moisie, un peu sucrée, à peine aigrelette. Parfois, un torrent de gaz s'échappait d'un soufflard crevé par un coup de pic. Mais, généralement, la galerie n'offrait pas de telles suavités. Elle puait seulement le poussier, le crottin de cheval, la sueur des hommes, beaucoup travaillaient le torse nu.

Les chevaux étaient de fidèles compagnons. La vie dans l'obscurité les rendait dodus. Cependant, eux aussi travaillaient dur, mais ils savaient le compte des berlines qu'ils devaient traîner au *clic* qu'elles faisaient dans leur tamponnement. Si c'était cinq, ils démarraient après le cinquième *clic*, impossible d'en ajouter une sixième. Leur syndicat n'autorisait aucune surcharge. Au jour de leur retraite, on les remontait de la mine, en leur bandant les yeux pour les préserver de la lumière du grand jour. Ensuite, on les délivrait progressivement de la nuit. Ils finissaient leur retraite dans les prairies environnantes.

Ils avaient parfois un petit camarade, un minet aussi poudré qu'eux-mêmes. Untel ou tel autre le prenait sur ses genoux, le caressait, lui parlait. Le chat recevait des peaux de saucisson, des miettes, des couennes.

Dans la galerie, une douzaine de nationalités se mélangeaient : belge, allemande, hollandaise, ch'timi, polonaise, marocaine, italienne… Une vraie Société des Nations. Quelle importance ! Ce n'était guère un lieu où soutenir des conversations, dans la fureur des haveuses ripantes qui sciaient profondément le gîte, le roulement des trains, le grondement de la ventilation évacuant le poussier, la sirène des locomotives à air comprimé, l'éboulement des abattages, les coups de maillet des boiseurs, l'explosion des mines et le ressac qui s'ensuivait. Une immense symphonie de percussions. L'un ne comprenait pas le langage de l'autre, mais les gestes suffisaient : l'index désignait la voûte à soutenir d'urgence, l'étai à remplacer, le cercle bleu autour de la lampe, le ventilateur supplémentaire à mettre en batterie, le pan de schiste qui menaçait de se détacher du toit. Le fond était la patrie commune à tous. Une patrie en guerre permanente, encerclée de partout par un ennemi qui ignorait lassitude et repos.

À dix heures, coup de trompette du porion, pour un arrêt de trente minutes. Chacun s'installe où il peut et sort le briquet de sa musette. Les Ch'timis mordent dans leurs tartines beurrées, boivent du café amer à leur topette de fer-blanc après s'être mis un sucre dans la bouche. Les Polaks mangent du saucisson, du lard fumé, boivent du lait ou de la bière. Les Algériens mordent dans des raves crues comme s'il s'agissait de pommes, accompagnées de figues sèches ; ils boivent de l'eau. Le Ch'timi n'oublie pas de prélever sur son briquet le pain d'alouette, une petite portion réservée à ses *infants*. Moins pour les nourrir – ce serait trop peu – que pour leur faire une gâterie. Un de ces mineurs, poète à ses moments gagnés, en a composé une chanson :

> *J'vas chi vous dir' tout à l'coyette*[1]
> *El pain d'alouette chuss' qué ch'est.*
> *Ch'est un pétiot restant d'briquet*
> *Ch'est deux dogts d'pain, pas davantache*
> *Avec du burr', du mou fromache.*
> *L'mineur r'mont' cha pour ses infants,*
> *Du fond del min' chaqu' jour ouvrant*[2].
>
> *Quand bin mat'*[3] *j'arviens d'l'fosse,*
> *Chu qui m'met in bonne humeur,*
> *Près d'm'maison, ch'est m'tiot gosse*
> *Quin dins mes gamb's il acqueurt.*
> *I m'imbrasse, il est à l'noce,*
> *I m'poche*[4] *ed'sus s'pétit cœur.*
> *J'sins qué s'caress' n'est point fausse.*
> *Mi, j'appell' cha l'vrai bonheur*[5].

Mais que fait l'alouette dans cette histoire ? Cette habitante des blés et des prairies se nourrit d'insectes, de vers, de larves, de chenilles, pas de pain. Elle est l'amie du paysan, du laboureur, du moissonneur, pas

---

1. *À l'coyette* : à mon aise.
2. *Jour ouvrant* : jour de travail.
3. *Bin mat'* : bien fatigué.
4. *I m'poche* : il me presse.
5. Signé : *Minloute*

des gueules noires. Elle n'a rien de commun avec le Ch'timi sauf qu'à son égal, lorsqu'il est hors de terre, elle aime le chant, elle babille, elle grisolle, elle tire-lire. S'il lui arrive de picorer sur le sol des grains perdus, comme le pigeon, elle ne coûte rien au cultivateur. Celui-ci construit des pigeonniers, mais non point des alouettiers. Ingrat des services qu'elle lui rend, il l'attire avec le reflet d'un miroir et la crible de plombs.

Dans la fosse, le temps du briquet est le seul où les langues se délient un peu. On parle de tout et de rien, ce qui fait beaucoup de choses. Des naissances, des mariages, des enterrements. Et même de la politique, d'Édouard Herriot, d'André Tardieu, de Marcel Cachin, de Roger Salengro. Au second coup de trompette du porion, chacun remet dans la musette les restes du casse-croûte et retourne à son chantier.

À la fin des huit heures, les équipes se pressent aux recettes[1] du fond pour la remontée vers la surface. On échange encore quelques mots en attendant les cages. Dans ces figures de Y a bon Banania[2], les dents mettent une lueur blanche. La douche, le savon noir leur restituent leur pâleur quotidienne, sauf aux ongles et aux paupières qui retiennent des particules de charbon. Cela leur confère d'étranges regards mexicains. Dans la salle des pendus, chacun fait redescendre ses vêtements d'extérieur, puis il regagne son domicile. Les anciens racontent que naguère, en rentrant chez lui, le mineur

---

1. Paliers.
2. Publicité montrant un tirailleur sénégalais coiffé d'une chéchia.

était placé tout nu par sa femme dans un baquet rempli d'eau chaude, appelé « cuvelle à viande ». Ensuite, elle le frottait comme un cheval, à la brosse, à l'étrille, à la paille de fer, jusqu'à ce qu'il retrouve sa blancheur naturelle. L'eau de lessive était ensuite transportée au jardin où elle arrosait les carottes.

Il faut dire que l'épouse ch'timi était toujours en 1926 ou 27 la plus grande frotteuse que la terre eût jamais portée. Avec la même énergie, elle frottait ses enfants, ses parquets, ses meubles, ses portes, ses carreaux. Quand elle avait ainsi longtemps frotté, elle cirait. Elle frottait de nouveau pour faire reluire. L'épouse polonaise devenue ch'timi agissait de même. Elle frottait chaque objet, chaque recoin d'une pièce qu'elle appelait son salon, où se trouvaient rassemblées les photos des parents lointains, des enfants nouveau-nés sur un coussin, et même de la petite Modika décédée à l'âge de deux ans d'on ne sait quoi, qui semblait dormir sur sa couche, les yeux bien clos, entourée de ses cheveux, les mains liées par un chapelet. L'épouse du mineur repaissait quotidiennement ses yeux de ses meubles, de ses souvenirs, de ses trésors. S'il lui arrivait de recevoir un visiteur d'importance, après son départ elle frottait le parquet à la serpillière pour effacer la trace de ses pas.

De son côté, le mari avait la manie de rectifier sans cesse, de perfectionner leur coron. Il en refaisait les peintures, les enduits, les cloisons, renouvelait les papiers peints, changeait la disposition des ouvertures. Si bien qu'environ tous les cinq ans, la maison se trouvait entièrement renouvelée.

Beaucoup de femmes, toutefois, échappaient aux frottages : celles qui travaillaient à la mine, au triage du charbon, à l'entretien des lampes, au balayage des locaux. Engoncées dans un sarrau de jute, un mouchoir serré autour du cou, les cheveux emprisonnés dans un foulard qui leur tombait sur le front et sur les épaules, on eût cru voir des carmélites passées au cirage. Les jeunes souriaient tout de même aux garçons quand ils se rencontraient. Elles avaient la coquetterie de s'examiner dans un miroir de poche, de se frotter les joues avec un mouchoir. Karl-Charles, de sentiments un peu germaniques, n'avait pas permis à son épouse de travailler sur le carreau. Elle avait assez de besogne à domicile pour élever les deux enfants, trop jeunes pour être galibots de surface, trop grands pour être confiés à la crèche. Ils fréquentaient l'école communale et passaient tous les jours sous le drapeau bleu-blanc-rouge qui flottait sur sa façade. L'instituteur, monsieur Pommier, avait participé à la guerre de 14-18. Il en était revenu avec un doigt en moins à sa main droite, celui du milieu. C'était un homme très sévère. Il enseignait l'orthographe à coups de baguette sur les crânes. Il distribuait aussi fréquemment ce qu'il appelait des « giroflées », qui étaient des gifles bien sonnantes. Elles laissaient sur la joue du bénéficiaire la trace des quatre doigts de sa main droite, qui correspondaient exactement aux quatre pétales de cette fleur crucifère.

3

Les vrais Ch'timis se régalent de tripes de porc qu'ils font cuire trois jours dans de vastes marmites. De tartes aux poireaux appelées flamiches. D'un fromage carré curieusement nommé vieux-lille bien qu'aucune vache ne soit élevée dans le chef-lieu du Nord. Avant qu'il ne paraisse sur la table, il doit séjourner longtemps dans un local sombre et frais où il acquiert force et odeur ; on le juge propre à la consommation lorsqu'il sent « le haut de la fesse ». La cuisine est à base de bière. On en met partout, même dans la soupe. On en boit à tout moment, même au premier repas du matin. Car le pauvre ch'timi, comme la plupart des pauvres de France, prend trois soupes chaque jour. Quelquefois quatre. Excepté les jours de ducasse, c'est-à-dire de fête locale. Chaque commune a la sienne. Dans cette circonstance, il ne fait qu'un repas, mais qui commence à l'aube et finit à la nuit noire. On en reparlera.

Chez les Olharan-Wasilewski, on mangeait plutôt à la polonaise. On lapait d'abord le *krupnik*, le potage gras à l'orge perlé, longuement cuit. Puis Albina servait, selon le menu du jour, le rôti de bœuf farci. Ou bien les *kolduny*, ces raviolis qu'on mange à la cuillère et qui vous éclatent dans la bouche. Ou encore les *kluski*, pommes de terre râpées, nouées en boules, enrichies de lardons. Ensuite, de la charcuterie fumée. Pas de salade à la française, laitue, ni batavia. À leur premier séjour en France, les Polaks s'étonnaient de voir la population cht'imi se nourrir de ces herbes tout juste bonnes à donner aux vaches. À la longue, cependant, certains s'y habituaient ; ils en venaient même à les cultiver dans leurs jardins. Chez Karl-Charles, Albina proposait au dessert des *platski*, beignets fourrés de confiture ou de pruneaux en marmelade ; ou le *makowiec*, roulé parfumé aux graines de pavot. Suivait le café noir *al chuchette*, en gardant le morceau de sucre dans la bouche. Avant d'atteindre le fond de sa tasse, Karl y vidait une forte dose de liqueur de feu, gnôle, cognac ou genièvre ; alors le café changeait de nom et devenait bistouille. Une fois la bistouille consommée, il ajoutait une seconde dose pour rincer la tasse. Une fois la tasse rincée, il se rinçait la bouche avec une troisième dose.

Bistouilles et liqueurs entretenaient chez les gueules noires une humeur joyeuse. Ils riaient souvent là où d'autres auraient pleuré. Ainsi, les funérailles ch'timis étaient les plus gaies du monde. Il faut dire qu'avant de s'aliter pour la dernière fois, le défunt avait pris la précaution de déposer dans les estaminets qui jalonnaient le chemin du cimetière, bistrots où il avait coutume de jouer aux dominos, une certaine somme d'argent frais à l'usage de ses parents et amis. Lorsque ceux-ci, vêtus de noir, l'avaient accompagné jusqu'au tombeau, ils seraient retournés chez eux pleins d'une affliction insupportable sans la prévenance du décédé. Alors ils faisaient halte au premier estaminet. Le patron, informé du dépôt anthume, servait à chacun la bistouille de son goût. Ils évoquaient ensemble les immenses mérites du disparu, sa générosité, sa prudence, sa courtoisie, son adresse au tir à l'arc. C'était là leur première consolation. Au second bistrot, ils en recevaient une supplémentaire. D'autres encore au troisième, au quatrième. Bientôt, ils se trouvaient entièrement consolés et chantaient à pleine voix les hauts faits du défunt. Seuls au cours de ces beuveries mortuaires, les garçons de café qui les servaient étaient tenus de garder le visage convenable, c'est-à-dire une tête d'enterrement. Ainsi sans doute s'était forgée l'expression mensongère : saoul comme un Polonais.

Le mineur se plaisait bien, d'ailleurs, dans le cimetière auquel il rendait de fréquentes visites avant de s'y installer lui-même. Sa vie durant, il économisait pour s'offrir de glorieuses obsèques et une tombe de luxe en granit poli. Au moins une fois par semaine, sa veuve viendrait la frotter et la fleurir ; puis elle retournerait à ses parquets. L'ensemble de ce champ sacré avait fière allure, parcouru d'allées gravillonnées, orné d'une grande croix et d'une stèle brisée. Les Zerkowski, Pogorzelska, Kasperek, Petronczyk y faisaient bon ménage avec les Druesne, les Triquemagne, les Cordonnier, les Bottesini, les Hamp, les Soockel, les Folschviller.

Hors de l'église, la conduite des Polaks était surveillée et réglée par le prêtre dont ils voyaient partout la soutane noire flottant sur ses longs pieds. Elle ne se gênait point pour entrer dans les estaminets, dans les corons, dans les écoles, dans les bureaux, à l'hôpital. Pour descendre même dans les fosses de la mine. Le père Rokoski se faisait interprète, écrivain public, défenseur de ses compatriotes en concurrence avec les syndicats. Il soutenait des revendications à la Compagnie, exigeait des salaires plus décents, des pauses plus longues, des logements plus confortables. On l'entendit se plaindre des postières obligées de rédiger elles-mêmes les mandats que ces illettrés envoyaient à leur famille.

— Il y a deux sortes de France ! proclamait-il avec cet accent varsovien qui lui faisait confondre nos *é* avec nos *è*. La France des penseurs, des philosophes, des dèfenseurs du beau et du bien, de la libertè, de l'ègalitè, de la fraternitè. Et celle des mufles, des petits-bourgeois prètentieux, la France des xènophobes...

Il osa dire au maire de Waziers :

— Il y a deux maires dans votre commune : vous et puis moi. C'est moi qui représente le plus de monde.

Bientôt, lui et sa soutane furent la bête noire des employeurs. La Compagnie demanda au consulat de Lille son rappel en Pologne. Il en vint un autre que tous les Polaks allèrent accueillir à la gare. Les hommes lui baisèrent la main, les femmes lui firent la révérence. Il se montra plus agressif encore que son prédécesseur. Dans ses discours, il levait l'index vers le ciel, le prenant à témoin, ses yeux bleus lançaient des flammes. Il distribua des képis carrés marqués de l'aigle blanche couronnée sur fond rouge, des étendards à l'image de saint Stanislas. Il travestit ses compatriotes de telle sorte que, dans les rues, on ne pouvait plus les confondre avec les Français impies, laïcs, blasphémateurs. Les enfants qui fréquentaient l'école publique française recevaient le jeudi un enseignement complémentaire en polonais, imparti par des religieuses. Si l'inspecteur scolaire reprochait au prêtre son nationalisme linguistique, lui démontrant que les efforts consacrés à étudier la langue d'un pays lointain seraient mieux employés à étudier la langue du pays qui leur donnait du travail et du pain, l'aumônier répliquait :

— À travers des siècles d'oppression étrangère, nous avons su conserver la langue de notre patrie. Croyez-vous que ce soit pour y renoncer aujourd'hui qu'elle renaît ?

Heureusement, dans les estaminets, les religions se confondaient joyeusement. C'était des espaces de libre pensée et de libre péché. Dans les salles au plancher couvert de sciure, devant les comptoirs habillés de zinc, on buvait sec, on caressait les filles. De là, on se rendait au gallodrome pour assister aux combats de coqs. Tous se passionnaient pour ces duels entre deux volailles. Presque tous avaient parié pour l'une ou pour l'autre. Excitées par les parieurs, elles s'affrontaient furieusement. Le bec et les serres ne leur suffisaient point ; on les avait armées d'ergots et de burins d'acier dont elles se poignardaient avec férocité. L'atmosphère rappelait celle qu'on pouvait imaginer dans les combats romains d'autrefois entre gladiateurs, *pollice verso*. Un des combattants finissait par succomber, couvert de son propre jus. L'autre l'achevait à coups de bec redoublés. Enthousiasme de ceux qui avaient parié pour le vainqueur ! Ils passaient aux caisses pour toucher ce qui leur revenait.

Les Polaks n'appréciaient guère cette sorte de spectacle. Ils trouvaient ailleurs une plus noble source d'évasion : dans la musique. Jan demanda son adhésion à une chorale de Douai. Elle appréciait sa voix de baryton. L'ennui était qu'il chantait faux. Le chef s'en aperçut tout de suite. Comment y remédier ? Il n'était pas question de l'exclure.

— Tu possèdes un organe remarquable, une belle sonorité, mais un peu assourdissante, lui confia-t-il. C'est pourquoi je te demande de te retenir un peu, de ne pas couvrir la voix des autres.

Pour plus de précaution, il lui confia toujours la seconde ou la troisième voix. En sourdine. Ainsi pouvait-il défendre de tout son cœur la barcarolle des *Contes d'Hoffmann* :

> *Belle nuit, ô nuit d'amour,*
> *Souris à nos ivresses.*
> *Nuit plus douce que le jour,*
> *O belle nuit d'amour !*
> *Le temps fuit et sans retour*
> *Emporte nos tendresses.*
> *Loin de cet heureux séjour,*
> *Le temps fuit sans retour...*

Ou le chœur des chasseurs du *Freischütz* de Weber. Ou celui des patriotes de *Nabucco*. Ils chantaient en français, en italien, en allemand, en polonais. Le coron de Karl-Charles était une sorte de conservatoire car les deux enfants jouaient d'un instrument : Simon, l'aîné, de la flûte à bec et François de la mandoline. Tous deux, après l'école, suivaient les cours d'un club appelé *Slovik* (Rossignol). Jan voulut s'y essayer. François lui abandonna sa mandoline.

— C'est facile. Il y a huit cordes qui, à vide, produisent quatre notes : *mi* d'en haut, *la* et *ré* du milieu, *sol* d'en bas.

Il prit l'instrument en main, gratta les cordes avec le plectre, en tira des sons inattendus : Albina l'encourageait de son sourire. Il s'excusait de sa maladresse :

— J'ai les doigts trop gros.

Certains soirs, les deux gamins étant à leur conservatoire, Karl-Charles à sa gymnastique – car il estimait ne pas faire assez de mouvement au fond de la mine et devenait *sokol*[1] le dimanche après-midi –, Jan et Albina se trouvaient en tête à tête au coron. Ils buvaient du thé. Ils parlaient de la Pologne, de leurs enfances.

— Je suis née, racontait-elle, en territoire allemand. À Oswiecim.

— En quelle année ?

— Vous voulez savoir mon âge ? Je suis plus vieille que vous.

— Je ne vous crois pas.

— Je suis née en 1895, à la fin du XIXe siècle, comme on dit dans les écoles.

— Et moi en 1900. Nous avons cinq ans de différence. Qui pourrait s'en douter ?

— Oswiecim était une petite ville tranquille où l'on pratiquait la tannerie, où les forgerons fabriquaient des charrues. Il y avait aussi une caserne de lanciers prussiens, ils aimaient à se promener à cheval, dressant leurs lances vers les nuages. Ils me faisaient un peu peur. Mon père, jardinier, leur apportait des légumes. Pour m'endurcir, il m'emmenait à la chasse aux vipères. Ces sales bêtes se logent dans les rocailles, dans les broussailles et même dans les taupinières. En hiver, on ne les voit pas. En été, elles émergent de leurs

---

1. Ce vocable signifie « faucon ».

trous et prennent des bains de soleil. Mon père les capturait en les immobilisant avec une branche fourchue. Elles se tortillaient un long moment, puis finissaient par se résigner. Pas vraiment mortes. Il les enfermait dans un flacon et les apportait à monsieur Xanther, un apothicaire, qui leur faisait rendre le venin. D'autres fois, mon père les introduisait dans une bouteille pleine de *wodka*. Elles y périssaient ivres mortes. Un jour, il me dit : « Tiens cette bouteille, je vais chercher d'autre *wodka*. » Je fis ce qu'il commandait. Tout à coup, je vis avec horreur la tête du serpent sortir du goulot. Si je l'avais lâchée, il se serait répandu par terre, il nous aurait mordus. Je pris une paire de ciseaux et je le décapitai.

Albina éclata de rire. Elle avait des yeux bridés, quasi vipérins. C'était une étrange créature. Lorsqu'elle regardait son « petit pensionnaire », il se sentait fasciné comme une alouette.

— Et toi ? demanda-t-elle en lui donnant soudain du *tu*. Raconte-moi d'où tu viens.

Il exposa son existence en Galicie de serf sous l'autorité du *wojwoda* qui exigeait chaque année quatre cochons, ou bien deux cochons et un veau. Ce noble seigneur vivait dans un château tout en bois, au nord de Rzeszow. Il y passait son temps à jouer du piano, à recevoir des amis, à se saouler. Voilà pourquoi lui, Jan Stapinski, avait choisi l'exil. Albina reprit la parole :

— L'exil, je ne l'ai pas choisi. En 1913, j'ai rencontré Karl. Il avait vingt-huit ans, moi dix-huit. Nous nous sommes mariés. Quand la guerre a éclaté, il s'est d'abord caché dans les bois pour ne pas porter l'uniforme prussien. Mais il s'est fait prendre par la gendarmerie. Il a dû partir. Plus tard, les Français l'ont fait prisonnier et l'ont envoyé à Bayonne, une ville célèbre pour son jambon. En 18, il est resté en France et je l'ai rejoint. Nous avons eu deux enfants. Peut-être, un jour, nous retournerons en Pologne. Il n'y a plus de Prussiens.

— Rappelle-moi le nom de ta ville.

— Oswiecim. Les Allemands disent Auschwitz. En France, personne ne connaît ces deux mots.

Pour on ne sait quelle raison, elle éclata de rire, montrant jusqu'à la luette sa langue rose et ses dents éblouissantes. En même temps, ses joues se creusaient de deux fossettes qui ne demandaient qu'à être remplies de baisers.

On eût dit que Karl et les deux garçons faisaient exprès de les laisser seuls. À dire vrai, chacun avait hors du logis ses occupations personnelles, de gratteur de mandoline, ou de sokol, ou de buveur de bistouille. Ces absences répétées furent la cause de ce qui devait arriver. L'occasion fut une préparation culinaire d'Albina : celle des *kolduny*. Lorsqu'ils éclataient dans la bouche, ils comblaient le mangeur de lumière, de chaleur, de printemps. Jan en demanda la recette afin de la communiquer éventuellement à sa mère.

— Je ne sais pas si j'ai le droit de te la donner, chicana Albina. C'est une recette divine. Elle nous vient de Kolduna.

— Kolduna ?

— Une angèle. (En polonais, les anges ont un féminin.) Une des cuisinières du paradis. Un jour, enveloppée de son voile magique, elle descendit sur terre afin de se baigner dans la Wisla (la Vistule). Un jeune berger la vit de loin. Émerveillé par sa beauté, il s'approche d'elle, lui enlève son voile, tombe à genoux devant sa merveilleuse nudité. « Rends-moi mon voile ! » supplie-t-elle. Il secoue la tête, sans parler, serrant le linge à deux bras sur son cœur. Il y eut entre eux un marchandage. « Si tu me le rends, je te donnerai la meilleure de mes recettes. » Ne pouvant faire mieux, il abandonna le voile, l'angèle retourna à ses fourneaux et le berger à ses moutons, emportant la recette des *kolduny*.

Ayant terminé son récit, Albina piqua dans le plat du bout de la fourchette un de ceux qu'elle venait de préparer et le mit, sans autre discours, dans la bouche de son pensionnaire.

— Servi de cette façon, remercia-t-il, c'est encore meilleur.

Ils achevèrent les *kolduny*, se les abecquant l'un à l'autre. Il s'attendait à passer au fromage lorsqu'elle proposa :

— Va dans ta chambre. Dans un moment, je t'apporte la recette.

Il obéit. Sa chambre était quasi conventuelle, meublée d'un lit étroit, d'une chaise, d'un portrait de Pilsudski, le premier président de la Pologne indépendante. S'il voulait pisser, il devait se rendre au cabinet unique de la maison. De la fenêtre, on pouvait voir les jardinets des corons, soigneusement cultivés. Tirant leur chariot, des femmes allaient vendre au marché leurs carottes. À la porte, il y eut un toc-toc-toc. Albina parut. Son chignon défait, ses cheveux en pluie, enveloppée d'un long peignoir. Elle tourna vers lui ses yeux vipérins.

— Je suis Kolduna.

Puis elle ouvrit le peignoir, leva les bras, le peignoir tomba à ses pieds. C'était la première fois que Jan voyait une femme nue autrement qu'en peinture ou en sculpture. Il n'arrivait pas vierge de Galicie, deux ou trois fois il avait connu des filles venues pour la fenaison qui l'avaient entraîné dans le foin. De ces rencontres parfumées de menthe et de mélisse, il n'avait pas grand souvenir. Sauf de Lisa qui criait de plaisir et se mettait une main sur la bouche pour ne pas alerter le voisinage. Albina, tout offerte, lui parut si belle qu'il en resta muet.

Après quoi, malgré le prétexte des *kolduny*, il ne fut plus question entre elle et lui de cuisine. Jan dut attendre trois semaines pour connaître l'exacte et précieuse recette : sur un petit rectangle de pâte feuilletée, déposer une farce composée de viande bovine crue finement hachée et de moelle d'os, parfumer à la marjolaine et au basilic, refermer le rectangle, faire pocher dans l'eau bouillante.

4

Dès lors, elle usa de tous les prétextes pour le rencontrer, dans le coron, dans le galetas, à l'église, au jardin, au marché. Se levant la nuit sous faux-semblant de nécessité corporelle, courant pieds nus jusqu'à la cellule qu'il occupait. Et chaque fois, elle lui faisait le coup des fossettes. Pendant ce temps, Karl-Charles ronflait du sommeil des cocus consentants. Le matin, aussi fraîche qu'une rose, elle servait largement son pensionnaire, disant sans retenue :

— Avec les fatigues que tu supportes, tu as besoin de bien te nourrir. C'est pas comme les porions qui ne touchent pas un pic de la journée.

Car son mari, dans la fosse depuis 1919, était monté à ce grade. De la même façon, elle garnissait la musette de Jan. On ne sait comment les nouvelles circulent, sur l'aile des vents ou des oiseaux. Toujours est-il que, dans les estaminets, Stapinski crut entendre des railleries qui lui étaient adressées en français ou en polonais :

— Faut pas s'étonner, disait l'une, si son briquet en vaut deux. C'est la femme du porion qui le lui prépare.

— C'est que, confirmait une seconde, il est à présent au régime de la grande pension. Non seulement il a le pain beurré, mais encore le lit garni.

Éclats de rire. On le tenait pour un *szczescia*, un veinard. On rappelait d'ailleurs qu'il n'était pas le seul pensionnaire de cette sorte. Par intérêt ou par indifférence, le Bayonnais semblait ne s'apercevoir de rien. Il s'en remettait aux recommandations évangéliques qui protégeaient l'honnêteté de sa maison : *À tout péché miséricorde. Heureux ceux qui ont le cœur pur car ils verront Dieu.* Peut-être aussi se disait-il qu'Albina était trop belle pour lui seul, qu'il ne la méritait pas, qu'il n'y avait pas de mal à la partager.

Parfois, dans certains corons, le scandale éclatait au grand jour. Enfin informé, le mari se lassait de son long cocuage. Il y avait des éclats de voix, des pleurs, une distribution de calottes et de coups de pied au derrière, le pensionnaire était chassé, allait s'installer en Lorraine ou en Auvergne. En 1927, la Compagnie des houillères du Nord intervint pour proscrire la sous-location dans les corons, sauf si la chambre du pensionnaire jouissait d'une entrée indépendante. Précaution généralement inutile. Jan Stapinski se rendit compte qu'en empruntant la femme d'un collègue comme on emprunte un âne ou un cheval, il commettait un gros péché. Un dimanche matin, avant la première messe, il se confessa au prêtre polonais.

— Combien de fois ? demanda celui-ci.
— Je... je ne sais pas. Je n'ai pas compté.
— Plus de dix ?
— Sans doute.
— Plus de vingt ?
— Peut-être.

— Arrêtons-nous là. Premièrement, chaque fois que tu te trouveras en présence de cette personne, tu fermeras tes oreilles à ses propositions et tu réciteras l'hymne de pureté. Le connais-tu ?

— Je l'ai appris au catéchisme. Je l'ai un peu oublié.

— Récitons-le ensemble. Source éternelle de lumière, Esprit saint, dissipez les ténèbres qui me cachent la laideur et la malice du péché. Faites-m'en concevoir une si grande horreur, ô mon Dieu, que je le haïsse, s'il se peut, autant que vous le haïssez vous-même, et que je ne craigne rien autant que de le commettre de nouveau.

— Mon père, je n'y manquerai pas.

— Ce n'est pas tout. Je t'ordonne de quitter le logis où tu te trouves et d'en chercher un autre.

— Est-ce que je pourrais faire venir de Pologne mes parents et mes frères et sœurs ?

— Excellente idée. Je m'engage même à intervenir auprès de la Compagnie des houillères pour qu'elle vous propose une maison appropriée.

— Vous avez toute ma gratitude.

— Ce n'est pas tout. Quand tu reverras cette femme, cette pécheresse, engage-la à venir se confesser.

— Je m'y engage.

— *Ego absolvo te.*

Jan dut vivre encore quelque temps dans la maison du péché. Il faisait de son mieux pour éviter les rencontres particulières avec Albina. Quand cela arrivait, quand elle s'approchait un peu trop, les yeux brillants, les lèvres tendues, il reculait, elle l'entendait marmonner.

— Qu'est-ce que tu bredouilles ?

— L'hymne de pureté.

Elle éclatait de rire à ce bredouillement. Il s'éloignait, elle le poursuivait. Il lui transmit l'invitation à confesse du curé. Elle haussa les épaules.

Un jour, il annonça aux Wasilewski qu'il allait les quitter, que la Compagnie lui proposait à la Templerie un coron capable de loger, outre lui-même, ses parents, ses deux frères, ses deux sœurs.

— Je suis content pour toi, dit Karl.

— Vous trouverez bien un autre pensionnaire.

La séparation se fit dans l'amitié. Albina prépara un repas si abondant qu'on eût dit un repas de noces. On but, on chanta, on dansa, on joua de la mandoline. Lorsqu'elle l'embrassa une dernière fois, elle lui souffla à l'oreille :

— Je te souhaite beaucoup de bonheur.

Malgré ses yeux vipérins, ce n'était pas une méchante créature.

— Je t'en souhaite autant, répondit-il. N'oublie pas la recommandation du curé. Moi, je ne t'oublierai jamais.

Elle eut un sourire un peu triste et secoua la tête d'un air sceptique.

À la Templerie, son nouveau coron, les bâtiments n'étaient plus de briques rouges mais de parpaings presque noirs, provenant d'un terril incendié. De loin en loin, pour se débarrasser d'une de ces encombrantes pyramides, la Compagnie y faisait mettre le feu. Elle brûlait ou mijotait pendant vingt ou trente années ; on l'aurait crue éteinte si on ne l'avait vue émettre une fumée comme le Vésuve. La maison nouvelle comportait une cuisine et quatre pièces susceptibles de devenir des chambres. Une pour lui, une pour ses père et mère, une pour ses frères, une pour ses sœurs. Par-dessous, la cave à charbon qui contenait encore une tonne de gaillette. Par-dessus, un galetas où les locataires précédents avaient abandonné une multitude d'épaves : vieilles chaussures, calendriers de 1925, vaisselles brisées, une collection de vieux journaux soigneusement classés par monsieur et madame Montcrieux, qui rappelaient des événements révolus : « La reine malgache Ravalona exilée en Algérie. Raymond Poincaré veut sauver le franc. En Hongrie, Béla Kun harangue la foule… »

À la braderie de Lille, Jan acheta des draps, des couvertures, de la vaisselle, du linge. Il y employa ses économies, il emprunta, il se ruina. Qu'est-ce donc que cette braderie ? Le premier week-end de septembre, chaque habitant du Nord et du Pas-de-Calais y apporte ce qui ne lui sert plus ou ne l'amuse plus : vieilles ferrailles, vieux vêtements, vieilles chaussures, portraits de famille, couronnes de fleurs d'oranger, chaises percées, fonds de tiroir, fonds de culotte, fonds de tonneau, fonds de panier, ressorts de montre, tuyaux de poêle, boîtes vides, gants dépareillés, épluchures, rognures, raclures, manches de fouet, lames de couteau, bouchons de carafe, lacets de soulier, gros clous, gros sel, gros-grain, petits pois, petits-fours, petits-suisses, animaux empaillés, bonbonnes dépaillées, plâtras, gravats, grabats, tournevis, tournebroches, tourniquets. Bref, de minuit à midi, le centre de Lille, la place Rihour, le boulevard de la Liberté, des kilomètres de trottoirs sont transformés en un immense dépôt d'ordures venues de tous les coins de la région. Le plus étonnant est qu'un certain nombre de ces cochonneries trouvent des preneurs qui acceptent de les payer et de les emporter. À cette occasion, les Lillois et autres Ch'timis consomment d'énormes quantités de pommes frites et de moules bouillies dont les coquilles sont accumulées devant les restaurants jusqu'à ce qu'elles construisent d'autres terrils. Parmi ces étalages, en cherchant bien, on peut trouver des meubles pas trop bancals, des matelas raccommodés et tout ce qui est nécessaire dans une maison. Jan y préleva ce qu'il voulait.

Alors il écrivit à sa famille pour la persuader qu'elle vivrait mieux en France que dans la Pologne féodale. Elle arriva en gare de Douai le 15 octobre 1928, ivre d'ébahissements.

— Jamais, s'écria la mère, je n'aurais cru que le monde est si grand !

— Et tu n'en as vu qu'une toute petite partie ! souligna le père.

Jan les conduisit à pied jusqu'à la Templerie, qui n'était qu'à quatre kilomètres. Les Polonais savent marcher. L'un derrière l'autre, ils formaient une sorte de procession. Un mineur ch'timi, qui venait en sens inverse, les voyant chargés de bagages, demanda s'ils les apportaient chez ma tante.

— Chez sa tante ? s'enquit Wladis. Pourquoi sa tante ?

— C'est une sorte de banque qui te prête un peu d'argent si tu lui laisses des affaires en garantie. Tu peux ensuite les retirer en rendant l'argent prêté. Si tu ne les retires pas, elle les vend en général plus cher qu'elle ne t'a avancé.

— Voilà une tante bien dégourdie ! Est-ce qu'elle en fait profiter ses neveux ?

— Ils n'ont pas de parenté réelle. Les Français l'appellent comme ça, mais son vrai nom est mont-de-piété.

— Tu m'as l'air de bien parler leur langue.

— Depuis plus de deux ans que je les fréquente, j'ai eu le temps de l'apprendre.

— Cette tante est pleine de piété. Mais pour le moment, nous pourrons nous passer d'elle.

Jan promena sa famille dans la Templerie très polonisée. Les petits marchands ambulants d'autrefois avaient maintenant pignon sur rue, avec une enseigne bilingue. ALIMENTATION GÉNÉRALE. SPRZEDAZ MIESA. Les voyageurs trouvèrent leur logis français très bien installé. Ils y ajoutèrent seulement une image de la Vierge noire. La Compagnie des houillères accepta les jeunes frères Piotr et Walerian comme galibots ; elle leur demanda seulement de se rebaptiser Pierre et Valéry. Zofja et Eliza, devenues Sophie et Elise, furent trieuses. Levées à cinq heures, elles mangeaient la soupe, puis préparaient leur briquet, qu'elles emportaient dans un linge blanc. À Lewarde, elles revêtaient l'immense sarrau noir qui leur tombait jusqu'aux talons. Elles se coiffaient du béguin et d'une capuche munie de deux ailes qui leur donnaient un air pharaonien. Elles rencontraient certaines filles dont quelques-unes n'avaient pas treize ans, en dépit des lois scolaires. Installées côte à côte devant les tapis roulants, elles s'usaient les yeux à distinguer le charbon de la pierre. Elles jetaient celle-ci dans un panier d'osier qu'il fallait ensuite courir vider dans un trou pour rendre à la terre ce qui n'aurait pas dû en sortir. Avec un marteau, elles brisaient les blocs pour les réduire en gaillette. Il leur arrivait de vouloir enlever une boule grise qui se révélait être un étron déposé au milieu du charbon par un mineur de la fosse, petite gaminerie qui ne faisait rire personne. Furieuses, elles s'essuyaient les doigts sur l'herbe foulée. Il arrivait aussi qu'une vraie pierre échappât à leur attention. Elle suscitait des plaintes parmi les acheteurs du charbon. Mais on ne pouvait retrouver la responsable, les trieuses en étaient quittes pour une remontrance collective. À dix heures, tout s'arrêtait pour permettre la consommation du briquet. De leurs mains sales, les filles ouvraient leur balluchon quelquefois attaqué par les souris. Une demi-heure plus tard, tout se remettait en marche. Le surveillant, parfois, mettait la main aux fesses des plus dodues. C'était toléré, malgré les lois et la religion.

Ces dames n'avaient pas pour les souris la même estime que les mineurs de fond, auxquels leurs petits cris révélaient un parfum de grisou. Jules Mousseron (1868-1943), un poète de la fosse, les avait joliment chantées :

> *Approch', souris, m'bonn' pétiot' biête.*
> *Neuch' point craint' : jé n'té férai rien.*
> *Té vos : 'vas esqueute em mallette*
> *Pour mi t'donner des miettes d'pain...*[1]

Si les Ch'timis travaillaient dur, ils savaient aussi bien s'amuser. Douai leur offrait le festival gratuit de ses carillons, il leur suffisait d'ouvrir les yeux et les

---

1. Approche, souris, ma bonne petite bête. /N'aie pas peur : je ne te ferai rien. /Tu vois : je vais secouer ma musette /Pour te donner des miettes de pain.

oreilles. Le carillonneur du beffroi disposait de soixante-deux cloches qu'il frappait au moyen d'un clavier manuel et d'un pédalier. Et vive la musique qui nous tombe du ciel ! Chants populaires, mais aussi œuvres de grands maîtres : la berceuse de *Jocelyn* de Benjamin Godard ; *La Carmélite* de Reynaldo Hahn ; la *Dolly* de Gabriel Fauré. D'autres airs vous mettaient des chatouillements dans les genoux, la *Marche héroïque* de Saint-Saëns, l'*España* d'Emmanuel Chabrier, le *Toréador* de Georges Bizet.

Autre amusement : le tir à l'arc. Il fallait appartenir à une confrérie dont les membres se paraient d'uniformes à dorures et à soutaches. Le jeu se pratiquait de plusieurs manières, la plus remarquable étant le tir à la perche. Il consistait à abattre des oiseaux factices fixés sur une haute grille. Au sommet, se trouvait la cible la plus difficile à atteindre, celle du papegeai, une sorte de perroquet bariolé.

Mais la fête la plus merveilleuse était la ducasse. Le mot vient de « dédicace », jour de liesse traditionnellement voué à un saint. Douai honorait saint Maurand, fils aîné de sainte Rictrude, abbesse de Marchiennes, et de saint Adalbaud, notable de Douai au VIIe siècle. Heureux siècle où les saints avaient des progénitures. Maurand avait fait jaillir une fontaine miraculeuse qui guérissait les écrouelles. (Les rois de France avaient aussi ce pouvoir le jour de leur sacre.) Au XVe siècle, Douai, qui appartenait au comte de Flandre, faillit tomber entre les mains des Français. Ceux-ci avaient mis le siège devant la cité après avoir fauché tous les blés environnants. Les Douaisiens se contentaient de ronger leurs sabots. Le 16 juin 1479, les soldats de Louis XI poussent un cheval et une jument bien gras vers la porte principale avec l'espoir que les assiégés l'ouvriront pour les recevoir et les manger. Inspirés par saint Maurand, les affamés n'en font rien. Ils montent aux remparts et criblent de flèches les Français qui bientôt lèvent le siège. De nos jours, les Douaisiens remercient encore sous une forme drolatique saint Maurand de les avoir préservés de devenir français. Le premier dimanche de juillet, ils chargent de fêter la chose trois géants construits en bois et en osier par les manneliers de la région : Gayant père, sa femme Marie Cagenon et leurs trois enfants, Jacquot, Filion et Binbin. Le premier est coiffé d'un casque à plumet, armé d'une épée, d'une lance, d'un bouclier. La seconde, de taille fine, porte une vaste robe dorée, un chapeau rouge, un collier de boules, et elle tient une rose à la main. Les derniers, bottés et enturbannés, lancent des confettis et fouettent ceux qui les approchent. Cette glorieuse famille se promène par la ville et dans les bourgs environnants jusqu'à la nuit noire et à son feu d'artifice.

Durant les quinze jours que dure la ducasse, tout Douai est aussi dans les rues, parmi les manèges, les baraques à frites et andouillettes, les jeux de massacre ou de boules, les concours de pigeons voyageurs, les courses cyclistes, les concerts de pinsons chanteurs. On capture ces oiseaux dans les forêts environnantes en enduisant les branches de gluaux. Avec l'aide inconsciemment perfide d'un autre pinson déjà en cage qu'on fait chanter au moyen de certains titillements pour attirer ses collègues. Car l'esclave qui ne peut se libérer, nous apprend Épictète (à moins que ce ne soit Sénèque), trouve une consolation en voyant d'autres esclaves comme lui.

Aux environs de midi, tout le monde prend place sur les bancs des estaminets en plein air. On commence par une *chuchemourette*, un apéritif composé de genièvre et de crème de cassis. On mange ensuite la *jambette*, le jarret de veau en pot-au-feu, la tarte au sucre ou cassonade, le fromage puant de Maroilles. On boit la bière Lespagnol dans laquelle on trempe des mouillettes de pain. On termine sur un peu de genièvre tout seul.

L'après-midi, concerts au kiosque. Le soir, bal musette qui permet d'embrasser tendrement les trieuses débarbouillées. Naturellement, les Polaks participent à toutes ces réjouissances qui ont pour prétexte d'honorer un saint ennemi des Français. Jan trouvait toutefois que quinze jours de fêtes et d'orgies c'était un peu beaucoup pour célébrer un tel préservatif.

Creuser la terre et le charbon fossile expose à des explosions. En 1906, un coup de grisou avait fait mille quatre-vingt-dix-neuf morts à Courrières ; des mineurs allemands étaient venus apporter leur aide. En 1912, à Clarence, la mine s'était embrasée ; on remontait les morts dans des sacs, pareils à des blocs de braises fumantes. En 14-18, les Allemands étaient revenus ; leur artillerie lourde avait écrasé Lens et beaucoup de villes minières. Depuis, rien de grave ne s'était produit dans le Nord-Pas-de-Calais, excepté soixante-huit morts et douze blessés dans une cage sans frein, après cinq cents mètres de chute. Simple accident de la circulation. Jan Stapinski, après ses fonctions de porion, avait appris les gestes du sauveteur. Il savait comment installer des barrages de poussières inertes susceptibles d'arrêter l'avance des flammes. Se servir de l'appareil respiratoire, de la lampe et des lunettes antifumée qui permettaient d'entrer dans une atmosphère irrespirable. Donner les premiers soins à des blessés, les munir de masques à gaz comparables à ceux qui avaient servi contre l'ypérite.

Il espérait ne pas avoir à employer ce savoir-faire. Il se trompait. En 1930, il y eut un coup de grisou dans les mines allemandes d'Eschweiler, près d'Aix-la-Chapelle. Une cinquantaine de sauveteurs furent envoyés par notre Compagnie des houillères. Transportés dans de vieux camions américains Peerless qui avaient combattu en 18. Jan Stapinski fut du nombre avec Karl-Charles et d'autres Germano-Polonais. Ce fut pour tous un spectacle horrible que d'atteindre la galerie effondrée, de déterrer les morts, de coucher sur des brancards ces hommes qui, quinze ans plus tôt, avaient survécu aux féroces batailles de la Marne ou de la Somme. La fraternité des gens de houille efface les frontières. Il eut le bonheur de sauver plusieurs vies. Il revint décoré d'une médaille de bronze à ruban rouge au milieu de laquelle se tenait une aigle aux ailes éployées. En exergue, une devise en français : POUR LE MÉRITE. Cinq autres sauveteurs reçurent le même honneur.

5

En 1931, Jan épousa Anna Grimska, âgée de vingt-six ans. Blonde, pulpeuse, c'était une angèle comme celle qui avait donné à un jeune paysan la recette des *kolduny*. Comme aussi Lola Lola dans *Der Blaue Engel*, qui chantait d'une voix rauque *Ich bin von Kopf bis Fuss auf Liebe eingestellt*. De la tête jusqu'aux pieds, je suis faite pour l'amour. Jan, son père et ses frères allaient quelquefois au cinéma de Douai. Pas la mère ni les filles, elles n'avaient pas droit à ces spectacles immoraux.

— Ça ne fait rien, se défendaient les hommes. Nous le confesserons au curé.

L'actrice s'appelait Marlène Dietrich, ce qui veut dire Marie-Magdelaine Passe-Partout. De même que le passe-partout ouvre toutes les serrures, ses joues un peu creuses, ses jambes gainées de soie pouvaient ouvrir tous les cœurs. Le film racontait l'histoire d'un vieux professeur nommé Rath, follement amoureux d'elle. Pour la conquérir, il acceptait de jouer le rôle d'un clown. Un prestidigitateur lui cassait sur la tête des œufs dont le jaune lui coulait ensuite par le nez, en criant : « Kikiriki ! »

— Ce n'est pas normal, protesta Wladis. On n'a jamais vu un coq qui chante kikiriki en produisant un œuf. L'œuf est une spécialité de la poule, et elle chante : « Coco-codé ! »

Les trois fils rirent aux éclats de le voir si pointilleux. Expliquant :

— Ce n'est pas la réalité. C'est une histoire inventée.

Leurs films préférés étaient ceux de Charlie Chaplin : *Le Gosse*, où il recueillait un enfant abandonné ; *La Ruée vers l'or*, où les acteurs s'entretuent pour des pépites. Ils aimaient bien aussi Laurel et Hardy dans *V'là la flotte*. Et encore Harold Lloyd, qui ne se séparait jamais de son canotier ni de ses lunettes sans verres.

Quand les femmes leur demandaient de raconter ce qu'ils avaient vu, ils répondaient :

— Rien que des sottises qui risqueraient de vous troubler la tête. Allez plutôt aux vêpres et aux réunions des dentellières.

Mais revenons aux noces d'Anna et de Jan. Avant la cérémonie, le père Zgoreski les entendit tous deux en confession et leur fit cette recommandation :

— Dieu vous interdit de rien faire qui puisse empêcher la naissance d'un enfant. Ce serait un péché mortel et impardonnable.

Tandis que les parents Stapinski, père, mère, frères, sœurs, restaient à la Templerie, Jan et Anna recevaient une nouvelle résidence : rue de Trégastel, numéro 26, cité Notre-Dame-de-Waziers. Presque un retour à l'adresse de Karl-Charles, mais sur une allée plutôt lointaine. Entre leurs deux domiciles, une place ronde et herbeuse servait aux enfants de terrain de jeu. Tout cela dominé par l'église, sous son clocher à quatre horloges. L'intérieur évoquait une fosse minière ; un vitrail représentait Notre-Dame des Mineurs. La noce dura trois jours, suivant la tradition. Le vendredi, le fiancé invita ses collègues et amis à un arrosage devant sa résidence, signalée par un bandeau coloré : LONGUE VIE AUX JEUNES ÉPOUX. NIECH ZYJE MLODA PARA. Distribution généreuse de diverses liqueurs, hydromel et *wodka*. Photographie générale. Trompettes et clarinettes. Danses du pays lointain, polonaises, mazurkas, cracoviennes. Le samedi matin, tout le cortège, précédé d'un violon, suivit les fiancés dans l'église. Lui en costume sombre, ganté et cravaté. Elle en robe blanche, couronnée de fleurs, entourée de ses demoiselles d'honneur. Ils échangèrent leurs consentements, leurs vœux de fidélité et d'assistance. Anna Grimska devint Anna Stapinska. Toute l'assemblée éclata en chants latins et chants polonais.

Vers midi, on revient au coron devant lequel doit se consommer le festin, présidé par le même prêtre qui vient de les unir. Ses premiers mots sont de bénir la table :

— *Benedic Domine nos et haec dona quae de tua largitate sumus sumpturi...* Bénissez, Seigneur, nous-mêmes et ces dons que nous allons recevoir de votre générosité...

Au milieu de la table, trônent un agneau et un cochon de lait rôtis, artistement décorés. Le repas dure quatre heures. Quand il approche de la fin, le marié va rendre visite à tous les voisins du coron, offrant à chacun un morceau de *babka*, une sorte de brioche. Karl-Charles et Albina reçoivent leur part, et prononcent :

— Félicitations !

Le soir de ce même jour, les vieilles femmes présentent aux époux un édredon qu'elles ont rempli avec le duvet enlevé aux ventres de leurs oies. Opération longue et difficile pour les plumeuses car les oies se rebellent, il faut leur ficeler le bec. Curieux cadeau qui convient bien aux froides nuits galiciennes.

Le lundi matin, Jan promena sa femme dans une brouette à travers les rues de Waziers, pour signifier à tous qu'elle était à lui et qu'il en ferait ce qu'il voudrait. Applaudissements de toute la population waziéroise. Les danses et les plaisirs durèrent jusqu'au lundi soir. Le mardi, il fallut redescendre dans la fosse.

La besogne se faisait alors à sec, au milieu d'une poussière qui remplissait la bouche, le nez, les oreilles, les poumons, l'estomac des haveurs. Jan en avalait sa large part. Chacun de ses crachats avait la noirceur de cette encre boueuse qu'on trouvait dans les encriers des PTT. Des mineurs français, mieux informés et plus audacieux, mettaient les Polaks en garde :

— Si nous ne réagissons pas contre ces conditions de travail abominables, nous finirons tous silicosés. Adhérez à la CGT, notre syndicat.

Ils distribuaient des tracts où l'on voyait deux mains s'étreignant, entourées de la devise *Bien-être et liberté*. Ils faisaient aussi une propagande « pour la disparition du patronat et du salariat ». Stapinski posa des questions naïves :

— Le salariat, qu'est-ce que c'est ?
— C'est nous, les mineurs, les ouvriers, les maçons.
— Et le patronat ?
— C'est la Compagnie des houillères d'Aniche.

— Si vous la faites disparaître, s'il n'y a plus de patrons, il n'y aura plus de mines, il n'y aura plus personne pour nous payer !

— Ce que nous voulons, c'est nationaliser les mines et tous les moyens de production. Les mines appartiendront alors non plus à quelques personnes, mais à la nation française tout entière. Les nouveaux dirigeants seront des chefs que nous aurons choisis, honnêtes, compétents, humains, dévoués à notre cause. Comme ce qui se passe en URSS.

Il prononçait Urse. Le cégétiste expliqua la révolution soviétique, la chute du tsarisme, la disparition de la propriété privée.

— En Urse, l'arbre de la campagne contre lequel tu pisses le matin appartient à la nation.

— Et les merles qui nichent dedans ?

— Les merles aussi.

— Après la disparition du salariat, il n'y aura donc plus de mineurs, plus d'ouvriers ?

— Les mineurs, les ouvriers seront payés par le gouvernement. Tous fonctionnaires. Comme nos gendarmes. Comme nos douaniers. Comme nos maîtres d'école. On ne peut les renvoyer, les réduire au chômage, sauf s'ils ont commis une faute grave. En attendant, exigez de meilleures conditions de travail. Ralentissez les cadences. Sinon, dans quelques années, vos poumons seront durs comme des bornes kilométriques.

D'autres cégétistes affirmaient que chaque homme venu de Galicie avait rapporté huit francs au gouvernement polonais, versés par la Compagnie française des houillères :

— Vous avez été achetés huit francs par tête. Voilà combien votre pays et votre patron vous estiment !

À la messe, le prêtre polak osa s'en prendre un jour à ceux qu'il appelait les « agitateurs de la CGT, les révolutionnaires, ces fomentateurs de grèves, ces ennemis de Dieu qui osaient chanter dans leur *Internationale* "ni Dieu, ni César, ni tribun" ». Il exhorta ses compatriotes à se boucher les oreilles pour ne pas entendre leurs appels ; sinon, ils risquaient un jour d'être condamnés à l'enfer éternel. Coincé entre ces deux propagandes, ébloui par la perspective de devenir fonctionnaire comme le bouc de Liposkaya, Stapinski refusa de donner son adhésion à la CGT, disant :

— Faut que je réfléchisse. Tantôt je suis pour, tantôt je suis contre.

— D'accord, répondirent les meneurs. Joue au yo-yo.

Il faut dire qu'une rage se répandait sur le Nord-Pas-de-Calais et sur la France entière : celle du yo-yo. Un joujou formé de deux petits disques en bois des îles, ou en ébonite, ou en os, réunis par un axe. Une ficelle enroulée autour de cet axe faisait monter ou descendre le double disque grâce à l'élan de la main opérante. Les historiens affirment que le yo-yo était déjà connu des anciens Grecs ; qu'il fut apporté chez nous d'Allemagne après la Révolution sous le nom d'émigrette ou de coblence ; qu'il disparut ensuite pendant un siècle et demi pour rejaillir soudain en 1931. Destiné d'abord aux enfants, il devint très vite le jouet préféré des adultes. Bientôt, toute personne normalement constituée eut un yo-yo dans sa poche. Les écoliers en jouaient pendant la récré et même en classe sitôt que le maître leur tournait le dos. Le curé, derrière le parapet de sa chaire, s'en offrait une partie discrète durant son homélie. Nos plus grands chanteurs, nos artistes, nos écrivains le pratiquaient ardemment. André Gide avoua qu'il ne pouvait s'en passer. On yo-yotait derrière les corbillards. Un Américain en joua soixante-dix-huit heures de suite ; après lesquelles, il tomba raide mort.

Quelques mots sur le bouc de Liposkaya. Il rendait service à tous les éleveurs de chèvres de ce village. Si bien qu'ils décidèrent un jour de l'enlever à son propriétaire et de le municipaliser. Comme le garde champêtre. Or on s'aperçut très vite que ledit bouc réduisait ses prestations, qu'il préférait dormir sur sa paille ou manger les mûres dans les buissons plutôt que d'honorer les biquettes. On s'en inquiéta. On interrogea l'ancien propriétaire, qui répondit :

— S'il a perdu de sa vigueur, ne vous en prenez qu'à vous-mêmes. Il ne fallait pas le promouvoir fonctionnaire.

Le destin aussi jouait au yo-yo avec les événements. Le président de la République était un Auvergnat de la plus belle eau : Paul Doumer. Écrivain à ses heures, comme tous les hommes politiques, il avait publié avant 1914 *Le Livre de mes fils*, où l'on pouvait lire cette sorte de préceptes : « Donne à la société et à la nation les enfants dont elles ont besoin. Élève-les pour elles et non pour toi. Acquiers les vertus civiques sans lesquelles les institutions républicaines ne sauraient subsister : l'amour de la Patrie ; le souci de l'intérêt public ; le respect des lois ; l'attachement à la liberté, à la justice, à l'égalité ; le sentiment de la fraternité à l'égard de tes concitoyens. Aime l'armée nationale où ta place est marquée ; elle personnifie la Patrie dans sa force et son indépendance. Aime les soldats, tes camarades, qui doivent constituer pour toi une seconde famille. Vous aurez à vous aider, à combattre et peut-être à mourir ensemble. Soyez unis par la fraternité du labeur, par la fraternité du courage et la sereine fraternité de la mort. »

Ses fils avaient pris à la lettre ces recommandations : quatre étaient tombés entre 1914 et 1918.

Le 6 mai 1932, le président Doumer inaugurait l'exposition parisienne des écrivains anciens combattants. Il s'attardait devant les différents stands, bavardait avec André Maurois, Claude Farrère, Roland Dorgelès. Soudain claquent deux coups de feu : il tombe. On arrête l'assassin, un Russe demi-fou : Gorguloff, qui ne saura jamais expliquer pourquoi il a commis ce crime. Longtemps après son passage sous la guillotine, les trois syllabes de son nom feront frissonner aux veillées des chaumières, avec celles de Ravaillac, de Mandrin, de Caserio.

En octobre de cette même année 1932, le yo-yo du destin, au plus haut de sa course, laissa tomber chez les Stapinski un petit garçon auquel ses père et mère donnèrent le prénom d'Antoine au lieu d'Antoni afin de le rendre français. Saint Antoine est d'ailleurs un patron fort utile, il vous aide à retrouver les objets perdus.

Les années 30 produisirent dans tout le pays une crise économique. Née aux États-Unis, elle débordait sur l'Europe. L'Angleterre avait trois millions de chômeurs ; l'Italie, deux millions ; l'Allemagne, quatre millions. La France craignait des chiffres comparables. Le charbon restait sur le carreau. La Compagnie des houillères encouragea les immigrés à retourner chez eux. Les boulangers proposaient du mauvais pain. Aux plaintes de la clientèle, ils répondaient :

— C'est la faute aux dernières pluies. Le grain a perdu de ses qualités.

La clientèle se plaignit à la pluie, qui se défendit fermement :

— Je n'y suis pour rien. Plaignez-vous au soleil qui pompe l'eau des mers et détermine par conséquent mon abondance ou mon insuffisance.

On interrogea le soleil :

— Sachez qu'en France, répondit-il, lorsque le chômage augmente, lorsque les prix montent, lorsque la qualité baisse, ce n'est jamais la faute de personne. Surtout pas des patrons ni des commerçants.

Et il eut un ricanement qui provoqua une envolée de canicule. Les Ch'timis se précipitèrent dans les estaminets pour s'offrir des rafraîchissements. Les cafetiers en profitèrent pour gonfler le prix du bock.

La crise des années 30 eut des effets plus graves. Beaucoup de mineurs polaks furent expulsés de leurs corons, empilés dans des trains avec leur famille en larmes, leurs mômes et leurs bagages (cinq kilos au maximum), poussés au cul par les gardes républicains. Ne pouvant emporter leurs meubles, ils en faisaient des bûchers sur les places publiques. Les meubles s'envolaient en fumée comme Jeanne d'Arc. Il se trouva que la plupart de ces expulsés s'étaient fait remarquer précédemment par leurs activités syndicales. Un cas fit particulièrement scandale : celui de Tomasz Olszanski. Venu de Galicie comme Jan, il avait travaillé à Lens. Pendant la Première Guerre mondiale, il avait été soupçonné d'espionnage puisque ses papiers d'identité le disaient autrichien. Arrêté, puis relâché, il avait combattu avec les Bayonnais. Naturalisé français, il avait été élu permanent en 1921 de la CGTU (Confédération générale du travail unitaire), séparée de la CGT. Orateur de talent, il était devenu la bête noire des Compagnies. Elles avaient réussi en 1933 à lui faire perdre la nationalité française. André Malraux lui prêta vainement son secours, qualifiant son dossier d'« affaire Dreyfus du bassin minier ». Après avoir vécu quelque temps en clandestinité, il fut arrêté et expulsé vers la Pologne. Un autre auteur a montré la détresse de ces hommes dont on ne voulait plus.

Adieu disent-ils les mineurs dépossédés
Adieu disent-ils et dans le cœur du silence
Un mouchoir de feu leur répond Adieu C'est Lens
Où des joueurs de fer ont renversé leurs dés

Ils s'en iront puisqu'on les chasse ils s'en iront
C'est fini les enfants qu'on lave à la fontaine
Tandis que chante sous un ciel tissé d'antennes
La radio des bricoleurs dans les corons

Ils n'iront plus le soir danser à la ducasse
L'anthracite s'éteint aux pores de leur peau
Ils n'allumeront plus la lampe à leur chapeau
Ils s'en iront ils s'en iront puisqu'on les chasse[1]

Les Stapinski, s'étant toujours tenus en retrait, furent épargnés. Ils continuèrent de jouir de leur travail et de leur enfer souterrain. L'année 1933 leur fut cependant mauvaise. Wladis, le père, âgé seulement de cinquante-huit ans, souffrit d'une bronchite obstinée. Pour res-

---

1. Louis Aragon.

pirer, il ouvrait la bouche telle une carpe hors de l'eau. Afin de refroidir la fièvre qui le consumait, il se mouillait le visage avec un gant de toilette. Dans son lit, il ne pouvait trouver un peu de repos que dans la posture assise, le dos soutenu par deux oreillers. On avait appelé le médecin une seule fois. Étranger, Wladis ne bénéficiait pas des assurances sociales, votées en 1930, mais pas toujours appliquées, même aux citoyens français. Chaque consultation, remèdes compris, coûtait les yeux de la tête.

— Je sens bien que je suis foutu, reconnut-il un jour. Faites venir le père Zgoreski. Lui, du moins, ne coûte rien.

Le prêtre polak arriva, porteur du bon Dieu, précédé d'un enfant de chœur qui agitait une sonnette. À leur passage, les personnes rencontrées se signaient, sauf les musulmans, les juifs et les païens qui détournaient la tête. On alluma une bougie au chevet du malade. Puis la famille se retira, le laissant seul avec le confesseur, et se rassembla dans une pièce voisine où, agenouillée, elle récita la prière pour les mourants :

— Incline, Seigneur, ton oreille vers notre prière par laquelle nous supplions ta divine miséricorde en faveur de notre père Wladislaw Stapinski. Éloigne de lui la mort qui le menace. Conserve-le à notre affection. Mais si tu en juges autrement, si tu décides que son âme quitte ce monde, fais qu'elle s'en aille au paradis, lieu de paix et de lumière, et place-la parmi tes saints. Ainsi soit-il.

De l'autre côté de la cloison, on entendait des chuchotements. Puis le prêtre sortit après avoir béni tous les agenouillés. La mère donna une botte de carottes à l'enfant de chœur. Et le bon Dieu s'en alla.

Wladis résista encore trois jours. Il reçut individuellement chaque parent, lui dit ce qu'il avait à lui dire. Jan comparut le dernier.

— Tu es mon fils aîné. Sois toujours un bon exemple pour tes frères et sœurs et pour tes propres enfants.

— Je le promets.

— Donne satisfaction à ceux qui t'emploient, sois honnête et bon travailleur afin de mériter le salaire qu'ils te donnent.

— Je le promets.

Au terme de ses recommandations, le père prit un objet dans un tiroir et le lui mit dans la main :

— Voici mon seul héritage. Je le tiens de mon propre père. Je te le confie. Le moment venu, tu le donneras à ton fils aîné.

C'était une montre de gousset qu'on appelle populairement un oignon, avec sa chaîne d'argent et une petite clé pour le remontage. Sur le cadran, on pouvait lire en lettres minuscules le nom du fabricant : *Stasiak WARSZAWA*.

Puis l'âme de Wladis, comme l'avait demandé la prière, s'envola vers le séjour des bienheureux. Suivant les termes du contrat signé avec les houillères, sa dépouille aurait pu être rendue à la Pologne aux dépens de la Compagnie. Mais l'accompagnement de toute sa famille eût exigé des frais exorbitants. Il fut enterré dans le cimetière de Waziers. De nombreux Polonais en costumes nationaux suivirent son cercueil, tandis qu'une fanfare jouait la *Marche funèbre* de Chopin. Une partie du cimetière formait une sorte d'exterritorialité polake, dominée par un superbe terril, pointu comme une pyramide d'Égypte. Sur les dalles de granit, une inscription en deux langues résumait la vie du défunt :

Tu Spoczywa
Wladislaw Stapinski
Ur. 5-2-1875 Um. 13-12-1933
À NOTRE PÈRE
À NOTRE GRAND-PÈRE

Selon sa promesse, Jan porta toujours dans son gousset la montre d'argent. Chaque soir, il décrochait la petite clé et en remontait le mécanisme.

6

Au printemps 1934, une quarantaine d'enfants polonais firent leur première communion. Les filles toutes de blanc vêtues, telles de petites mariées ; les garçons habillés de sombre, un col blanc sous le menton. Comme d'habitude, la messe fut dite ou chantée en trois langues. Les clercs organisèrent pour les parents un repas en commun devant l'église ; il réunit plus de deux cents personnes. Elles mangèrent du ragoût à la crème, des gâteaux à la cannelle et burent du sirop d'orgeat. Tout le monde ensuite s'en fut participer au *Magnificat*. Les Ch'timis, habitués à des communions plus sobres, s'exclamaient avec un peu de consternation :

— Ah ! ces Polaks ! ces Polaks !

Le lundi de Pâques, un spectacle plus étrange encore leur fut offert : celui du *dyngus*. Adolescents et jeunes adultes, armés d'un petit arrosoir rempli d'eau parfumée, poursuivaient les demoiselles afin de leur en mouiller la tête. Au courant de cette coutume, certaines sortaient coiffées d'un capuchon imperméable. D'autres repoussaient les arroseurs avec des balais.

Plusieurs explications ont été fournies de cette tradition millénaire. La plus courante rappelle l'immersion baptismale du prince Mieszko – le Clovis polonais – lorsqu'il se convertit au christianisme en l'année 966. En vérité, de même que le souffle-cul pratiqué en Franche-Comté, ce *dyngus* est plutôt l'occasion pour les gars de chahuter les filles.

Ce même printemps, Anna Stapinska, qui avait déjà deux ans plus tôt donné le jour à un petit Antoine, lui procura une sœurette, Sophie, dont la marraine incarne la Sagesse éternelle et honore la grande église de Constantinople.

Quinze mois plus tard, ce fut le tour de François, dont le parrain, François d'Assise, protège les oiseaux contre les hommes et inspire les écologistes.

De la sorte, cultivée par son mari, Anna devint une sorte d'arbre fruitier qui, chaque année, produisait son fruitage. Après les trois précités, ce fut l'éclosion d'un Joseph, dont le saint patron, charpentier à Nazareth, veille en principe sur les artisans du bois.

Après cette quatrième grossesse qui s'était déroulée plutôt mal, accompagnée d'une hémorragie, Anna déclara tout net à son mari qu'elle n'en voulait pas d'autre. Elle lui fit promettre d'employer la méthode contraceptive du docteur japonais Ogino, en vogue à cette époque.

— Faute de quoi…
— Eh bien ?
— Faute de quoi, je ne garderai pas l'enfant non désiré.
— Que veux-tu dire ?

— Tu sais bien ce que font les filles d'ici non mariées lorsqu'elles tombent enceintes par accident. Toutes seules, avec une fourchette. Ou bien aidées par des femmes spécialistes que les Français appellent des « faiseuses d'anges ». D'autres encore avalent je ne sais quelles poudres qui font mourir le fœtus et qui, parfois, les font mourir elles-mêmes.

Horrifié de ce qu'il entendait, n'en croyant ni ses yeux ni ses oreilles, Jan rappela la recommandation que leur avait servie le prêtre Zgoreski : « Dieu vous interdit de rien faire qui puisse empêcher la naissance d'un enfant, ce serait un péché mortel et impardonnable. » Anna se montra fort discutailleuse :

— Si tu te retires avant que ta semence ait rencontré la mienne, c'est comme si l'on ne conduit pas une chèvre au bouc : elle ne peut pas produire seule le commencement d'une créature. Dieu ne peut pas interdire le rien du tout. Pas besoin du docteur Ogino.

Mal convaincu, Jan en perdit le sommeil. Pendant quinze jours, il ne toucha plus sa femme. Dans le lit froid, ils ménageaient entre eux de la distance, pratiquant ce que les mineurs appelaient communément le « sommeil aux culs tournés ». Après quoi, Jan s'en alla consulter leur prêtre habituel. Il lui servit le raisonnement d'Anna sur la chèvre et le bouc, s'attendant à le voir éclater de rire. Mais l'abbé s'exprima sérieusement :

— Je suis au courant de cette méthode. C'est ce qu'on appelle le *coïtus interruptus*. Dans sa *Somme théologique*, saint Thomas d'Aquin, notre docteur angélique, le condamne formellement. En son siècle, la terre, notre planète, manquait de population. Aujourd'hui, nous sommes plusieurs milliards. Il me semble bon de considérer cette différence. Ce qui me semble tout à fait inacceptable, c'est l'*abortus*, l'avortement volontaire. Quant au *coïtus interruptus*, c'est-à-dire l'acte inachevé, qui ne risque donc aucunement d'engendrer un fœtus, le germe d'une créature humaine, mon sentiment personnel est qu'on peut le tolérer. Quoique j'ignore ce qu'en pense le saint-père à Rome. Je te demanderai seulement, lorsque tu le pratiqueras, de me l'avouer en confession.

Très réconforté, Jan regagna son coron. Il informa sa femme :

— À condition de nous en confesser, nous pouvons pratiquer le *coïturlututus*. Le père Zgoreski nous en donne la permission. Nous ferons comme la chèvre et le bouc.

Le yo-yo du destin continuait ses descentes et ses montées. En France, les partis de gauche s'étaient unis pour former un Front populaire. Ils avaient remporté les élections parlementaires de 1936, confié le pouvoir à Léon Blum, descendant d'une famille alsacienne israélite. La droite attaquait ce Juif avec une incroyable violence. Charles Maurras, dans *L'Action française* royaliste, le qualifiait d'« hircocerf[1] de la dialectique heimatlos[2], détritus humain à traiter comme tel[3] ». Le ton du Front popu atteignait parfois des sommets comparables. Ceux, par exemple, de Jean Zay, ministre de

1. Animal fabuleux, moitié lion, moitié cerf.
2. Apatride.
3. Blum fut victime d'un attentat.

l'Éducation nationale, s'adressant au drapeau tricolore : « Je hais tes sales couleurs, le rouge de notre sang, le bleu que tu voles au ciel, le blanc livide de tes remords[1] ». Maurice Thorez, secrétaire général du parti communiste, laissait prévoir « une insurrection armée pour établir la dictature du prolétariat ». Dans les réunions ouvrières, *L'Internationale* remplaçait partout *La Marseillaise*. Les syndicats, pourtant favorables au gouvernement, mais le trouvant trop mou, lançaient un immense mouvement de grèves, avec occupation des usines, des ateliers, des mines. On chante, on danse la java, on récite des monologues, on est ravitaillé par les familles ; mais les machines sont soigneusement entretenues, les locaux balayés, les rondes contre l'incendie assurées. Résultat : des accords sont conclus à Matignon ; la semaine de travail est réduite à quarante heures, les salaires accrus de 12 % ; les prolétaires auront droit à douze jours ouvrables de congés payés. Ils pourront aller se baigner dans la mer, privilège réservé jusque-là aux patrons et patronnes, aux rentiers et rentières. Jan Stapinski aurait pu y conduire sa famille ; mais il y eut un empêchement.

Pendant ce temps, en Allemagne, le régime national-socialiste instauré par l'Autrichien Adolf Hitler triomphait. Il voulait la destruction du traité de Versailles, la formation d'une Grande Allemagne aux dépens de ses voisins polonais, français, tchèques. Quoique lui-même fût brun et assez petit, il proclamait que les Germains, grands, blonds, aux yeux bleus, étaient une race supé-

---

1. Jean Zay reconnut avoir écrit ces lignes « dans la connerie de la jeunesse ».

rieure, trop souvent contaminée par les Juifs. Sans doute avait-il lu l'ouvrage du comte de Gobineau, *Essai sur l'inégalité des races humaines*, selon lequel existe entre ces races une hiérarchie prouvée par l'histoire, l'anthropologie, la philologie. Malgré d'innombrables mélanges, subsiste une seule race pure, celle des Germains. Nietzsche et Richard Wagner avaient apporté leur appui au gobinisme. Et aussi Schopenhauer : « Si les autres parties du monde ont des singes, l'Europe a des Français, cela compense. »

En janvier 1935, la Sarre, riche en mines, qui était depuis 1920 sous l'autorité française, vota par référendum son retour dans le giron de l'Allemagne. Une partie de notre presse nourrissait l'illusion que les Sarrois préféreraient notre démocratie joyeuse, bien nourrie, bordélique, aux rigueurs de la Germanie. En fait, neuf sur dix votèrent contre nous. « Mais comment, se demandaient nos politiciens, peut-on renoncer au bonheur d'être français ? »

Prenant prétexte d'un pacte d'alliance franco-soviétique signé, à toutes fins utiles, par Pierre Laval et Joseph Staline, Hitler annonça que ses troupes allaient réoccuper la Rhénanie démilitarisée par Versailles. Tout le monde s'attendait à une énergique réaction des inventeurs du traité, confirmée par le discours radiophonique d'Albert Sarraut, notre président du Conseil :

— Nous ne sommes pas disposés à laisser Strasbourg exposé au feu des canons allemands.

Chaque Français mobilisable mit un casse-croûte dans sa musette et s'apprêta à rejoindre sa caserne. Notre énergique réaction ne devait être qu'une promenade militaire, les Allemands ne disposant encore que d'un armement léger. Mais l'Angleterre s'opposa à toute intervention. Sarraut rentra ses dispositions belliqueuses et accepta le fait accompli. Hitler et Goering, son ministre des Armées, annoncèrent qu'entre le beurre et l'acier il leur fallait choisir l'acier. Les Français choisirent le beurre, et les mobilisables restèrent chez eux.

Tout cela confirmait Adolf dans ses ambitions picrocholines. L'œil halluciné, regardant vers l'Est, vers l'Ouest, vers le Sud, déchirant les anciens traités, il proclamait qu'il était disposé à en signer de nouveaux valables dix ans, vingt ans, trente ans.

En Italie, un ancien instituteur socialiste, Benito Mussolini, converti à la dictature, avait inventé le fascisme et conquis le pouvoir, tout en laissant au roi Victor-Emmanuel III un semblant d'autorité. Le 2 octobre 1935, Benito lança de son balcon :

— Nous avons patienté quarante ans avec l'Éthiopie. Maintenant, *basta* !

Allusion au désastre d'Adoua où les guerriers éthiopiens avaient massacré en 1896 cinq mille Italiens, dont deux généraux et quarante officiers. Cela exigeait une revanche. Les troupes mussoliniennes, utilisant les chars d'assaut et les gaz asphyxiants, envahirent l'Éthiopie, dont le roi, le négus Hailé Sélassié, vint à Genève protester à la tribune de la Société des Nations. Celle-ci vota contre l'Italie des sanctions qui ne furent pas sérieusement appliquées. Afin de couvrir les frais de sa conquête, Mussolini demanda aux épouses italiennes de lui donner leurs alliances de mariage. Il en recueillit plusieurs millions.

En Espagne, une révolution avait chassé le roi Alphonse XIII, instauré la république et donné démocratiquement le pouvoir au *Frente popular*.

Cependant, le pays demeurait secoué par des agitateurs anarchistes, catalans, réactionnaires. Une révolte éclata au Maroc espagnol, fomentée par le général Francisco Franco. Elle franchit le détroit de Gibraltar et embrasa toute l'Espagne. À Grenade, elle fusilla glorieusement le poète Federico García Lorca. Il s'était heureusement promis une mort parfumée :

> *Quand je mourrai, enterrez-moi avec ma guitare sous le sable.*
> *Quand je mourrai, parmi les orangers et la bonne menthe.*
> *Quand je mourrai, enterrez-moi, si vous voulez, dans une girouette.*

En dépit des violences fascistes et nazies, la France aurait nagé dans le bonheur du Front popu si les gens du Nord n'avaient été atteints par une campagne de dénigrement à l'encontre de Roger Salengro, maire socialiste de Lille et ministre de l'Intérieur. Campagne déclenchée sous la forme interrogative par le journal de droite *Gringoire* : « M. Roger Salengro a-t-il déserté le 7 octobre 1915, a-t-il été condamné à mort par contumace ? » Ce jour-là, en ligne sur le front de Champagne, il était sorti seul pour secourir un camarade blessé et n'avait pas reparu. Prisonnier volontaire, selon l'interrogation de *Gringoire*. Plus que déserteur : après sa disparition, les postes de commandement français furent systématiquement bombardés. Pour trahison, Salengro ne fut-il pas condamné ? « Si M. Salengro répond, nous publierons sa réponse. S'il ne répond pas, son silence le jugera. »

C'est Léon Blum qui le défend devant la Chambre des députés. Parlant du conseil de guerre qui aurait condamné Salengro, il rectifie :

— Il a bien eu une condamnation, à deux ans de prison, mais par un conseil de guerre allemand, à Nuremberg, en juillet 1916, parce qu'il avait refusé de travailler dans une fonderie.

Le maire de Lille se contente d'exprimer sobrement la souffrance que lui font subir depuis des semaines ces accusations mensongères.

— J'ai été soldat sans peur et sans reproche.

Par quatre cent soixante-sept voix contre soixante-trois, la Chambre repousse les calomnies de *Gringoire* et les déclare nulles et non avenues.

Cinq jours plus tard, on apprend que Salengro s'est suicidé. Une lettre écrite à son frère explique que le harcèlement du journal a eu raison de ses forces. Les ouvriers du Livre refusent d'imprimer *Gringoire* plus longtemps. « Les calomniateurs, dit leur communiqué, ont tué Salengro comme ils ont tué Jaurès, aussi sûrement que s'ils lui avaient tiré deux balles dans la tête. » L'évêque de Lille, monseigneur Achille Liénart, surnommé « l'Évêque rouge » parce qu'il a coutume de défendre la cause des grévistes, écrit : « La politique ne justifie pas tout. La calomnie ou même la médisance sont des fautes que Dieu condamne. » L'extrême droite cependant ne désarme pas. « Ce suicide, écrit *L'Action française*, correspond à un aveu. » *L'Écho de Paris* parle de la lourde responsabilité de Blum : « On ne va pas chercher ses ministres sur les bancs du conseil de guerre. »

Le successeur de Salengro, Marx Dormoy, maire de Montluçon, sera assassiné en 1941 à Montélimar par une bombe anonyme.

Le gouvernement du Front populaire dura deux années. Alfred Sauvy, économiste et démographe, l'a accusé, dans *L'Express* du 28 avril 1960, d'avoir dangereusement affaibli la France et d'être partiellement responsable de sa défaite en 1940. Le nombre de nos avions militaires livrés en 1937-38 fut de neuf cent cinquante unités tandis que les nazis, pendant la même période, en avaient fabriqué dix mille neuf cent vingt. Mêmes différences pour les chars d'assaut et les véhicules motorisés. Autre cause du désastre non citée par Sauvy : l'immense incapacité de nos généraux et de nos hommes politiques. Résumons-nous. Philosophiquement, le Front populaire avait raison. Le bonheur des travailleurs est de moins travailler, de danser la java, d'aller se tremper le derrière dans la mer. Militairement, il avait tort. Les conquêtes sociales n'étaient pas obtenues au bon moment. Grâce aux efforts conjugués de l'Angleterre, de l'Amérique, de l'URSS, des Résistances, le yo-yo du destin corrigera ces erreurs. À quel prix !

Revenons à l'empêchement des Stapinski. Au mois de mai 1936, Anna s'aperçut qu'en dépit du *coïturlututus* pratiqué par son mari elle était indubitablement dans l'attente d'un cinquième moutard. Ses seins devenaient durs comme des ballons de foot, les Anglais ne débarquaient plus[1], elle souffrait de maux de tête et de nausées matinales. Elle eut avec Jan une explication orageuse :

1. Appellation populaire des menstrues à cause de l'uniforme rouge de la garde royale britannique.

— Tu n'as pas tenu ta promesse ! Tu m'as trahie ! Je n'aurai plus jamais confiance en toi !

— Je t'assure... je jure...

— Ne jure pas ! Dieu t'entend !

— Je te certifie que j'ai appliqué le *coïturlututus*. Mais peut-être... peut-être que ça ne fonctionne pas toujours. Si tu es enceinte, il nous faut accepter cet enfant supplémentaire, le nourrir et l'élever comme les autres. Cinq enfants dans une famille, ce n'est pas trop. Chez mon grand-père galicien, ils étaient onze.

— Celui-là, il me rend malade à mourir. Il me donne déjà des coups de pied. S'il devait naître, je sens que je ne l'aimerais pas. Cinq est un nombre que j'ai toujours détesté. Il porte malheur. On ne vend pas les œufs par cinq, mais par six, ou par douze. Il y a douze mois dans l'année, pas dix.

— Nous avons cinq doigts à chaque main et à chaque pied.

— Il y a douze heures dans un jour et douze dans une nuit. Tout ce qui est bon se partage en six, tout ce qui est mauvais se partage en cinq.

— Eh bien ! Ayons-en six !

— Tu te moques de moi ?

— Nous ne serions pas les seuls.

— Pense ce que tu veux. Mais moi, je te dis et je te déclare que ce cinquième, je ne le veux pas.

— Comment ça, tu ne le veux pas ?

— Je veux le faire tomber. Avec une fourchette.

— C'est un crime ! Un assassinat ! Un infanticide ! Un péché impardonnable !

— Personne ne le saura, sauf toi.

— Et Dieu !

— Je m'arrangerai avec lui.

— Tu es devenue une païenne, une fille du diable, comme la plupart des Françaises ! Tu ne songes qu'à ta commodité. Bientôt il te faudra quarante heures par semaine, comme aux ouvriers !

— J'en travaille plus de quatre-vingts.

— Est-ce qu'il y a un syndicat des femmes enceintes ?

— Est-ce qu'il y a un syndicat des maris arriérés ?

— Qu'est-ce que c'est, des maris arriérés ?

— Qui ne savent pas se moucher sans demander la permission à leur curé.

Jan éprouva une telle fureur de s'entendre traiter d'arriéré qu'il saisit sur le buffet un vase de porcelaine où languissaient des soucis jaunes. Il l'éleva au-dessus de sa tête. Puis, songeant qu'il coûtait bien trente ou quarante francs, il le reposa et se laissa tomber sur une chaise. Devant lui, au dossier d'une autre, il pouvait lire *La paix soit avec vous*. Il tira son mouchoir, s'essuya le front, domina le tremblement de ses mains. En face de lui, raide comme l'injustice, debout, les mains pressées sur son ventre, Anna le considérait sans bouger un cil. Lorsqu'elle jugea que la colère de son mari s'était évaporée, elle ouvrit la bouche avec un grand calme :

— C'est bien. Ce cinquième, je le garde. À une condition.

Il écarta le mouchoir, n'en croyant ni ses yeux, ni ses oreilles.

— À la condition que tu n'as pas respectée : que ce soit le dernier… Que ce soit vraiment le dernier. Et pour ça, nous ne dormirons plus ensemble.

— Plus ensemble ?… Qu'est-ce que ça veut dire ?

— Que tu ne me toucheras plus.

— Mais… nous n'avons qu'un lit !

— Tu le remplaceras par des lits jumeaux, bien séparés.

— Je ne te toucherai plus ? C'est là un motif de divorce !

— Le divorce est interdit par l'Église. Nous sommes mariés pour le meilleur et pour le pire. Nous vivrons le pire.

— C'est donc que tu ne m'aimes plus ?

— Je t'aimerai comme si tu étais mon frère.

— À trente-cinq ans, tu crois que je pourrai accepter ce… cette privation ?

— Arrange-toi comme tu voudras.

La nuit suivante, il dormit sur un canapé, espérant qu'Anna changerait d'avis, que la nuit lui porterait conseil. Lorsqu'elle se réveilla, il l'embrassa tendrement sur le front, sur les joues, sur le nez, sur la bouche. Elle accepta froidement ces démonstrations. Leur séparation de corps dura une semaine. Au terme de laquelle il expliqua qu'il ne pouvait se résigner à remplacer le lit matrimonial par des lits séparés. Ce déménagement serait remarqué par toute la famille, les enfants en seraient perturbés, ils poseraient des questions auxquelles on ne pourrait répondre.

— J'ai trouvé un moyen.

Il prépara une planche de justes dimensions, la rabota, la polit, l'enveloppa d'un capitonnage. Il la disposa au beau milieu du lit, dans le sens de la longueur, fixée en haut et en bas par des cordelettes. Après en avoir ri, sa femme voulut bien de cette cloison. Ainsi purent-ils désormais dormir innocemment, toujours proches mais séparés, à la manière de Tristan et Iseut dans la forêt du Morois, mais ces deux-là séparés par une épée infranchissable.

« Arrange-toi ! » avait-elle dit. Il s'arrangea comme il put. Douai ne manquait pas de femmes obligeantes qui voulurent bien le dépanner par charité chrétienne ou contre une modeste rétribution en monnaie ou en légumes. Le jardin du coron était assez généreux en choux, en tomates ou en carottes. Il confessait au prêtre ses péchés en donnant cette explication :

— Ma femme ne veut plus de moi. Est-ce qu'elle aussi ne commet pas un péché ?

— Malheureusement non. La continence n'en est pas un. Elle est même recommandée par plusieurs Pères de l'Église. Tu arrives à supporter ce régime ?

— Elle m'a dit : « Arrange-toi. » Alors, je m'arrange.

— Tous les combien ?

Jan fit le calcul dans sa tête, avoua : une fois par semaine.

— Pas plus ?

— Le dimanche matin, en général, avant la messe.

— Je comprends cette étrange situation. Viens donc te confesser aussitôt après ton arrangement, afin que tu puisses, le cœur pur, consommer le corps du Christ.

Ainsi s'établit entre eux une sorte d'abonnement. Le curé lui accordait très vite son absolution et ne lui infligeait qu'une pénitence de principe :

— Pendant toute la semaine, tu boiras ton café sans sucre. Suivi d'un *Je vous salue*.

En Espagne, la guerre civile faisait rage. Les insurgés franquistes arrivaient aux portes de Madrid au prix de quinze mille morts d'un côté, de quinze mille morts de l'autre. Les avions lourds allemands faisaient des essais de bombardement en piqué, exercice réservé auparavant aux avions de chasse. Les Brigades internationales qui soutenaient les républicains comptaient dans leurs rangs la brigade Garibaldi ; celle-ci faisait le coup de feu contre des bataillons fascistes envoyés par Mussolini. L'Allemagne et l'Italie s'adonnaient à la répétition générale d'une prochaine guerre mondiale.

Pendant ce temps, la France préparait une Exposition universelle. Décrétée en 1936, elle devait être inaugurée le 1er mai 1937. Par un effet des grèves, elle le fut le 24. Quarante-trois pays de tous les régimes y avaient leur pavillon, y compris l'Allemagne hitlérienne. Yvonne Printemps et Pierre Fresnay triomphaient dans *Les Trois Valses*, Saint-Granier dans *Ramona*, Charles Trenet dans *Y a d'la joie*, Ray Ventura dans *Tout va très bien, madame la marquise*. La France débordait de pacifisme heureux, agnelle entourée de loups. Gardée par des bergers sourds et myopes. Les gauchers affirmaient : « Nous n'avons pas besoin d'armes, nous ne voulons entrer en guerre contre personne. » Les droitiers répondaient : « Nos armes sont si puissantes que nous ne redoutons aucun agresseur. » Le film *La Grande Illusion* contribuait à nous endormir ; un roman d'amour était possible entre la France de Jean Gabin et l'Allemagne de Dita Parlo.

L'enfant non désiré des Stapinski vit le jour le dimanche 28 mars 1937, alors qu'un Italien de France, Jules Rossi, venait de gagner le Paris-Roubaix, une course qui se déroule sur les pavés des routes ch'timis, pieusement conservées à cet usage. Une foule énorme était à l'arrivée. Pour honorer ce coureur immigré, le quatrième garçon de Jan et d'Anna fut baptisé Jules. Plusieurs Jules ont atteint la sainteté, le petit Stapinski ne manquerait pas de saints patrons. D'autres ont occupé des emplois élevés, Jules II, Jules III, Jules Favre, Jules Ferry, Jules Grévy, Jules Renard. Tous ces Jules lui promettaient un bel avenir.

7

La Pologne polonaise vivait difficilement. Aux prises avec ses voisins, l'URSS, l'Allemagne, la Lettonie, la Roumanie, la Tchécoslovaquie. Déchirée aussi par des conflits internes. Le maréchal Pilsudski l'avait farouchement défendue, à la pointe de l'épée, contre ces loups. À partir de 1932, il avait cédé les affaires étrangères au colonel Beck, qui crut bon, en 1934, de signer avec Hitler un de ces pactes de paix de dix années avec lesquels le Führer amusait le monde, tandis que ses usines d'armement travaillaient jour et nuit. Les Français continuaient de danser la java. Un de leurs orateurs, le vieil anarchiste Sébastien Faure, préconisait même un désarmement unilatéral :

— Désarmons sans nous occuper de ce que font nos voisins. Quand Hitler nous saura pourvus uniquement de notre volonté de paix, il n'osera pas nous attaquer. Cela lui vaudrait une réprobation universelle.

Chez les Stapinski, on ne s'occupait guère de politique. Au sortir de sa vie souterraine, Jan cultivait ses carottes et ses choux. Ce dernier légume était l'aliment principal de la famille. Elle le consommait cru, haché menu, en vinaigrette, en soupe, en choucroute. La préparation de la choucroute polonaise exigeait une cave, un tonneau, la collaboration de toute la parenté, et même des voisins. Il fallait découper les cœurs en fines lamelles, puis en remplir le tonneau par couches successives séparées par des lits de gros sel. Quand il était quasi plein, on le couvrait d'un faux fond de bois. Un gamin pesant au moins quarante kilos mais pas plus de cinquante, fils de la famille ou jeune voisin invité, quittait ses chaussures, se lavait les pieds et montait sur cette planche. Elle s'enfonçait, elle tassait la future choucroute. Certains Polaks la fabriquaient sans le couvercle. Le gamin entrait alors dedans jusqu'aux genoux, jusqu'aux cuisses, comme les vendangeurs auvergnats dans leur cuve. Après un mois de fermentation et de méditation, la choucroute était bonne à consommer.

Anna élevait ses cinq moutards en bonne mère, se reprochant parfois d'avoir moins de sentiment pour le dernier, le malvenu. Elle leur parlait uniquement en polak, tandis que le père ne s'adressait à eux qu'en français. Si bien qu'ils tétaient aux deux cultures, comme ils avaient tété aux deux seins maternels.

L'année 1938 fut pleine de convulsions. Hitler accomplit coup de force sur coup de force. En mars, il contraignit le chancelier autrichien à céder sa place à un nazi pure laine, Seyss-Inquart. La nuit qui suivit ce changement, ses troupes pénétrèrent en Autriche comme dans du beurre et accomplirent l'*Anschluss*, la réunion en un seul pays de l'Autriche et de l'Allemagne. Massivement approuvée par plébiscite. En avril, il commença de s'intéresser à la Tchécoslovaquie, dont la bordure septentrionale, les monts

Sudètes, était habitée par une population mi-bohémienne, mi-germaine. Le président du Conseil français, Édouard Daladier, dit « le Taureau du Vaucluse », rappela que la Tchécoslovaquie était une alliée de la France et qu'en cas d'agression contre elle, la France tiendrait ses engagements. Pour les appuyer, il rappela sous les drapeaux un million de réservistes. Les casernes virent arriver une bande de pedzouilles de tous âges, de toutes origines, qui savaient tout juste piloter une brouette et avaient oublié le maniement d'une arme à feu. Les colonels se demandèrent ce qu'ils allaient bien pouvoir faire de ces troupeaux de bons à rien. Les garde-mites n'eurent pas assez d'uniformes pour les habiller tous, pas assez de godillots pour les chausser. Ils ne disposaient que d'un ceinturon pour deux, d'un casque pour trois, d'un fusil pour quatre. Laborieusement, ils réapprirent à enrouler leurs bandes molletières et retrouvèrent les gestes qui expriment extérieurement les marques du respect. Intérieurement, chacun pensait ce qu'il voulait. Pas grand-chose.

En fait, la paix fut sauvée par le chancelier d'Angleterre Neville Chamberlain et son parapluie : ils refusèrent de faire la guerre et pratiquèrent une attitude d'apaisement. À Munich, quatre chefs de gouvernement se réunirent, Hitler, Mussolini, Chamberlain, Daladier. Les deux derniers, conscients de leur faiblesse militaire, baissèrent culotte devant les deux premiers et abandonnèrent les Sudètes. Ils espéraient qu'avec ce nouvel os dans la gueule, le méchant loup hitlérien se montrerait satisfait et respecterait les frontières rétrécies des petits cochons tchèques. Les pedzouilles furent renvoyés dans leurs foyers.

Daladier raconta plus tard que, revenant du Bourget, reçu triomphalement par les Parisiens, il ne pouvait s'empêcher de grommeler dans sa barbe : « Oh ! les cons ! Oh ! les cons ! » Oubliant que lui-même était le plus con de tous, qui venait de reculer pour mieux sauter ; et qui, ministre de la Guerre depuis 1933, n'avait guère armé la France que de vantardises. Un vent de connerie soufflait sur le pays de l'extrême droite à l'extrême gauche. Sur les généraux Gamelin, Pétain, Weygand, accrochés aux conceptions stratégiques de 1918. Sur les experts militaires de tout poil, comme ce Jean Rivière qui écrivait dans *Le Figaro* : « Les chars d'assaut ne sont pas invincibles. Soyons raisonnables, laissons aux autres le soin de se livrer à cette fantaisie mécanique. » Sur le quai d'Orsay où, depuis des années, nos diplomates n'osaient faire pipi sans demander permission à l'Angleterre. Sur les syndicats qui refusaient farouchement d'abroger à titre provisoire la loi des quarante heures afin d'accélérer notre réarmement :

— Pas question, Gaston ! On ne touche pas à nos acquis sociaux !

Cons comme il n'est pas permis, ils déclenchaient des grèves dans nos arsenaux.

Sur les intellectuels idéalistes et pacifistes contre vents et marées, voire admirateurs du fascisme : la connerie de Sébastien Faure égalait celle de Robert Brasillach. Quant aux communistes, leur connerie devait éclater splendidement l'année suivante. Lorsque en août 1939 Hitler et Staline signèrent un pacte de non-agression, *L'Humanité* titra : *Le pacte germano-russe sauvera la paix du monde*. Dans les mines du Nord-Pas-de-Calais, des délégués mineurs répandaient un tract faisant l'apologie dudit pacte : « Grande victoire pour la Paix. Triomphe de la politique de fermeté de l'URSS ».

Sauf exceptions miraculeuses, la France d'octobre 1938 était un pays de cons.

Le printemps de 1939 ne demandait qu'à ressembler aux autres avec les cui-cui de ses hirondelles, ses giboulées de mars, sa floraison d'avril, ses cerises de mai. Il n'empêche que chacun ruminait des pensées calamiteuses. Un signe ne trompait pas : les autorités militaires commençaient de recenser les quadrupèdes. En 1938, Daladier s'était contenté de recruter un million de bipèdes pour impressionner Adolf ; les ânes, les chevaux, les mulets étaient restés dans leurs écuries. Les Allemands, qui nous connaissent bien, en avaient déduit que ce grand remuement de réservistes n'était que de la bouillie pour les chats. En 1939, tout ce qui pouvait tirer un fourgon, une ambulance, une cuisine roulante dut se faire inscrire. Pendant qu'on y était, on recensa même les pigeons voyageurs ch'timis, en souvenir du fort de Vaux. Bref, le général Gamelin se préparait à reprendre la Grande Guerre provisoirement interrompue le 11 novembre 1918. Hitler en conclut que, cette fois, notre branle-bas était sérieux. Il se hâta d'avancer ses troupes mécanisées en occupant la Tchéquie, tandis que la Slovaquie se déclarait indépendante mais amie de l'Allemagne, sous l'autorité d'un évêque gagné au nazisme, monseigneur Tiso. La Pologne du colonel Beck, la Hongrie profitèrent du partage pour obtenir quelques surfaces du pays dépecé.

Rien ne pouvait apaiser la voracité du Führer. Son complice, Benito Mussolini, d'un appétit plus raisonnable, osa penser et dire qu'Adolf voulait conquérir le monde entier et qu'après cela il s'en prendrait à la lune. En attendant, Hitler informa les Polonais que l'Allemagne avait à leur égard deux revendications :

— récupérer Dantzig, « ville incontestablement allemande » ;

— obtenir une voie ferrée et une autoroute à travers le corridor que le traité de Versailles avait imaginé pour couper l'Allemagne en deux.

Le colonel Beck refusa ces deux points. La France et l'Angleterre le soutenaient. En fait, toutes deux auraient bien aimé un conflit germano-russe dans lequel nazisme et communisme se seraient anéantis. De son côté, Staline aurait trouvé un plaisir extrême à voir la France, l'Angleterre, la Pologne, qui avaient combattu la Russie soviétique en 1917, en découdre avec Hitler. Dans les conversations diplomatiques, c'était à qui essayait le mieux de berner les autres. Soudain, Staline sortit un lapin de son chapeau : le pacte germano-soviétique de non-agression et de partage.

— À vous la Pologne jusqu'à la Vistule, proposa Joseph.

— À vous le reste de la Pologne et les pays baltes, proposa l'ambassadeur von Ribbentrop.

Le 1er septembre 1939, sans déclaration de guerre, les troupes nazies envahirent la Pologne. Ainsi commença la Seconde Guerre mondiale qui devait faire cinquante millions de morts civils ou militaires. Peut-être soixante.

Des milliers d'immigrés polaks du Nord-Pas-de-Calais voulurent se battre aux côtés des Français comme l'avaient fait les Bayonnais de la Targette pendant le premier conflit mondial. Le 15 septembre, l'ambassade de Pologne promulgua cet ordre dans les deux langues : *Les citoyens polonais de 17 à 45 ans résidant en France doivent se faire recenser dans la gendarmerie la plus proche de leur domicile.* Sur les cent vingt mille qui se présentèrent, les conseils de révision en retinrent quatre-vingt-treize mille. Jan Stapinski se trouva parmi les éliminés à cause de ses cinq enfants. Les mobilisés furent envoyés à Coëtquidan en Bretagne ou à Véluché dans les Deux-Sèvres. On les habilla en chasseurs alpins avec une aigle couronnée sur leur béret. Lorsqu'ils furent prêts à combattre, la Pologne était déjà vaincue et envahie des deux côtés. Un gouvernement polonais en exil s'installa en France, dirigé par le général Sikorski.

Pendant les six mois qui suivirent, nos braves soldats restèrent pratiquement calfeutrés dans la ligne Maginot qui devait les protéger de toute attaque. Tuant le temps à entretenir la belote perpétuelle, à écrire à leur famille, à applaudir à la radio les vedettes de la chanson :

> *Et tout ça, ça fait*
> *D'excellents Français,*
> *D'excellents soldats*
> *Qui marchent au pas...*

Comme s'il suffisait de marcher au pas pour être un bon soldat. Cette guerre avait des airs de farce. François Mauriac la qualifia de « drôle de guerre ».

Se rappelant la mollesse à Munich de Daladier et de Chamberlain, Hitler leur proposa de lui abandonner sa conquête. « Pourquoi la guerre devrait-elle avoir lieu maintenant à l'ouest ? Pour la reconstitution de la Pologne ? La Pologne du traité de Versailles ne ressuscitera jamais. Ce sont deux des plus grands États de la terre qui le garantissent. » Proposition qui n'eut aucune suite.

C'est vers le nord qu'elle se déplaça. La Suède avait coutume d'exporter du minerai de fer à l'Allemagne par le port norvégien de Narvik. Un port enfoncé dans le fjord Ofoten, dans un magnifique paysage de forêts et de porphyres. Là aboutissait la voie ferrée suédoise de Lulea. Les Alliés bloquèrent l'entrée du fjord par une ligne de mines. Un corps expéditionnaire anglo-franco-polonais commandé par le général Béthouart s'empara de Narvik le 28 mai 1940. Paul Raynaud, successeur de Daladier, proclama aux quatre vents :

— La route du fer est et restera coupée.

En fait, bombardés intensément par l'aviation ennemie, les Alliés durent se retirer dix jours plus tard. Les restes de nos bataillons se réfugièrent en Angleterre avant de retrouver la France envahie. Le général Gamelin avait éparpillé les trois mille cinq cents chars légers dont il disposait sur toute la longueur du front, entre Dunkerque et Strasbourg. Le général hitlérien Guderian, au contraire, avait lancé mille cinq cents chars lourds à travers les Ardennes. Ses divisions blindées avaient franchi la Meuse près de Sedan, suivies par des divisions motorisées. Les troupes franco-anglaises s'étaient enfoncées dans la Belgique et la Hollande. Soutenues par une aviation insignifiante, elles se replièrent en grand désordre. À Dunkerque, deux cent soixante-dix mille Anglais et cent mille Français réussirent à traverser la Manche grâce à une gigantesque flottille de petits bateaux venus à leur secours.

Descendues de Narvik, les troupes polonaises combattirent à Nancy et sur le canal Rhin-Marne. Le général Sikorski et son gouvernement provisoire s'installèrent à Londres.

En apprenant la déroute des Alliés, Adolf Hitler esquissa un pas de danse. Événement prodigieux enregistré par toutes les caméras photographiques ou cinématographiques. L'armistice entre vainqueurs et vaincus fut signé dans la forêt de Compiègne, dans le wagon même où Foch avait imposé celui de 1918. La France se trouvait partagée en deux zones : zone occupée, zone dite libre. L'Alsace-Lorraine redevenait allemande. Les départements du Nord et du Pas-de-Calais se voyaient imposer un régime spécial, proche de l'annexion. Les habitants qui, durant les hostilités, s'étaient réfugiés dans le reste de la France n'eurent pas le droit de remonter. Les ouvriers et mineurs restés sur place durent reprendre le travail. Les voies ferrées furent remises en état, sous la surveillance de cheminots venus d'Allemagne. L'administration de ce territoire était dirigée par un commandement militaire hitlérien établi à Bruxelles. La douane française à la frontière belge fut supprimée. Tout laissait prévoir la formation d'une zone interdite de caractère plus ou moins flamand, dirigée par des *Warebstellen* (Comités économiques). Dans les campagnes, les fermes abandonnées étaient occupées par des agriculteurs allemands, ou tchèques, ou polonais, avec l'aide, quelquefois, de prisonniers de guerre libérés. Le franc et le mark avaient cours tous les deux dans cette zone demi-interdite, à raison d'un Reichsmark pour vingt francs. Une affiche, placardée un peu partout, montrait un soldat boche tête nue, souriant, tenant dans ses bras des enfants ch'timis, avec cette légende : *Faites confiance au SOLDAT ALLEMAND.* Ailleurs, d'autres affiches annonçaient qu'Émile Masson, batelier, ou Lucien Brusque, pêcheur, domiciliés à Saint-Valery (Somme), avaient été condamnés à mort et fusillés pour avoir saboté des câbles téléphoniques. Et sur certaines boutiques, cet avertissement : ATTENTION. *Ici maison juive.*

Jan Stapinski perdit son titre de porion. Les occupants le ravalèrent au rang de haveur. Il remit la main au marteau-piqueur et à la rivelaine, sous la surveillance de porions hollandais gagnés au culte d'Adolf Hitler. Les occupés résistaient à leur manière en se racontant des histoires anti-boches. Celle par exemple de ce Polaco-Douaisien qui s'en va trouver le curé de sa paroisse.

— Mon père, je voudrais changer de nom.
— Ce n'est pas mon rôle. Il faut t'adresser au préfet.
— Il n'y a plus de préfet, vous le savez bien. L'ancien n'a pas le droit de revenir. Vous seul pouvez m'aider.
— Quel est ce nom que tu veux changer ?
— Je m'appelle Adolphe Trouducuski.
— Trouducuski ! Un nom difficile à porter, en effet. Comment voudrais-tu t'appeler ?
— Je voudrais m'appeler Marcel Trouducuski.
— Je te l'accorde. Je te l'accorde de tout cœur !

Les occupants se promenaient dans les rues de Douai, bien vêtus, bien bottés, comme d'innocents touristes. Les carrefours des villes et des campagnes étaient fleuris d'écriteaux en lettres gothiques : *Parken verboten. Umleitung. Hauptstrasse. Nach Lille. Kommandantur.* On rencontrait les Allemands dans les estaminets, dans les cinémas, dans les restaurants. Sur les bancs publics, on les voyait puiser par larges cuillerées dans leurs gamelles de ce beurre dont Goering les avait tant privés. Les officiers se reconnaissaient à leur casquette, à leurs bottes cavalières. Ils achetaient de tout. Des vendeurs de journaux leur proposaient le *Volkische Beobachter* ou le *Kölnische Zeitung*. Ils proposaient aussi les feuilles françaises tolérées. Dans *L'Œuvre*, Marcel Déat, qui s'était insurgé en 1939 contre l'idée de « mourir pour Dantzig », défendait ardemment la « collaboration » pétainiste. *La Gerbe* s'en prenait aux francs-maçons qui sabotaient « le magnifique élan commun au chancelier Führer et au Chef de l'État français ». Dans *Le Cri du peuple* (titre emprunté à Jules Vallès pendant la Commune de Paris) Jacques Doriot, transfuge du communisme, prêchait « la reconstruction de la France selon les conceptions révolutionnaires modernes et la lutte contre la guerre ».

Pour égayer les esprits, les cinémas jouaient *Le Juif Süss*, c'est-à-dire le juif Suave. Des artistes parisiens, chanteurs, danseuses, humoristes, venaient honorer les scènes nordistes. Ainsi, le chansonnier Gabriello s'avançait en scène le bras levé à la manière nazie, d'abord applaudi par les vichystes et les flamingants :

— Nous sommes dans la merde jusque-là.

Ensuite conspué.

Le charbon abattu par Stapinski et ses collègues partait pour l'Allemagne. Le reste du pays se chauffait au bois et au charbon de bois, longtemps négligés, qui faisaient même à présent rouler les voitures automobiles au gazogène. Les hivers furent longs et rigoureux. La France crevait de faim et de froid et ne survivait que grâce au troc et au marché noir. Jan nourrissait les siens avec les légumes de son jardin et un petit élevage de lapins et de volaille. Avec l'appui de la Vierge de Czestochowa. Elle seule pouvait les préserver efficacement de la famine et de l'esclavage.

Les écoles fonctionnaient petitement. Les cours du soir de langue polak et de religion avaient été supprimés. Chose étrange : Dieu, absent des écoles laïques depuis Jules Ferry, y était revenu, recommandé par le ministre de l'Instruction publique Jacques Chevalier. S'appuyant sur d'éminents philosophes, ce ministre affirmait que l'idée de Dieu est « la plus haute de l'esprit humain ». En conséquence, les instituteurs devaient enseigner nos devoirs envers Son autorité. Pendant ces années maudites, les instituteurs manquaient d'ailleurs dans les écoles, prisonniers en Allemagne ou réfugiés en Angleterre sous les ordres de Sikorski. Remplacés par des institutrices retraitées. Elles refusaient généralement d'enseigner ce catéchisme. Tout au plus se bornaient-elles, sous le portrait du Maréchal, à faire de loin en loin un signe de croix, sans l'imposer à la classe. Se disant que si ce geste ne faisait pas de bien, il ne pouvait faire du mal.

Une fois le front français neutralisé, Hitler revint à son rêve de conquérir vers l'est un espace vital

(*Lebensraum*) aux dépens de l'URSS. Le pacte germano-soviétique de non-agression n'avait été qu'une tactique pour éviter une guerre sur deux fronts. Déchirant ce chiffon de papier, il lança le 22 juin 1941 ses armées contre l'URSS, qu'il pensait conquérir en quelques semaines. Au début, selon leur habitude, elles s'y enfoncèrent comme dans du beurre. Mais l'hiver russe, qui avait eu raison de la Grande Armée de Napoléon, arrêta leur avance.

En 1942, elles découvrirent à Katyn, près de Smolensk, un charnier contenant les restes de quatre mille cinq cents officiers polonais, tués d'une balle dans la nuque par ordre de Staline parce qu'ils avaient résisté à la soviétisation de leur pays. Pris entre la peste nazie et le choléra stalinien, beaucoup de Polonais de France rejoignirent Sikorski. Sous l'uniforme anglais ou canadien, ils combattirent en Italie, participèrent au débarquement de 1944 en Normandie. De leur côté, animés par un courage et un patriotisme extraordinaires, les Russes remportèrent à Stalingrad une victoire foudroyante sur les envahisseurs. Ils marchèrent ensuite sur Berlin, qu'ils atteignirent le 25 avril 1945, après avoir violé en passant un ou deux millions de femmes allemandes, dont cent mille se suicidèrent. Tel est le premier droit des guerriers vainqueurs : celui de violer les femmes. Les Marocains libérateurs du monte Cassino et du Latium aux côtés de Polonais en avaient donné un autre exemple en 1944, en violant autour de Frosinone tout ce qui comportait un trou : femmes, enfants, brebis, chaises percées, cors de chasse. (Lire le roman d'Alberto Moravia : *La Ciociara*, 1957.) À Berlin, la photo d'un journaliste montra en plus un fantassin russe en train de planter un drapeau rouge sur la porte de Brandebourg. Chose singulière : le poignet de ce soldat exhibait trois bracelets-montres. À cette exhibition, le maréchal Joukov prit une grande colère. La photo fut corrigée, les bracelets-montres disparurent. Le 30 avril, Hitler se suicida à son tour.

Par la suite, eut lieu un redécoupage de l'Europe. La Pologne perdit définitivement à l'est les territoires accordés à Staline par le pacte germano-soviétique, mais elle en gagna en compensation à l'ouest jusqu'à la ligne Oder-Neisse. Un régime communiste fut imposé sur l'ensemble du pays ; en conséquence de quoi de nombreux Polonais du Nord-Pas-de-Calais, qui se sentaient d'accord avec l'URSS, regagnèrent leur mère patrie. Nos cités minières se vidèrent d'une partie de leur population. Parmi ces retournants, Edward Gierek, qui devint Premier ministre à Varsovie dans les années 1970. Ceux qui restèrent avaient émis trop de racines dans leur terre d'adoption ; ils se sentaient trop vieux pour nourrir de nouvelles espérances. Leurs enfants, d'ailleurs, avaient opté pour la nationalité française. Les vides dans les mines se trouvèrent bientôt comblés par d'autres immigrants, italiens, algériens ou marocains. On apprit à se supporter en surface. Ou du moins à ne pas se voir.

Si la France finit par retrouver son indépendance, sa liberté et un peu de sa grandeur passée, elle le dut principalement à un Cht'imi, né à Lille en 1890 : Charles de Gaulle.

8

Le régime de Vichy disparu laissa derrière lui un mince héritage positif : les allocations familiales, la retraite des vieux, la fête des mères, l'Ordre des médecins. Les occupants nazis qui avaient pillé la France agricole, industrielle, maritime, culturelle laissèrent derrière eux pour seul héritage un mot nouveau : ersatz. La saccharine était un ersatz du sucre ; la margarine, un ersatz du beurre ; le raisiné, de la confiture ; le libertinage, de la liberté.

La vraie liberté revint assez vite. L'égalité traîna la patte. La fraternité annonça son retour, mais se fit attendre longtemps. L'abondance aussi. Les tickets de rationnement restèrent en vigueur jusqu'en 1949. Et par voie de conséquence, le marché noir fit de même, l'élevage des lapins aussi. On devrait dresser des monuments au lapin, cet obscur héros, sauveur de la France au même titre que Charles de Gaulle.

Les prisonniers de guerre revinrent de leurs stalags. Il en manquait quelques-uns, écrasés sous les bombes alliées ou morts de mauvais traitements. Certains trouvèrent dans leur foyer un enfant supplémentaire et inattendu.

— Qui est le père ? demandaient-ils avec une rageuse curiosité.

— Un Allemand, avouait l'épouse en pleurant. J'ai été violée.

— Violée ? Tu veux me le faire croire !

— Violée par plusieurs.

— Combien ?

— Je ne les ai pas comptés.

— Pourquoi ne t'es-tu pas débarrassée de ce petit Boche ?

— Plusieurs femmes l'ont fait. Beaucoup en sont mortes. Tu aimerais mieux que je sois morte ?

Le revenant acceptait ou refusait ces explications. Il en résulta un grand nombre de divorces. Pas chez les Polonaises, parce que la religion refuse le divorce aussi bien que l'avortement. Dans le meilleur des cas, le petit bâtard était élevé avec les enfants légitimes. Quelques femmes, qui n'avaient pas eu l'esprit de fournir de bonnes explications, furent tondues et promenées publiquement, au milieu de la foule sans péché. Mais ensuite leurs cheveux repoussèrent, elles changèrent de domicile, ni vues ni connues.

Chez les Stapinski, aucun problème de cette sorte ne surgit jamais. Anna soignait ses cinq moutards avec une grande conscience maternelle. Jan s'arrangeait.

Il fallut reconstruire ce qui avait été détruit. Ce fut difficile. La France, qui, avant la guerre, exportait du charbon, dut en importer de l'Amérique. Aux yeux de certains, les USA pouvaient seuls nous tirer de la misère, grâce au plan Marshall. Mais ce plan allait pareillement au secours de l'Allemagne. À sa manière, l'URSS imposait à la moitié orientale de ce pays le bonheur soviétique de la RDA. La France dut renoncer au rôle de victime privilégiée qu'elle avait espéré. Elle ne savait plus où se situer. Albert Camus écrivait dans *Combat* : « La haine a été remplacée par un bizarre sentiment où la méfiance et une vague rancune se mêlent à une indifférence lassée. L'Allemagne, qui n'est plus une menace, est devenue un enjeu entre les USA et l'URSS. Et les seuls problèmes urgents du siècle concernent l'accord ou l'hostilité entre ces deux puissances. »

Avec l'espoir d'écarter l'aide américaine, Maurice Thorez, le secrétaire général du PC, rentré de Moscou où il avait vécu confortablement le temps de la guerre, lançait le slogan : « Retroussons nos manches. » Contre lui, certains hommes de plume répandaient la crainte du stalinisme. Ainsi, le Russe Kravchenko dans *J'ai choisi la liberté* racontait les horreurs courantes en URSS qui ne le cédaient en rien aux horreurs hitlériennes. Le Hongrois Arthur Koestler faisait de même dans *Le Zéro et l'Infini*. Tous deux accusés par *L'Humanité* d'être les plus grands menteurs de la terre.

La IVe République ne satisfaisait personne. La CGT déclencha des mouvements de grève qui, partis des usines Renault, gagnèrent tout le pays et furent durement réprimés par le ministre de l'Intérieur Jules Moch. Les mines furent occupées par des automitrailleuses. Les manifestants portaient des pancartes contre les restrictions alimentaires : *Donnez-nous du pain ou rendez-nous les Boches*. Contre les bourgeois affameurs : *Dix oisifs pour un travailleur*. Contre les salaires insuffisants : *Nos 45 000 francs*. Contre tout : *Pas de licenciements. Réduction des horaires sans pertes de salaires. Abaissement de l'âge de la retraite.* Pendant des années, la France vécut dans une grève perpétuelle. Seuls les notaires et les croque-morts s'en abstinrent.

Les patrons répliquaient par le *lock out* ou bien allaient s'établir ailleurs. La crainte du chômage ne retenait aucun gréviste car tous ceux qui voulaient travailler participaient à la reconstruction des routes, des villages, des ports, des chemins de fer. Joseph Lodenbach, un mineur alsacien, se plaisait à raconter l'histoire suivante :

— Un de mes compatriotes nommé Paul Klaiber, après avoir bien profité de son séjour terrestre, vient à mourir. Il arrive à la porte du paradis gardée par saint Pierre, demande à entrer. « Dis-moi ton nom. — Paul Klaiber. » Pierre ouvre son gros registre, y trouve le nom de l'Alsacien, tourne plusieurs pages, s'écrie : « Tu en as fait de belles quand tu étais en bas ! Le paradis n'est pas pour toi. Le purgatoire non plus. Tu vas descendre tout droit aux enfers. — C'est bien triste, dit Paul. — Toutefois, comme tu es alsacien, je t'informe que nous disposons de deux enfers : un français et un allemand. Lequel choisis-tu ? » Paul réfléchit un moment, avant de répondre : « Je choisis le français. Parce que je sais que l'enfer allemand fonctionne toujours à la perfection. Tandis que chez les Français, il y aura une grève d'une semaine tous les trois jours, le système de chauffage s'arrêtera, je serai plus tranquille. »

À cette alsaconnerie, les mineurs du Nord-Pas-de-Calais ne riaient pas beaucoup.

Chaque fois qu'il fallait défiler à Douai et aux alentours, Jan Stapinski se montra un fervent porteur de pancartes et de drapeaux rouges, prêt à affronter les gendarmes, les CRS, les automitrailleuses. Il espérait faire oublier ainsi les supposés services qu'il avait rendus aux occupants. Les choses ne furent pas si simples. La Compagnie des houillères du Nord et du Pas-de-Calais, nationalisée, prit le titre de Charbonnages de France. Ils étaient pratiquement aux mains de la CGT et du parti communiste. Les mineurs qui avaient travaillé pendant l'Occupation furent interrogés un à un.

— Pourquoi, demanda-t-on à Jan Stapinski, es-tu resté au service de l'Allemagne ? Pourquoi n'as-tu pas rejoint l'Angleterre comme Sikorski ou les maquis de l'intérieur ?

— Parce que j'avais douze bouches à nourrir : ma femme, mes cinq enfants, mes parents, mes frères et sœurs. Je ne pouvais les abandonner. J'ai résisté en pratiquant le sabotage. Mon rendement était des plus faibles. J'ai même placé des grenades au milieu de la houille dans certains wagons. Elles ont dû exploser en Allemagne. Jamais je n'ai su l'effet qu'elles ont produit.

Son cas fut examiné par une commission syndicale. Il fut repris comme débutant. On lui fit comprendre qu'il serait mieux considéré s'il adhérait à la CGT. Il se laissa convaincre et retrouva le poste de haveur qu'il avait pratiqué jadis.

Il travaillait généralement avec deux autres. Lui attaquait une veine, le second abattait le charbon, le troisième l'évacuait. Ils besognaient souvent à genoux, ou bien à plat ventre. Un quatrième devait boiser. Parfois, Jan rencontrait son fils Antoine, galibot, qui approchait les outils, tenait un cheval par la bride, ou poussait au cul les berlines. À l'heure du briquet, ils mangeaient ensemble. Ils ne réservaient pas le pain d'alouette, qui est une coutume ch'timi, non point polonaise. En revanche, ils n'oubliaient point, avant de mordre la première bouchée, de se signer, de remercier Dieu et sa bienheureuse providence du pain jaune qu'ils consommaient. Pain au maïs, venu d'Amérique avec le plan Marshall.

Les autres enfants Stapinski grandissaient tant bien que mal. Des maladies les frappaient que la pénicilline, encore peu connue, ne venait pas combattre. Sophie et François eurent la coqueluche et la varicelle, Joseph et Jules la rougeole, l'asthme infantile et la paratyphoïde. Peut-être même la gale ou l'eczéma. Le dimanche, dans l'église pleine à craquer de Polaks et de Ch'timis, la foule chantait unanimement les cantiques et renvoyait au célébrant d'une voix éclatante les répons de l'office :

— ... *Et cum spiritu tuo... Habemus ad Dominum... Dignum et justum est...*

Le bonheur d'être ensemble et de vibrer aux mêmes sentiments les consolait de leur existence difficile. L'harmonium était tenu par un Polak. Le prêtre manifestait un enthousiasme communicatif. Hybride de Savonarole et de saint François, il maudissait les violents, les égoïstes, les impudiques, les orgueilleux. Il lui arrivait de pleurer à chaudes larmes en évoquant le sort des misérables, des victimes, des torturés. À la sortie, tout le monde s'embrassait, se serrait les mains, allait trinquer au plus proche estaminet à la santé des uns et des autres. Des autres et des uns. Et à l'amitié universelle. Qui eût cru que, quelques mois plus tôt, l'Europe avait trempé jusqu'aux genoux dans son propre sang ?

L'école publique retrouva son ancienne et complète laïcité. Plus question d'y faire le signe de croix. Quatre jeunes Stapinski allaient encore en classe. Ils savaient lire et écrire et n'eurent pas à affronter la révolution pédagogique qu'institua un ministre de l'Éducation nationale dans les années 50 : celle de la « méthode globale ». Avant elle, la méthode syllabique fonctionnait depuis des millénaires. Avec d'excellents résultats. La Fontaine, Molière, Lamartine, Victor Hugo n'en avaient pas connu d'autre. Elle enseignait, par exemple, la figure et la voix des consonnes au moyen de petits rébus approximatifs. Le *m* ressemble, bien qu'il n'ait que trois pattes, à une vache, et il dit comme elle *meuh* ! Le *s* ressemble au serpent, et il dit comme lui *sss* ! Le *p* ressemble à une pipe. Le *v* vole comme un oiseau. Et ainsi de suite.

La méthode globale propose des mots entiers, *maman, pain, main*, dont on retire ensuite les lettres constitutives comme on retire les grains d'une grappe. Le danger est qu'on risque de confondre pain et poire, main et moins, maman et marin. Ladite méthode ne fut d'ailleurs pas imposée, mais recommandée. Ledit ministre n'ignorait pas que les maîtres d'école en régime démocratique n'en font qu'à leur tête et se soucient des recommandations ministérielles comme d'une guigne. Sans doute savait-il aussi qu'en matière d'enseignement il n'y a pas de bonnes ni de mauvaises méthodes, il n'y a que de bons et de mauvais maîtres.

Ceux de Waziers étaient particulièrement remarquables. Quoique d'origine ch'timi pur jus, ils apprenaient à leurs élèves à prononcer la langue française sans accent nordique parce qu'elle est le lien le plus fort qui unit les Français. À ne pas dire « Il est maique comme une sauret », mais bien « Il est maigre comme un hareng saur ». Ils les emmenaient à pied jusqu'au cœur de Douai pour leur montrer les richesses naturelles ou artistiques de la ville : les fontaines de la place d'Armes avec leurs jets d'eau ; la Scarpe où passaient des péniches et où nageaient des canards ; l'hôtel de ville dont la façade est ornée de chardons et de choux frisés sculptés dans le grès. Au chevet de l'église Notre-Dame, ils se recueillaient devant la statue de Marceline Desbordes-Valmore, modeste poétesse douaisienne, le seul auteur français avec Rousseau qu'on désigne par son prénom :

J'ai voulu ce matin te rapporter des roses,
Mais j'en avais tant pris dans mes ceintures closes
Que les nœuds trop serrés n'ont pu les contenir.

Les nœuds ont éclaté. Les roses envolées
Dans le vent, à la mer s'en sont toutes allées.
Elles ont suivi l'eau pour ne plus revenir.

La vague en a paru rouge et comme enflammée.
Ce soir, ma robe encore en est tout embaumée.
Respires-en sur moi l'odorant souvenir[1].

À un jet de pierre de la ville, dans la vallée de la Sensée, affluent de l'Escaut, ils allaient rendre visite à un ensemble de menhirs et de dolmens, vestiges d'anciennes religions difficiles à croire, alors que les hommes adoraient les sources, les arbres, les pierres. Parfois l'école louait un car, chaque élève versait un franc, ils allaient aux environs constater les traces des

---

1. *Les roses de Saadi.*

horribles guerres qui avaient meurtri la région. On trouvait encore dans les campagnes des tranchées non comblées. À Vimy, dans le Pas-de-Calais, sur le sommet d'une côte, un mémorial de pierre blanche à peine dorée par le soleil rappelle le souvenir de quatre mille Canadiens tombés en 1917. Sophie posait des questions naïves :

— Pourquoi ces Canadiens étaient-ils venus chez nous ?

— Pour chasser les Allemands qui avaient envahi notre sol.

— Et pourquoi l'avaient-ils envahi ?

— Parce qu'on leur avait commandé de le faire.

— Qui ?

— Leurs chefs. Et particulièrement leur empereur Guillaume. Les Allemands obéissent toujours aux ordres de leurs chefs.

L'effectif de la classe comprenait un certain *Guillaume* Werski. Les regards de ses camarades se tournaient vers lui comme s'il avait été l'empereur en question. Il en rougissait de confusion. L'instituteur le rassurait en lui posant une main sur la tête. Le Nord-Pas-de-Calais est riche de statues, de monuments, d'églises, de châteaux qui nous apprennent l'histoire de France dans tous ses détails. Au point qu'on ne sait plus où donner de la mémoire. Mais le spectacle le plus passionnant que l'école waziéroise offrait à ses élèves était la course Paris-Roubaix. Elle avait lieu le second dimanche de mai et attirait les Ch'timis par milliers et par millions. L'intérêt principal résidait dans les cinquante-sept kilomètres de routes pavées. Souvenir des chaussées granitiques qui recouvraient autrefois quasiment toutes les routes flamandes. Sur ces pierres inégales, les coureurs tressautaient comme s'ils souffraient de la danse de Saint-Guy. Lorsque la pluie s'en mêlait, le spectacle devenait hallucinant : ce n'était que culbutes, crevaisons, visages souillés de boue. Après dix ou douze heures de route, les coureurs voyaient se profiler au loin les cheminées en briques rouges de Roubaix. La course se terminait au vélodrome. Le vainqueur était généralement un Belge. Ou un Hollandais. De temps en temps un Français. En souvenir, il emportait un pavé dans sa musette.

Sophie, François, Joseph et Jules achevèrent leurs études en 1948, 49, 50 et 51. L'aîné, Antoine, était déjà galibot depuis 1947. Ayant à pourvoir aux soins et aux besoins d'un tel troupeau, Anna se félicitait d'avoir, au moyen d'une planche, arrêté sa production. Elle n'allait pas cependant jusqu'à envier le sort des femmes stériles, comme sa propre sœur Églantine. Celle-ci, d'une piété extrême, tenait l'harmonium pendant la messe, balayait, époussetait l'autel, les bancs, les statues. Catéchiste, elle enseignait les saintes vérités aux petites filles, laissant au curé la charge des garçons. Après douze années de mariage, aucun enfant n'était venu égayer son foyer. Elle avait essayé tous les remèdes de bonne femme qui sont censés faciliter la fécondation : confiture de pissenlits, infusion de marrons d'Inde, noyau d'abricot à garder pendant des heures dans la bouche, fessée à l'ortie romaine ou ortie brûlante administrée par le mari juste avant le rapport amoureux. Rien de tout cela n'avait produit d'effet. Un médecin gynécologue l'avait examinée :

— Vous souffrez d'une déformation utérine qui empêche la conception.

Il avait dessiné sur une feuille un croquis explicatif, ajoutant :

— La chirurgie peut corriger cette anomalie. Après l'opération, je vous promets une grossesse dans les trois mois.

Églantine y avait réfléchi, les yeux fermés. Puis elle avait secoué la tête :

— Dieu m'a faite ainsi. Je n'ai pas l'intention de corriger son ouvrage, d'aller contre ses intentions. S'il m'a donné une telle particularité, c'est qu'il veut que je reste catéchiste et sacristine toute ma vie. Je ne ferai rien pour m'y opposer.

— Et qu'en pense votre époux ?

— Il fréquente plus les estaminets que la maison. Il n'en est pas contrarié.

Jan, au contraire, supportait difficilement le régime de la planche imposé par sa femme. Il s'arrangeait spécialement avec une citoyenne dite Lalie (au lieu d'Eulalie), boulangère rue Cloris, près de la Scarpe. Faire un boulanger cocu, c'est du beurre parce que cet artisan travaille la nuit et dort le jour alors que la boulangère travaille le jour et dort la nuit. Tous les trois jours, Stapinski était chargé d'acheter le pain de son ménage. En fin de journée, quand il remontait de la mine, après être passé sous la douche, il entrait chez Lalie. À cette heure tardive, tout le pain était parti, excepté le sien, une couronne qui l'attendait à l'abri de la clientèle. La balance Roberval trônait au milieu du comptoir. Si le boulanger avait fini son somme, la conversation entre sa femme et le client se déroulait invariable :

— Je viens chercher ma couronne.

— Elle vous attend. Vous avez donc faim ?

— Je l'avoue.

— C'est bon signe.

Dans ces circonstances, Jan ne pouvait faire autre chose que prendre son pain, payer, et dire au revoir. Mais si le boulanger dormait encore, Jan et Lalie menaient leur affaire dans le fournil, sur les sacs de farine bien liés au col. Pour ne pas s'enfariner, elle avait coutume de porter une blouse blanche comme font les pharmaciennes. La rencontre durait peu, ne réveillait personne, donnait satisfaction à tout le monde. Une fois par mois, Jan s'en confessait au prêtre de Waziers :

— Combien de fois ?

— Dix.

— C'était neuf à ta dernière confession. Pourquoi ?

— Il y avait eu un empêchement.

— Je ne te demande pas le nom de ta complice. Elle s'en confessera elle-même.

— Je le lui recommanderai. C'est une bonne chrétienne.

— Et tu n'as pas peur de lui faire un enfant ?

— Elle a largement passé l'âge.

— Et ton épouse légitime ?

— Pas encore.

— Tout va donc bien. Tu réciteras dix « Je vous salue ».

9

Sophie entra en apprentissage à Douai chez une laveuse-repasseuse, rue Jean-Bellegambe, près de l'église Saint-Pierre. Le linge se lavait dans une chaudière rotative. Il séchait l'été dans un espace plein de courants d'air, l'hiver chauffé par un poêle à charbon et des tuyaux qui se promenaient d'un mur à l'autre. Sophie Stapinska repassait les draps, les chemises, les mouchoirs, se servant d'un fer de fonte chauffé au charbon de bois, appelé « carreau ». La chaleur difficilement supportable obligeait la jeune fille à travailler en tenue légère. Ni sa patronne ni ses compagnes n'étaient polonaises. Elles avaient l'habitude de se faire des confidences auxquelles Sophie ne comprenait rien, qui les faisaient « s'éboudenner », comme elles disaient. Se tordre de rire.

— Ça ne fait rien, la réconfortaient-elles. Tu comprendras plus tard. Reste innocente aussi longtemps que tu pourras.

Elles étaient d'autant plus difficiles à comprendre qu'elles s'exprimaient toujours dans leur patois ch'timi. Ainsi, elles faisaient cuire des tranches de pommes de terre sur le poêle et appelaient ces friandises des *patacons*. L'une d'elles s'écriait souvent :

— Hier soir, mon homme est rentré quervé.

Ce qui voulait dire saoul comme un Polonais. Car les Polaks avaient cette triste réputation d'apprécier un peu trop la *wodka* lorsqu'ils pouvaient s'en procurer, elle leur rappelait le pays perdu. À défaut de cette liqueur, ils se contentaient de genièvre de Loos, pur ou devenu *chuchemourette* par l'addition de crème de cassis. Sophie enrageait de cette mauvaise réputation faite à ses compatriotes. Elle répliquait :

— Vos Ch'timis se saoulent autant que les Polonais. Y a qu'à les voir le samedi soir quand ils sortent de l'estaminet complètement quervés, se donnant le bras pour ne pas tomber le nez par terre.

Elle eut seize ans, dix-sept ans, dix-huit ans. Elle fit la connaissance d'un garçon d'origine flamande, Max Van den Berk, qui exerçait la profession de carillonneur. Ils se rencontrèrent par hasard dans l'église Notre-Dame où les Stapinski assistaient à la messe française un jour de Pâques. Quand le prêtre recommanda : « Donnez-vous le baiser de paix », Sophie se sentit empoignée par deux mains masculines, et deux baisers bien forts, un peu piquants, lui furent plantés dans les joues. À la dérobée, elle observa le donateur, un grand gaillard, de bonne mine. Leurs yeux se rencontrèrent. Un sourire souleva sa fine moustache. À la sortie, il mouilla ses doigts dans le bénitier et lui offrit de l'eau bénite. Comment la refuser ? Ils se signèrent en même temps.

— Je m'appelle Maxence, souffla-t-il. Max si vous voulez.

Elle ne répondit pas. Mais le dimanche suivant, alors qu'ils marchaient en double file vers le chancel pour recevoir l'eucharistie, elle sentit que de sa gauche il prenait sa main droite. Si elle l'avait retirée, tout eût été fini entre eux. Elle la lui abandonna. La plupart des amours débutent par une main conquise. De là vient sans doute l'expression « demander la main »...

Il sut où elle travaillait. Il vint l'attendre le soir à sa sortie de la boutique.

— Et vous, que faites-vous ?
— Je suis carillonneur au beffroi.
— C'est votre seul travail ?
— Mes parents tiennent un commerce. Ils sont marchands d'habits rue Saint-Albin. Ils m'emploient pour gagner la clientèle, à qui je tiens des discours. Les bons discours font vendre. Fils unique, un jour je prendrai leur suite.
— Et le carillon ?
— Mon père a été carillonneur avant moi. Il m'a formé. Ça ne me rapporte rien, mais ça produit de belles musiques.

Il l'invita à gravir les étages du beffroi. Au quatrième, il lui présenta le mécanisme de l'énorme machine composée de soixante-deux cloches grosses ou petites, chacune frappée par un marteau proportionné à sa taille. En bas et devant, le clavier, une série de touches larges comme deux doigts, disposées en deux rangs superposés. Plus bas encore, le pédalier qui déclenche les notes les plus graves. Max prit place sur son siège. Il lui joua d'abord de petits airs enfantins, *Frère Jacques, dormez-vous ?... La jeune grenouille...*

Quand la feuille était verte... En même temps, il chantait les paroles :

> *Dessous le rosier blanc*
> *La belle s'y promène,*
> *Blanche comme la neige,*
> *Belle comme le jour...*

— Vous allez perturber les Douaisiens, osa-t-elle dire.
— Ils savent que je m'entraîne. Je ne choque personne.

Après ces musiques bébêtes, il exécuta des airs plus sérieux, comme cette chanson de Maurice Chevalier :

> *Elle avait de tout petits petons,*
> *Valentine, Valentine,*
> *Elle avait un tout petit menton,*
> *Elle avait de tout petits tétons*
> *Que je tâtais à tâtons,*
> *Tonton tontaine...*

Sophie ne savait plus, à de telles paroles, si elle devait rire ou se fâcher. Lorsque Max eut terminé son récital, ils achevèrent l'ascension du beffroi. Hérissé de tourelles, de lucarnes, de pinacles, de girouettes, celui-ci s'achevait, à soixante-quatre mètres de hauteur, par un lion des Flandres. De la plate-forme, on distinguait toute la France, la Belgique, la moitié de l'Angleterre, le quart du globe terrestre. Avant de redescendre, il lui tint ce propos :

— L'ascension du beffroi est payante : dix francs pour les adultes, cinq pour les enfants. Naturellement, le carillonneur monte gratis. Vous me devez dix francs.

Et elle, interloquée :
— Je vais vous les donner.
Elle ouvrit son sac. Il l'arrêta :
— Payez-moi autrement.
Il la prit dans ses bras. Elle lui offrit les dix baisers qu'il demandait. Ils s'embrassèrent en présence de la France, de la Belgique, de l'Angleterre et de tout le globe terrestre.

Aux heures où elle se dirigeait vers la rue Jean-Bellegambe, il s'arrangeait pour la rencontrer. Il lui tenait des propos tendres et invraisemblables :
— J'ai rêvé de toi toute la nuit. Si bien que je me suis levé très fatigué. Est-ce que tu n'as pas un peu pitié de moi ? Je risque de tomber malade par ta faute.
— Que me reprochez-vous ?
— Je voudrais savoir si tu fais exprès d'être aussi jolie. Ou bien est-ce un pur hasard ?
Et elle, ravie mais rougissante :
— Il faudra poser la question à mon père et à ma mère.
Aux approches de la boutique, elle disait :
— Ne m'accompagnez pas plus loin. Je ne veux pas qu'on nous remarque. On croirait...
— Que croirait-on ?
— Que je suis votre *cheriche*, votre cerise comme on dit ici. Votre promise, votre fiancée.
— Tu peux le devenir.
— Cela demande réflexion.
Il la quittait, selon ses vœux. Elle allait à la boutique dont l'enseigne disait *On lave On amidonne On repasse*. Le commerce périclitait doucement, la

clientèle se raréfiait parce que les lave-linge devenaient de moins en moins chers, même les ménages modestes s'en procuraient, quitte à s'endetter. Les femmes françaises cherchaient à imiter les Américaines ; ç'avait d'abord été les bas de nylon qu'on ne reprise jamais, les culottes idem, les mouchoirs en papier, les réfrigérateurs, les Tampax. Tout est jetable en Amérique, y compris les prolétaires. En 1953, la patronne de la laverie fit savoir à Sophie que bientôt elle n'aurait plus besoin de ses services. Elle lui laissait un mois pour se préparer à cette séparation et pour trouver un autre emploi.

Lorsque, le lendemain, Max la revit, il remarqua ses yeux rouges.

— Tu as pleuré ?

— Oui, dans un mois je serai sans travail. On me met à la porte.

— Quel âge as-tu ?

— Dix-neuf ans. Ce sera pour mon anniversaire.

— Et moi, vingt-six. Si tu l'acceptes, je te propose une place.

— Chez vous ? Je ne connais rien aux vêtements.

— Veux-tu être ma femme ?

— Vous vous moquez ? Je suis trop pauvre, trop ignorante. Vous me demandez ça au milieu de la rue ?

— Demain, si tu veux, je prendrai un chapeau melon, un costume neuf, des souliers vernis et je te poserai ma question devant l'église Notre-Dame où nous nous sommes rencontrés pour la première fois.

— Vous parlez sérieusement ?

— Jamais je n'ai été aussi sérieux.

— Il faut que j'en parle à mes parents. Je vous donnerai demain ma réponse.

Devant la réunion familiale, elle dut répondre à une multitude de questions : qui est ce garçon ? est-ce un bon chrétien ? comment vous êtes-vous connus ? de quoi vit-il ? Lorsqu'elle révéla que les Van den Berk étaient de riches commerçants de la rue Saint-Albin, les visages se figèrent :

— Si tu prends ce Max pour mari, sa famille nous méprisera, même si elle cache son mépris. Tu entreras dans un monde étranger au nôtre. Toi-même, peut-être, en viendras à avoir un peu honte de nous. Le Christ a dit qu'il est aussi difficile à un riche d'entrer dans la maison de son père qu'à un chameau de passer par le chas d'une aiguille.

Sophie pleura, protesta, disant :

— Me connaissez-vous si mal ? Il y a de bons et de mauvais riches, de même qu'il y a de bons et de mauvais pauvres.

Quand tout fut décidé, Jan et Anna revêtirent leurs meilleures fringues ; Sophie s'attifa, se lava les cheveux, s'enrubanna ; et tous se rendirent chez les Van den Berk. Ils furent reçus dans un salon dont les fauteuils, les tableaux, les bibelots les éblouirent. Monsieur Van den Berk avait vécu au Congo et en avait rapporté des poteries, des masques, des instruments dont on ne savait pas bien s'ils servaient à la musique ou à la cuisine. Il en avait aussi rapporté un teint bruni qui faisait oublier ses origines anversoises.

— C'est vrai, reconnut-il, je suis natif d'Anvers. Mais j'ai acquis la nationalité française.

Son épouse était une petite femme peu apprêtée, dont la simplicité surprenait dans cette somptueuse demeure.

Les deux familles se présentèrent en gros et en détail, racontèrent leurs origines, leurs sentiments, leurs situations. Sophie et Max se tenaient à l'écart comme s'ils regardaient et écoutaient un film à deux épisodes. On but du thé, on se partagea un gâteau que madame Van den Berk avait pâtissé de ses propres mains. Le mariage fut décidé. Les jeunes époux résideraient rue Saint-Albin, au-dessus du magasin d'habits.

Les noces eurent lieu quatre semaines plus tard à Notre-Dame, en mai 1953, selon le rituel polonais. Confession, messe, consentement, communion, bénédiction. À la fin du repas nuptial, alors que tout le monde en était au dessert, quatre officiants tendirent sur le couple une serviette horizontale ; un cinquième versa au-dessus le contenu d'une bouteille de champagne qui scella l'alliance de Max et de Sophie, tandis que tous les présents applaudissaient et criaient :

— Longue vie ! Long bonheur !

Le dimanche suivant, Max promena dans une brouette Sophie qui jetait des poignées de dragées à la prétentaine.

Au suivant. François Stapinski, tout bêtement, imita l'exemple de son frère aîné, Antoine, engagé à la mine de Lewarde, à six kilomètres de Waziers. Chaque matin, il se rendait au site à bicyclette, cadenassait sa monture, entrait dans la « salle des pendus », faisait descendre ses loques. Puis, muni de sa lampe, il dégringolait dans la cage à la vitesse de huit mètres à la seconde. De là sortaient chaque jour mille tonnes de charbon, à raison d'à peu près une tonne par gueule noire. Galibot de quatorze ans, il travaillait au service des voies et comme meneur de chevaux. Il adorait ces braves bêtes, percherons ou ardennais, qui portaient une tenue invariable comme les hommes : une barrette pour leur protéger la tête des éboulis, un collier à grelots, des œillères pour limiter la portée de leurs regards, un fourreau pour garder leurs flancs. Avant de descendre dans le puits, l'étalon était castré. On enfermait ses huit cents kilos dans un harnais de cuir, la croupe en bas, la tête en haut. Il consommait quotidiennement huit kilos d'avoine, six kilos de foin mélassé, buvait quinze litres d'eau, rejetait dix litres d'urine, douze kilos de crottin. En fin de trajet, les berlines qu'ils tiraient étaient poussées à main d'homme vers la cage qui les remontait à la surface. François parlait à ses chevaux, les appelait par leur nom, Janine, Clément, Surcouf, Carpentier. À ces appels, ils remuaient les oreilles.

Il envisageait sa carrière selon les étapes traditionnelles. Hercheur à dix-sept ans, il chargerait à la grande pelle. Haveur à dix-huit, il pratiquerait de profondes entailles entre deux couches, ainsi qu'un puceron pris entre les feuillets d'un livre. Raucheur à vingt, il réparerait le boisage. Abatteur de vingt et un, il serait enfin mineur reconnu. Au-delà, il pouvait espérer devenir porion d'abattage, de boisage, ou même chef porion. Tout ne se déroula point, cependant, comme sur des roulettes.

Très vite, il ressentit autour de lui une atmosphère de méfiance et de mépris. Il ne mit pas longtemps à comprendre ce qu'on lui reprochait : d'être le fils d'un Polak qui avait travaillé pour les Boches. De ceux qui avaient expédié des tonnes de charbon vers l'Allemagne.

Le jeune galibot s'entretint de cette situation avec son père, qui répondit :

— Tout est réglé. Je me suis expliqué devant le comité d'entreprise. Pour travailler tranquille, il te suffira de t'inscrire comme moi à la CGT et au PC. Et lorsque sera déclenchée une grève, tu te mettras au premier rang, porteur d'une pancarte ou d'un drapeau rouge.

La nationalisation des houillères n'avait guère amélioré la situation des gueules noires. Les trente années de 1945 à 1975, surnommées les « Trente Glorieuses », ne le furent pas pour tout le monde. Si bien, comme on le verra au chapitre suivant, que les carrières de Joseph et de Jules, frères d'Antoine, n'eurent rien à voir avec les mines.

10

Les deux derniers-nés de la famille Stapinski prirent donc en dégoût le métier de mineur.

— C'est une condition d'esclaves, affirmait l'un.

— C'est une condition de taupes, affirmait l'autre.

Ils n'étaient pas les seuls. La restauration de la Pologne sous un régime soviétique incitait nombre d'immigrés, gagnés eux-mêmes au communisme par l'enseignement de la CGT, à rejoindre leur sol natal. Ils partaient avec famille et bagages, remplacés par des Maghrébins qui n'avaient pas encore d'opinion politique. Le mélange des cultures se faisait difficilement dans les corons, surtout quand le regroupement familial amena d'Algérie ou du Maroc des flopées de moukères et d'enfants aux yeux noirs. Ces nouveaux immigrés occupaient les corons libérés, mais ils n'entretenaient ni les maisons ni les jardins. Les quartiers sentaient l'huile d'olive et le mouton grillé.

— À présent, grommelaient les vieux Polaks, oubliant d'où ils venaient, je me sens en pays étranger.

Joseph et Jules Stapinski auraient volontiers fait le saut s'ils avaient été certains de trouver dans la Pologne nouvelle des terres à cultiver en toute liberté. Mais ils se méfiaient du régime imposé par Moscou. Deux chansons qu'il entendait souvent dans le poste de TSF déterminèrent le choix de Joseph :

> *Sur ma péniche*
> *Au pont d'Saint-Cloud,*
> *On n'est pas riche*
> *Mais on s'en fout...*

> *Ne pensons à rien, le courant*
> *Fait de nous toujours des errants.*
> *Sur mon chaland, sautant d'un quai,*
> *L'amour peut-être s'est embarqué...*

Il fut gagné par ces voix de femmes comme Ulysse par la magicienne Circé. Moi aussi, décida-t-il, je serai batelier... Un errant... Je connaîtrai le pont de Saint-Cloud. La richesse et l'amour lui importaient peu. Il passait son temps à regarder les péniches, que les Douaisiens appelaient des *bélandres*, naviguer sur le canal de la Scarpe, chargées de charbon, ou de sable, ou de tonneaux, certaines halées par des couples de chevaux, d'autres poussées par un moteur. Celui-ci produisait à l'arrière un teuf-teuf de motocyclette, l'eau agitée ressemblait au blanc d'œuf monté en neige. Dans les passages difficiles, le batelier manœuvrait à la perche, les bras nus, une casquette de marin sur la tête. Parfois, Joseph avait l'audace de l'interpeller :

— Où allez-vous ?... Qui êtes-vous ?
— À Gand, répondait l'homme. Ou : À Anvers. Je m'appelle Maheu Léon.

Joseph essayait de s'imaginer ces villes lointaines couvertes de tulipes et de moulins à vent, comme on les décrivait dans les leçons de géographie. Au côté du batelier, un chien aux longues oreilles pendantes aboyait en même temps que son maître pour participer à leur dialogue. La *bélandre* traversait la ville de Douai et s'en allait vers l'Escaut, une artère magnifique qui visite trois pays avant de se déverser dans la mer du Nord. De même que le Rhône donna son nom à deux départements français, Napoléon se servit de l'Escaut pour en baptiser deux départements flamands qui eurent une courte existence, Escaut et Bouches-de-l'Escaut.

Octobre était la saison des betteraves. À Douai, les quais de la Scarpe, entre le pont d'Esquerchin et le boulevard Lahure, grouillaient de charrettes. C'est là que les péniches recevaient les betteraves amenées par les agriculteurs ; elles les transportaient ensuite vers les raffineries. Une de ces charrettes arriva au quai d'embarquement où Maheu avait jeté l'ancre. Deux dockers, les frères Flons, originaires d'on ne savait où, écartant le betteravier, opérèrent le déchargement. Après quoi, espérant un salaire, ils tendirent la main vers le charretier, un Polonais westphalien qui s'exprimait avec un accent germanique.

— Moi, ouvrier agricole, expliqua-t-il. Moi, pas patron. Moi, pas demandé que vous décharge. Moi, pas d'argent.

— Sale Boche ! lui lancèrent les débardeurs.

— Moi, pas Boche. Moi, Polonais.

— Sale Polak !

Comme il levait le manche de son fouet, ils se jetèrent sur lui et le précipitèrent dans la Scarpe. Maheu sauta dans l'eau et repêcha le Germano-Polonais. Les frères Flons furent arrêtés. Chaque journée de navigation amenait ainsi son divertissement.

Une autre fois, se trouvant au quai de Dorignies, près de l'écluse, Joseph assista à l'appontement de la péniche au chien et vit descendre le marinier auquel il avait déjà adressé la parole.

— Tu es d'ici ? lui demanda Maheu.

Avec sa pipe et sa moustache, il ressemblait à Wladis, le grand-père disparu.

— Un peu.

— Tu pourrais me dire où il y a une pharmacie ?

— Là derrière...

— Rue comment ?

— Je ne sais pas. Vous ne pouvez pas vous tromper, y a une croix verte.

— Grand merci.

L'homme partit à grands pas. L'enfant considérait la monstrueuse péniche, sans autre nom que son port d'attache, *ROUEN*. Il en venait une odeur de résine et de goudron. Le pont était entièrement couvert d'énormes troncs d'arbre, dont chaque tranche montrait deux lettres majuscules peintes en blanc, celles sans doute des propriétaires. Le marinier revint. Il allait gravir l'échelle d'appontement. Jo l'appela :

— Monsieur ! Monsieur ! S'il vous plaît ! Je voudrais vous parler encore.

— Je t'écoute.

— Dites-moi ce qu'il faut faire pour devenir marin comme vous.

— Marin ? Je ne suis pas marin. On nous appelle pénichiers. Ou bateliers. Et même flahuts, un sobriquet qui veut rien dire. Tu voudrais faire le même travail que moi ?

— Mon père est mineur. Mais moi, la mine, je déteste.

— Quel âge as-tu ?

— Seize ans et demi.

— Faut d'abord que tu en parles à ton père. C'est lui qui doit décider. Ton nom ?

— Joseph Stapinski.

— Polak ?

— Je suis né à Douai. Je suis français de tout cœur.

— Écoute. Dans deux semaines... exactement tel jour, à telle heure... je repasserai par ici, en sens inverse. Viens avec ton père. On en reparlera. Salut !

Il fit le salut militaire et remonta l'échelle. Le moteur se remit à crachoter. L'hélice fit sa crème fouettée. La péniche s'éloigna doucement du quai, poussée par la perche de Maheu.

Lorsque Jo raconta aux siens cette rencontre et son désir de se faire batelier, Jan fit le compte et l'examen de sa famille : Antoine, mineur ; Sophie, marchande d'habits ; François, galibot ; Joseph, futur navigateur. Jules avait renoncé à la prêtrise, mais il n'avait pas encore décidé de sa vocation définitive. Lui, à cinquante-huit ans, toujours mineur ordinaire. Anne, sa femme, mère de famille, c'est-à-dire cuisinière, lavandière, ravaudeuse, repasseuse, infirmière, bonne à tout faire. Hors de chez lui, Jan vit sa mère Margie, âgée mais encore valide, confiée aux soins de ses frères et sœurs, tous ceux-ci au service des Charbonnages. Wladis, le père, dans la terre douillette des Flandres, ne craignait plus ni froid ni chaud. À cette revue, Stapinski éprouva une certaine satisfaction, se disant que dans leur exil de

Pologne, tous avaient trouvé une seconde patrie, un gagne-pain assuré, un toit, des amitiés, l'estime des voisins. Il en remerciait Dieu tous les dimanches. Lui espérait prendre sa retraite à soixante-cinq ans, après trente-cinq de mine, et cultiver longtemps encore ses choux, ses haricots, ses carottes dans le jardin de la compagnie. Il était un spécialiste de la carotte, à laquelle il fournissait le fumier de ses lapins. À ses lapins, il fournissait les épluchures et les fanes, si bien que les lapins et les carottes se nourrissaient réciproquement. Chacun connaît les vertus de ce légume : il adoucit les tempéraments coléreux, donne un teint rosé aux jeunes filles pâlottes, les paysans ch'timis employaient leur jus pour colorer leur beurre. Il accorda à son fils Joseph la permission de naviguer.

Tout cela lui conférait un moral élevé. Jusqu'au jour où le médecin des Charbonnages, après l'avoir ausculté par-derrière et par-devant avec son stéthoscope, lui avoir tapoté les côtes et les omoplates, lui enjoignit d'abandonner la mine.

— Abandonner ? Vous plaisantez ?

— Tu n'as pas remarqué que tu respires difficilement ?

— J'ai un peu d'essoufflement. En cette saison, c'est normal. Ça ira mieux au printemps.

— Ça n'ira pas mieux. Tu es atteint de silicose. Tes poumons ne sont qu'un bloc de schlam.

— Silicose ? Et pourquoi que vous m'avez pas averti plus tôt ? Ça n'est pas venu du jour au lendemain.

— Je t'ai averti. Tu faisais la sourde oreille.

— À la Libération, si on m'avait laissé mon grade de porion, j'aurais pas avalé tant de poussier. À présent, si je lâche le havage, si on me fout dehors, qui nourrira ma femme et mes enfants ?

— Tes enfants sont adultes, ils n'ont plus besoin de toi. La Sécu te versera une pension pour maladie professionnelle.

— On peut encore m'employer en dehors de la fosse.

C'est ce que fit la direction. Pendant des mois, elle l'occupa en surface à de menues besognes. Le médecin lui faisait des inhalations de cortisone. Lui qui n'en avait jamais roulé une, il fumait des cigarettes médicinales composées d'une poudre de datura, de jusquiame, de belladone. Devant la porte de son coron, il pratiquait une gymnastique respiratoire, levant les bras, les abaissant, se gonflant et se dégonflant. Il crachait des glaires noires et visqueuses. À force d'expectorer, il espérait que ses poumons finiraient par se nettoyer. Mais le temps passait, il continuait de cracher noir. Faudrait, rêvait-il, qu'on me remplisse d'eau de lessive, qu'on me secoue pour me récurer, telle une vieille bouteille. Quand son fils Joseph lui révéla qu'il ne descendrait plus dans la mine, il l'approuva de tout son cœur :

— Comme ça, jamais plus tu avaleras la poussière du charbon. Jamais tu attraperas la silicose.

Les deux parents l'accompagnèrent jusqu'au canal où ils avaient rendez-vous avec Maheu et sa péniche. Ensemble, ils discutèrent du travail et des conditions.

— Pendant deux ans, dit le pénichier, je lui verserai aucun salaire. Mais il sera logé, nourri, chauffé. S'il tombe malade, je le ferai soigner à mes frais. Ensuite, s'il m'a donné satisfaction, il sera payé au barème de la profession. Vous lui donnerez des vêtements de sortie et des vêtements de travail. Chaque fois que nous passerons par Douai, on jettera l'ancre, il pourra vous rencontrer une journée et une nuit complètes. Est-ce que ça vous botte ?

— Ça me botte, répondit le père après y avoir réfléchi.

— Ça me botte aussi, confirma le gamin.

Jan proposa de mettre le contrat par écrit et de le signer.

— Par écrit le contrat ? fit Maheu en tendant sa main ouverte. Si vous êtes d'accord, topez là-dedans, ça sera notre signature.

Ils topèrent tous les quatre.

— Maintenant, proposa encore le patron, si vous voulez, je vous montre l'intérieur de la maison et je vous présente la cantinière.

Ils se hissèrent à bord. Le chien vint à leur rencontre, quêtant une présentation.

— À mes pieds, Félix ! ordonna Maheu.

Le chien obéit, baissa la queue et les oreilles. Chacun lui fit une caresse.

— Il s'appelle Félix ? s'étonna Jan. C'est un nom de personne. Un président de la République s'appelait Félix Faure, je l'ai vu derrière une assiette.

— Possible. Ici, Félix, c'est un président à quatre pattes.

L'instant d'après, la cuisinière émergea de ses fourneaux, madame Maheu. Un peu grosse, souriante, coiffée de dentelle ; il manquait deux dents à son sourire.

— Je m'appelle Pauline.

— Et moi Joseph.

— Vous avez des enfants ? demanda Jan.

— Nous en avions un. Nous l'avons perdu.

— Excusez.

Les visiteurs furent promenés dans toute la péniche, de la proue jusqu'à la poupe. Y compris le carré, c'est-à-dire le coin cuisine ; les couchettes ; le salon où l'on pouvait converser, jouer aux cartes ou aux dominos, pratiquer la lecture, l'écriture, la peinture. L'équipage comprenait aussi une grand-mère, d'origine belge, Hortense, âgée de quasi nonante années, occupée toujours à divers raccommodages. Et encore des animaux outre le chien Félix, une chatte, un mainate et un couple de serins.

— On ne s'ennuie pas chez nous ! proclama Maheu.

Il sortit une bouteille de pinot charentais pour fêter leurs accordailles. Même Anna Stapinski, qui détestait l'alcool, en but une goutte, fit une grimace et le déclara excellent.

— Je l'achète au producteur, souligna le patron.

Les Polaks rentrèrent chez eux. Jo disposait de trois semaines pour se préparer jusqu'au passage suivant de la péniche. Sa mère lui repassa des chemises, des pantalons, des mouchoirs, enferma le tout dans un sac de voyage. Il fit le tour des corons pour dire au revoir aux amis, annonçant qu'il allait naviguer.

— Où ça ? lui demandaient les moqueurs. Sur la mer Mé-Mé-Méditerranée ?

— Sur les canaux et les fleuves, en France, en Belgique, en Hollande, en Allemagne.

Il se procura un atlas scolaire, étudia les voies navigables : canal de l'Oise à l'Aisne, canal des Ardennes qui unit l'Aisne à la Meuse, canal de la Marne au Rhin. Il se sentait devenir pénichier.

Le jour venu, toute la famille l'accompagna à l'appontement. Prévue à quatorze heures, la barcasse arriva à seize heures trente. Maheu expliqua que la circulation fluviale ne pratique pas la même précision que les chemins de fer. Mille obstacles peuvent l'entraver, fonctionnement des écluses, contrôles de la gendarmerie, mouvements possibles de la cargaison. Jo embrassa père et mère, frères et sœur, gravit lestement l'échelle et se trouva au milieu d'un chargement de tonneaux remplis de vin d'Algérie que la péniche était allée prendre au Havre.

— C'est peut-être les derniers, dit Maheu. Ça va très mal, là-bas, chez les Krouyas. Ils veulent nous chasser de chez eux.

Le jeune Stapinski installa son bagage dans le placard qui lui revenait. Il endossa ses vêtements de travail.

— Nous allons vers Tournai, que les Flamands appellent Doornik, dit le patron. Aujourd'hui, tu te contentes de regarder. Demain, tu passeras le balai et la wassingue sur le pont.

Le moteur se remit à pétarader, la péniche s'éloigna du quai, poussée par la perche. Et en route pour Doornik ! À toute petite allure, moins que celle d'un homme au pas, elle dévala le canal en direction de Dorignies ; puis, après une vaste courbe, vers Lallaing et Mortagne où la Scarpe va se marier à l'Escaut. Escale à Saint-Amand-les-Eaux où sonne un carillon de quarante-huit cloches entre midi et midi et demi. Ses eaux boueuses sont réputées pour le traitement des rhumatismes. On longeait une vaste forêt pleine d'oiseaux de toutes sortes qui produisaient un beau concert. Çà et là, des terrils se dressaient vers le ciel comme des index noirs.

Les pénichiers ne naviguent pas la nuit. La barcasse jeta l'ancre au quai de la Croisette. L'équipage se réunit sous la lampe à pétrole afin de prendre le repas préparé par les deux femmes. Soupe à la bière, chou-fleur en vinaigrette, andouillette à la moutarde.

— Ça te va ? s'enquit madame Pauline.

— J'aime tout ce qui se mange. Excepté les huîtres crues.

— Ça tombe bien, nous n'en servons jamais.

Et Maheu :

— Tu bois du vin ?

— Un peu. Avec de l'eau.

Chez les Stapinski, on avait l'habitude de remercier Dieu du repas qu'on allait prendre. Dans la péniche, cette prière n'avait pas cours. Joseph se dit qu'il la prononcerait dans sa tête lorsqu'il serait couché. C'est alors que le mainate offrit son répertoire. Ça le prenait à tout moment de la journée, mais la lumière de la lampe l'y prédisposait. Joseph l'examina à travers ses barreaux. Noir comme un merle mais le bec court, il montrait deux appendices charnus de chaque côté de la tête, pareils à des oreilles, et regardait son public d'un œil scintillant. Il fredonna un air bien connu dans tous les estaminets :

> *Marie tremp' ton pain,*
> *Marie tremp' ton pain,*
> *Tremp' ton pain dans la soupe*
> *Tremp' ton pain dans le vin...*

Joignant le geste à la parole, il trempait le bec dans son abreuvoir.

— Tu l'as retenu de chanter pendant la journée, expliqua Maheu, parce qu'il ne te connaît pas. Maintenant, il a fait ta connaissance. Quand on veut qu'il se taise, on le couvre d'un voile. Le noir lui coupe la parole. Nous l'appelons Trempette. Pas Trompette, Trempette.

La veillée se prolongea longtemps encore. Les deux femmes menaient leurs travaux d'aiguille. Maheu ouvrit un livre, disant qu'il aimait la lecture, qu'elle lui faisait oublier ses soucis. Il s'agissait du *Comte de Monte-Cristo*, en six volumes dans la collection Nelson.

— Six volumes ! s'effara Joseph. C'est beaucoup !

— Ça ne me gêne pas. Je n'ai pas d'autres bouquins. Ces six-là, je les ai tous lus à la queue leu leu. Ensuite, je les relis, je les relis, je les relis encore en commençant par n'importe lequel des six. Je connais l'histoire par cœur. Je sais toujours à quel point en est Edmond Dantès. Si tu veux, je te les prêterai.

— Pourquoi pas ?

— Je te conseille tout de même de commencer par le premier. « Le 24 février 1815, récita-t-il, la vigie de Notre-Dame-de-la-Garde signala le trois-mâts *le Pharaon*, venant de Smyrne, Trieste et Naples... »

Maheu expliqua où se trouvait Notre-Dame-de-la-Garde, ce que c'était qu'un trois-mâts et qu'une vigie, la route qu'il fallait suivre pour venir de Smyrne, passer par Trieste et arriver à Naples. Avant qu'il fût au terme de sa démonstration, il remarqua que Joseph ne pouvait plus ouvrir les yeux. Il le conduisit à sa couchette, l'aida à se déshabiller et à se mettre au lit. Il dormit comme une souche.

Point final pour ce premier jour navigatoire.

11

Le lendemain matin, après s'être passé un gant mouillé sur la figure, Jo s'assit à table pour le petit déjeuner. Madame Pauline lui présenta des délicatesses : café, lait, pain, beurre, confiture.

— Prends ce que tu veux.

— Tout ça, intervint Maheu, convient aux demoiselles. Moi, je prends du maroilles et des rollmops. Est-ce que tu aimes les rollmops ?

— Je ne sais pas ce que c'est.

— Des filets de hareng marinés dans du vinaigre doux. Fortement épicés. Avec un cornichon au milieu. Ça se mange avec du pain. Une nourriture qui convient aux navigateurs.

— Je vais essayer.

Quand il eut le rollmops dans son assiette, en revanche, il hésita un peu. Tous les yeux étaient braqués sur lui. Il découpa une tranche, se la mit dans la bouche accompagnée d'un peu de pain. Il crut avaler la mer. Des larmes lui montèrent aux yeux. Maheu l'encourageait :

— Au début, ça paraît un peu rude. Ensuite, on s'habitue.

Le plus dur à faire descendre à sept heures du matin était le cornichon. Joseph l'avala, devenir un vrai marin était à ce prix. Après quelques bouchées, ses yeux cessèrent de larmoyer. Tout le monde l'applaudit.

Vint le tour du maroilles. Comment rechigner sur ce fromage à pâte molle dont la croûte est lavée à la bière ? Il passa sans problème.

Sur le pont de la péniche, le patron lui montra l'usage de la wassingue pour laver les planches et du faubert pour épousseter. Le chien Félix l'accompagnait dans ses déplacements. L'air frais baignait la ville de Saint-Amand, dominée par une coupole à pointe, autour de laquelle évoluaient des escadrilles de pigeons. L'heure venue, le moteur grommela et la péniche reprit sa route. À Maulde, on reçut la visite des gendarmes belges qui contrôlèrent les papiers et vérifièrent, en tapant avec leur baguette, si toutes les futailles étaient bien pleines. Après quoi, ils acceptèrent un demi-verre de genièvre, dirent « Ça est bon ! » et sautèrent sur le quai.

Quatre autres heures de navigation. On vit au loin Tournai dominé par les flèches multiples de sa cathédrale. Le port de la Halle aux Vins était à l'entrée de la ville. Les deux cents demi-muids furent saisis par une grue et déposés sur le quai.

Dans l'attente d'une cargaison de retour, la péniche resta quatre jours immobile. Maheu en profita pour faire un examen pointilleux de sa coque et calfater certaines fissures, les bourrant d'étoupe et de poix. Il employait le reste de son temps à visiter les usines, les chantiers, les entreprises. Il eut la fortune de trouver une cargaison de fûts de bitume qui s'en iraient tartiner les routes de France ; plus précisément, celles de la

Champagne. Remontant le cours de l'Escaut, la péniche emprunta à Cambrai le canal de Saint-Quentin. Après avoir zigzagué dans le Cambrésis, elle fit étape à Bellicourt. C'était un dimanche ensoleillé. Tout l'équipage se rendit à la messe. Joseph eut la surprise de voir son patron, qu'il ne croyait pas si pieux, debout devant une statue représentant saint Nicolas, porteur d'une ancre, protecteur des marins et mariniers. Les lèvres du pénichier s'agitaient pour une prière véhémente.

Ils passèrent le reste de la journée à visiter la campagne. Ils déjeunèrent sur l'herbe, tout près des sources de l'Escaut, dissimulées dans un creux entouré de frênes et de trembles. Ils burent de son eau et la trouvèrent un peu salée. Le soir de cette escapade, ils se retrouvèrent en compagnie de Félix et du mainate. Le patron reprit un tome de son *Monte-Cristo*.

— Je peux, osa dire Joseph, vous poser une question ?

— Pourquoi pas ? Je répondrai si ça me convient.

— Dans l'église de Bellicourt, je vous ai vu prier debout devant saint Nicolas. J'aimerais savoir si c'était dans une intention particulière.

Maheu se passa une main sur le front avant de répondre :

— Tu sais que j'ai perdu un fils. Dans sa douzième année, d'une maladie affreuse, la méningite. Maux de tête, fièvre, vomissements, délires. Il est parti en trois jours. Les médecins (j'en ai appelé quatre) n'ont rien pu faire pour le sauver. Et moi de prier, de prier, de prier tous les saints du paradis. Aucun résultat. Il est enterré à Jumièges, en Normandie. Si je me suis intéressé à toi, c'est que tu as à peu près l'âge qu'il aurait à présent. Quand mes femmes me demandent de les accompagner à la messe, je ne refuse jamais, je ne veux pas les chagriner, je leur laisse penser que je crois encore au bon Dieu. Ma religion, maintenant, c'est le souvenir de mon gamin. Je lui parle plusieurs fois par jour. Je lui demande conseil, car il n'a plus douze ans, que je pense, il est éternel. Il a l'âge et la sagesse de Mathusalem. Alors, quand tu m'as vu debout devant la statue de saint Nicolas, je ne priais pas, je l'engueulais. Je lui reprochais de n'avoir rien fait pour le protéger, alors qu'il est le saint patron des navigateurs. Je l'engueulais.

Joseph fut un peu effrayé de cette explication. Il osa avancer que les Polonais comme lui avaient beaucoup de religion. Maheu haussa les épaules.

On repartit le lundi matin. Après une demi-heure, on atteignit le souterrain de Riqueval. Le Grand Souterrain, comme on dit dans la région. Long de cinq kilomètres et demi, il permet au canal de Saint-Quentin de franchir le plateau qui sépare le bassin de la Somme de celui de l'Escaut. Construit de 1802 à 1810, il fut inauguré par Napoléon et Marie-Louise en gondole, à la lumière de torches. Pendant la guerre de 14-18, il servit d'abri aux Allemands. Autrefois, le halage souterrain exigeait l'énergie de six à huit hommes, la traversée durait quatorze heures. La péniche de Maheu dut arrêter son moteur à cause de la mauvaise ventilation du tunnel, et se confier à un toueur électrique qui la fit traverser en moins de deux heures et demie. Après quoi, on reprit la direction de Saint-Quentin et de Reims.

Avec les ans, Joseph Stapinski devint un parfait pénichier. Comme promis par le contrat manuel, Maheu lui versa un salaire honnête. Il lui confiait souvent la barre du gouvernail, alors que lui s'abandonnait à une petite méridienne. Le moteur et son hélice lui étaient devenus aussi familiers que son pied et sa main. En compagnie du patron, de Pauline, de mémère Hortense, du chien Félix, du mainate Trempette, il naviguait sur les canaux et les rivières. Si lentement qu'en passant sous un arbre, on aurait pu compter les feuilles. Seule la chatte Réglisse posait des problèmes lorsqu'elle entrait en chaleur. Elle poussait alors de tels miaulements, de jour comme de nuit, qu'on avait deux solutions : la jeter à l'eau ou la faire castrer. Ce qui advint un jour, à la rencontre d'un vétérinaire.

On transportait du charbon noir, du coke, du bois, des tonneaux, du sable, du blé, des betteraves. Chaque jour amenait une curiosité du paysage ou de la navigation. Ainsi, l'ascenseur pour péniche des Fontinettes, près d'Arques dans le Pas-de-Calais, sur le canal de Neuffossé. Il rattrape une différence de niveau de dix-huit mètres entre le cours de la Lys et celui de l'Aa. Rivière chère aux cruciverbistes. La machinerie se compose de deux conteneurs accouplés, fonctionnant grâce à de gigantesques presses hydrauliques, à la manière des deux plateaux d'une balance Roberval : l'un monte quand l'autre descend. Ainsi également les écluses de multiples catégories : écluse simple, écluse double, écluse carrée, écluse à sas, à tambour, à éperon… Autre curiosité : le pont-canal, auquel on fait franchir une vallée, une route, un cours d'eau, comme à Gien ou à Montargis.

La navigation la plus passionnante était celle de la Seine. À rebrousse-courant jusqu'à Méry, ensuite doublée par un canal jusqu'au confluent de l'Aube. Port principal : Paris-sur-Seine avec ses entrepôts innombrables, le vin à Bercy et à Saint-Bernard ; les bois à la Rapée ; le sucre de canne à Austerlitz ; le blé et les farines aux Coches ; la pierre de taille à Orsay ; le charbon à Javel. La barcasse de Maheu était prise parfois avec d'autres en remorquage, formant un train de cinq ou six tiré par le remorqueur *As-de-Trèfle* dont la cheminée se couchait pour passer sous les ponts.

En sens inverse, on atteignait Rouen, le port d'attache. On y restait une semaine pour saluer les parents et les amis de Maheu. Jours de grandes lessives. Les deux marinières installaient sur toute la longueur du pont un pavoisement de caleçons, de chemises, de draps, de chaussettes, de mouchoirs. Le patron profitait de cette récréation pour présenter à Joseph les curiosités de la ville, la cathédrale, le palais de justice, la tour du Gros Horloge, la place du Vieux-Marché où fut brûlée Jeanne d'Arc. Ils fréquentaient aussi un peu les bars, ils rentraient plutôt saouls de cidre et de calva. Madame Pauline réprimandait son mari :

— Tu devrais avoir honte de faire boire cet enfant !

— Ce n'est plus un enfant. Il a dix-huit ans.

— Dix-huit et demi, précisait l'intéressé.

— S'il reste à bord, il s'ennuiera.

— Achète-lui, achète-nous une TSF, suggéra la grand-mère.

— On verra plus tard.

En attendant, Jo s'ennuyait surtout de ne voir que très rarement sa parenté retenue à Waziers. Quand mémère Hortense le voyait tout *mélanconieux*, elle le prenait près d'elle et, toujours ravaudant, lui servait un conte du pays de Caux. Car le rôle principal des grand-mères est de raconter des histoires aux petits enfants. Ainsi celle du « Vieillard aux pommes » qui enseigne à ceux qui l'entendent que le bonheur n'est pas dans la richesse.

« Il y avait une fois un vieillard cauchois que personne n'aimait parce qu'il était un peu riche. Quand il se promenait dans les rues de son village, tout le monde lui jetait des pommes cuites en criant :

— Hou ! Hou ! Hou ! Voyez le gueux à qui la pluie a apporté la fortune ! Hou ! Hou ! Hou ! Pourquoi lui ? Pourquoi pas nous autres itou ?

Auparavant, il avait habité une bicoque en planches, sur une pente, avec sa femme, son chien et sa tortue. Il gagnait son pain à réparer les montres, les horloges, les réveils. À travers les vitres de sa fenêtre, les enfants venaient le voir travailler, une loupe enfoncée dans l'orbite, comme un gros furoncle. Tout ça était supportable. Mais voici qu'un jour éclata un orage terrible. Un torrent d'eau tomba des nues, ravina la colline, bouleversa le lopin du vieil homme, emporta son jardin. Quand revint l'arc-en-ciel, le vieil homme s'en fut contempler le désastre. Or voici qu'au milieu de cette destruction, il remarqua, émergeant de la boue, un objet singulier. Il prit une bêche, le dégagea. Il s'agissait d'un coffre de fer, rouillé, cerclé de cuivre, dont il fit sauter le couvercle. Alors lui apparut tout un trésor : des louis, des napoléons, des écus, des pistoles, des rois couronnés, des toisons d'or. Une fortune ! Qui l'avait enterrée là ? Et quand ? Et pourquoi ? Mystère et boule de gomme. Ayant consulté les plus hautes autorités du pays de Caux, il obtint de toutes la même réponse :

— Vous êtes l'inventeur de ce trésor, celui qui l'a trouvé, il vous appartient donc.

Comment allait-il l'employer ? Y ayant réfléchi, il en donna une part aux pauvres et fit, avec le reste, construire à la place de sa bicoque une belle demeure entourée de plates-bandes fleuries. Cela fournit de l'ouvrage à des maçons, des charpentiers, des plâtriers, des peintres, des couvreurs, des serruriers. Et la maison se dressa toute fière en pierre rose du pays et colombages. Avec un coq-girouette à son sommet. Il s'y installa avec sa femme, son chien et sa tortue. Voilà pourquoi ceux qui n'avaient pas eu l'occasion de bénéficier de ses largesses, les ratés, les jaloux, les envieux, faisaient cuire des pommes et les lui lançaient à la figure en criant :

— Hou ! Hou ! Hou ! Voilà le gueux que la pluie a rendu riche ! Pourquoi lui, pourquoi pas nous ? Hou ! Hou ! Hou !

Le vieillard cependant faisait de son mieux pour gagner l'amitié de ses voisins, le balayeur, le cantonnier, le facteur, le maître d'école, rien que du monde moins pauvre que lui quand il était horloger, les recevant à sa table et leur offrant du cidre. Ils acceptaient, buvaient sec, mais repartaient sans reconnaissance, grommelant entre eux :

— S'il nous invite, c'est qu'il cherche à se faire pardonner sa fortune.

Car les hommes acceptent mal chez les autres un bonheur dont ils sont privés, même s'il leur en revient quelques miettes. Ils préfèrent une misère générale. Et le vieillard se désolait. Comme il n'osait se montrer dans le village, ayant honte de son trésor immérité, il demeurait dans sa belle maison, regardant par les fenêtres, mangeant avec sa femme, son chien et sa tortue des sardines à l'huile et se faisant aux cartes des réussites pour connaître son avenir.

Un soir qu'il était seul, sa femme au chevet d'une parente malade, il reçut une visite qu'il n'attendait guère : celle d'un homme muni d'un sac et armé d'un marteau.

— Qui es-tu ? demanda le vieillard.

— Un voleur. Et si nécessaire, un assassin. J'ai déjà zigouillé plusieurs personnes, bien que je n'y prenne aucun plaisir.

— Que désires-tu ?

— Votre argent. On m'a dit que vous en aviez beaucoup. De l'argent tombé du ciel.

— Est-ce que tu as aussi l'intention de prendre ma vie ?

— Oui et non. Cela dépend de vous.

— Je te préviens qu'elle ne vaut pas grand-chose, il ne me reste à vivre que quelques jours.

— Pour moi, une vie est une vie, qu'elle vaille peu ou prou. Je n'en fais pas commerce. Ce qui m'intéresse, c'est la monnaie. Votre vie, donc, je vous la laisserai si vous y tenez, pourvu que vous me donniez votre bourse.

— Oh ! ce n'est pas que j'y tienne. Que veux-tu que j'en fasse ?

— On peut toujours en faire quelque chose. Il y a toutes sortes d'occupations. Moi, par exemple, en dehors de mon métier de voleur et d'assassin, je pratique la peinture à l'huile et à l'aquarelle.

— Que peins-tu ?

— Des christs, des bonnes vierges, des saint-esprit.

— Et ça te rapporte ?

— Presque rien. Personne n'en veut. Voyez-vous, monsieur, de nos jours les gens n'ont plus beaucoup de religion.

— Je m'en suis aperçu.

— D'autre part, les toiles, les cadres, les tubes de couleurs sont hors de prix. Voilà pourquoi je suis entré dans la volerie.

— Elle, du moins, elle rapporte.

— C'est variable. Les riches sont trop attachés à leur argent. Ils se laissent brûler les pieds plutôt que de me l'abandonner. Je dois insister. Un jour, j'ai dû étrangler une citoyenne pour les trente sous que j'ai trouvés dans son sac à main.

— Vraiment ? Tu as étranglé une personne pour trente sous ? Ça ne doit pas couvrir tes frais !

— Je ne méprise pas les menus profits. Trente sous d'un côté, trente sous de l'autre, ça me permet de vivre.

— Est-ce que tu as aussi l'intention de me brûler les pieds ?

— Certainement, si vous me résistez.

Les deux hommes s'entretinrent ainsi toute la nuit. Le vieillard essayait de persuader son voleur de pratiquer un métier plus honorable et plus amusant, de se faire sabotier, fabricant de mirlitons, croque-mort. Mais l'autre tenait à ses christs et à ses bonnes vierges. On entendit au loin chanter le premier coq.

— Maintenant, fit le voleur, faut qu'on en finisse. Je ne peux rester davantage, bien que je me plaise à votre conversation. Donnez-moi donc votre magot, ou je vous grille les orteils.

Le vieillard lui indiqua la cachette, sous la cheminée, où il tenait ses pécunes.

— Laisse-m'en un peu, supplia-t-il. Sinon, de quoi vivrons-nous, moi, ma femme, mon chien et ma tortue ?

— Vous reprendrez votre ancien métier d'horloger.

— Impossible, je n'y vois presque plus.

— Fabriquez des sabots, ou des mirlitons, enterrez les morts.

Sur ces bons conseils, il s'en alla. La femme du vieillard revint. Il lui raconta la visite du voleur-assassin, qui avait pris tout l'or et tout l'argent du magot, lui laissant seulement le cuivre et le bronze.

— Et tu n'as rien fait pour défendre ton bien ?

— J'ai essayé de le convertir à un métier plus honorable. Il n'a rien voulu savoir.

Il s'ensuivit une longue dispute entre la femme et son mari sur le bonheur et le malheur qu'on trouve à posséder un magot d'or, d'argent et de bronze. Elle en vint à conclure qu'ils étaient plus heureux avant, dans leur bicoque de planches.

— Puisqu'il en est ainsi, s'écria le vieillard, je sais ce qu'il me reste à faire !

Quelques jours plus tard, leur belle maison flamba comme une allumette. Ils n'étaient point assurés contre l'incendie, ne touchèrent aucune indemnité, mais avec des planches et des briques récupérées dans les décombres, ils réussirent à se bâtir une autre bicoque. Le vieillard sema du trèfle dans son terrain, éleva des lapins et fabriqua des mirlitons. Dès lors, il put se promener de nouveau à travers le village sans recevoir aucune pomme cuite. Les gens lui manifestèrent beaucoup de sympathie parce qu'il était ruiné. »

— Est-ce que tu aimerais, demanda mémé Hortense, être riche ou bien rester pauvre ?

— J'aimerais, répondit Jo, être riche. Mais pas trop. Pour ne pas recevoir des pommes cuites dans la figure.

Lisant à ses moments perdus *Le Comte de Monte-Cristo*, il se sentait dévoré par une envie folle : celle de naviguer vers Marseille, de descendre le Rhône, d'entrer dans cette ville que l'auteur appelle « la capitale de la Méditerranée ». De faire la connaissance de l'îlot d'If et de son château, où Edmond Dantès fut injustement enfermé, d'où il s'évada grâce à la ruse de l'abbé Faria. « Dantès se sentit lancé, en effet, dans un vide énorme, traversant les airs comme un oiseau blessé, tombant, tombant toujours avec une épouvante qui lui glaçait le cœur... Dantès avait été lancé dans la mer, au fond de laquelle l'entraînait un boulet de trente-six[1] attaché à ses pieds. La mer est le cimetière du château d'If. »

— Pourquoi, demanda-t-il à Maheu, ne descendons-nous jamais vers Marseille ?

— Faudrait une occasion. Qu'on me commande par exemple d'aller chercher dans cette ville une cargaison de cacahuètes. Mais le Rhône, difficile à descendre, est impossible à remonter.

Aux étapes prévues, Jo courait au bureau de poste où il trouvait une lettre en poste restante. Elle lui apprenait que son père avait définitivement renoncé à la mine et pris une retraite pour raison de silicose.

---

1. De trente-six livres, de dix-huit kilos.

12

Dans son fauteuil, le dos calé par trois oreillers, Jan se faisait porter jusqu'à une fenêtre ouverte. Il y restait ainsi immobile, les mains sur les genoux, la bouche béante et suffoquant comme un poisson hors de l'eau. Il regardait passer les hirondelles, prêtait l'oreille à une musique lointaine, celle d'un accordéon ou d'une mandoline. Il retint un jour Antoine, son fils aîné.

— J'ai quelque chose à te donner. Une montre d'argent. Je la tiens de mon père, de ton grand-père Wladislaw. Il y a soixante ans qu'elle marque les heures. Elle te revient. À ton tour, tu la donneras à ton fils aîné.

Antoine protesta, disant qu'il n'en avait pas besoin :
— Dans la mine, tu le sais, on obéit à la trompette du porion. Garde-la encore, elle te tient compagnie.

Le père insista pour la lui laisser :
— Accroche-la à ton gousset. C'est un héritage qui te vient de notre pays, la Pologne. Cela ne se refuse point.

Jan vécut plusieurs mois encore, jusqu'aux abords de sa soixante-cinquième année. Pour l'aider à respirer, le médecin l'avait gavé de cortisone. Par un effet complémentaire de cette hormone surrénale, il enfla de toutes parts. Son visage, plutôt maigre auparavant, devint comme un ballon de football. On lui disposa à l'entrée des narines deux petites tuyères qui lui insufflaient de l'oxygène. Sa respiration ne fut plus qu'un hoquet. Toute sa famille se rassembla autour de lui, y compris le navigateur, appelé par télégramme. Entre ses paupières demi-ouvertes, le regard de ses yeux bleus allait de l'un à l'autre. Il prononçait le nom de chacun pour prouver qu'il le reconnaissait. Agenouillée, sa femme lui demandait pardon de ce qu'elle lui avait imposé tant d'années, personne ne la comprenait.

— Je n'ai jamais, jamais aimé d'autre homme que toi.

Il posa une main sur sa tête. Un prêtre polonais vint s'entretenir avec lui. Il reçut l'extrême-onction. Puis ses yeux se fixèrent sur une image de la Vierge de Czestochowa, accrochée au mur. On la décrocha, on la lui posa sur la poitrine. Il emporta les traits de cette face noire dans son dernier voyage.

On alluma des cierges autour de son lit. Pendant qu'il était encore chaud, les femmes l'habillèrent de ses meilleurs vêtements. On le veilla deux jours et deux nuits. Il fut porté au cimetière de Waziers, dans cette zone centrale qui forme une cité polonaise posthume, près du grand-père Wladislaw. Toutes ces dalles polies scintillaient sous le soleil. Un superbe terril dominait le tout, pareil à une pyramide d'Égypte.

Chapitre de Jules, le fils non désiré. Tout jeune, il avait rempli les fonctions d'enfant de chœur. Il se plaisait pendant la messe à secouer la sonnette qui imposait le silence et la méditation, à promener le plateau des quêtes, à porter la croix lors des processions, à accompagner le prêtre chez les malades. Les Stapinski auraient été fort heureux, fort honorés qu'il devînt prêtre à son tour. Mais en grandissant, il s'aperçut que les fillettes l'intéressaient et qu'il ne pouvait envisager une vie de célibataire. Il changea d'avenir, sans toutefois accepter de descendre dans la fosse comme son père, son grand-père, deux de ses frères.

— Je veux un travail où l'on respire.
— Par exemple ?
— Par exemple maçon. J'aimerais construire des murs, des maisons, des châteaux, des ponts, des gares.

Pourquoi pas ? Les Trente Glorieuses autorisaient de pareilles espérances. Jules aurait pu entrer dans une école du bâtiment où il aurait appris ce métier. Mais il n'aimait pas les études. Il se mit à la recherche d'un entrepreneur qui lui mettrait tout de suite entre les mains les outils de la profession. Après avoir flairé dans Waziers et aux environs, il dénicha un citoyen originaire de la Creuse, nommé Marcel Courtine, qui employait déjà une douzaine d'ouvriers, belges, hollandais, portugais ou ch'timis. Coiffé d'une casquette à oreilles, moustachu, un peu boiteux du pied gauche, il avait l'étrange habitude de terminer ses phrases par *la la*. Une sorte de point final. Après l'avoir interrogé sur ses origines et ses antécédents, le Creusois lui demanda ce qu'il savait faire en matière de maçonnerie.

— Plusieurs fois, je me suis servi d'une truelle et d'une taloche pour faire de petites réparations à notre coron. J'ai souvent observé les maçons pour voir comment ils procèdent. Je sais gâcher le plâtre, faire le mortier de chaux ou de ciment.

— Bref ! fit Courtine, se moquant. Tu n'as pas grand-chose à apprendre !

— Si, si... Au contraire.

— Tu saurais dessiner par terre un angle droit ?

— Certainement, avec une équerre.

— Je veux dire sans équerre, la la.

— Sans équerre ? Sans doute. À peu près.

— Y a pas d'à peu près chez nous. Je te donne un mètre et un poinçon. Rien d'autre. Au travail. Je te regarde, la la.

L'homme tira de sa poche culottière un mètre pliant et un gros clou. Jules prit ces accessoires avec embarras, demanda s'il devait tracer un angle grand ou petit.

— Aucune importance, pourvu qu'il soit orthogone.

— Orthogone ?

— Qu'il ait juste ses quatre-vingt-dix degrés, comme tous les angles droits.

— D'accord.

Jules nettoya un espace de quelques mètres carrés, enleva les herbes sèches, tassa la terre de ses semelles pour en faire une sorte d'ardoise. Puis, se servant du mètre pliant comme d'une règle, il traça une ligne droite. La manœuvre était facile. Restait à dessiner le second côté de l'orthogone. C'était là une autre affaire. Ayant bien cligné de l'œil, bien visé, bien calculé, il la creusa perpendiculaire à la première autant qu'il sut.

— C'est fini ? demanda le Creusois. Tu le crois bon ?

— J'espère.

— On va vérifier. Je vais chercher une sauterelle, la la.

C'était, en beaucoup plus grand, la même chose que ce qu'on appelle dans les écoles un rapporteur. Courtine l'appliqua sur l'angle dessiné.

— Il lui manque dix degrés. Ton orthogone n'en a que quatre-vingts. Constate toi-même.

— J'ai fait de mon mieux.

L'homme eut un sourire qui souleva sa moustache, comme tous les sourires des moustachus :

— À présent, je te montre la bonne pratique.

Il effaça du pied la seconde ligne ; réduisit la première à trois doubles décimètres. Puis, formant cinq doubles décis sur son mètre grand ouvert, il en fixa une extrémité sur le bout de ladite ligne et traça du poinçon à l'autre bout une courbe bien visible dans le terrain. Enfin, il mesura quatre doubles décis sur le pliant ; et, le tenant bien vertical, traça une seconde ligne qui, partant du pied de la première, s'arrêta lorsqu'elle rencontra la courbe.

— Voilà, exposa-t-il. J'ai supposé un triangle rectangle haut de trois décis, large de quatre, avec un troisième côté long de cinq. On appelle ce troisième côté l'hypoténuse. Tu connais ?

— J'en ai entendu parler. Trois au carré plus quatre au carré égale cinq au carré.

— Dans la Creuse, mon maître d'école en avait fait une poésie. L'angle opposé à l'hypoténuse est forcément orthogone.

> *Le carré de l'hypoténuse*
> *Est égal si je ne m'abuse*
> *À la somme des carrés*
> *Des deux autres côtés.*

Jules baissa la tête, confus de son ignorance. Tracer un angle droit sans rapporteur : telle fut la première leçon qu'il reçut de monsieur Courtine. Il en reçut bien d'autres par la suite.

L'entreprise du Creusois construisait principalement de nouveaux corons, ou réparait les anciens. La seconde leçon fit de Jules un terrassier. À la pioche et à la pelle, il apprit à creuser juste et profond suivant le tracé d'un plan. À évacuer la terre, à la charger dans la benne des camions. Pendant trois mois, il fut marié à la brouette. Après quoi, il épousa l'auge en secondes noces : une sorte de caisse en forme de turban, remplie de mortier, qu'il tenait sur sa tête d'une main tandis que de l'autre il s'agrippait aux barreaux de l'échelle. Il allait ainsi servir les compagnons qui bâtissaient un mur ou en corrigeaient les défauts.

Le patron ne manquait pas de lui confier les besognes les plus basses afin de s'assurer qu'il avait bien dans le sang la vocation du métier. Il fut donc goujat deux années, comme son frère Antoine avait été galibot. Après quoi, un beau jour, Courtine lui permit de poser sa première brique sur une semelle de fondation. Il lui apprit l'usage du fil à plomb qui vérifie la verticalité ; du niveau à bulle qui fait de même pour l'horizontalité ; du crépissoir qui tartine les murs ; de la doloire qui étend le mortier des chapes. Le Creusois avait un mot d'appréciation qui revenait aussi souvent dans sa bouche :

— Je veux que tout travail soit nickel, la la... Cette couche n'est pas nickel !

Dans plusieurs chantiers, il pratiqua diverses espèces de murs : le mur de face, opposé au mur de flanc ; le mur orbe, sans porte ni fenêtre ; le mur en retour, qui forme équerre ; le mur en décharge, dont le poids est supporté par des arcs ; le mur de refend, qui divise l'intérieur du bâtiment. On ne pose pas pierre sur pierre comme un chien pose crotte sur crotte. Il faut les disposer de manière à éviter absolument le « coup de sabre », cette ligne de mortier un peu zigzagante qui a l'air de combler un coup de sabre asséné dans la maçonnerie, si bien que les fissures éventuelles en prendront plus tard avantage.

— Je sais un proverbe, dit Julot humblement. Mon père s'en servait quelquefois : « Dur contre dur fait mauvais mur. » Il voulait dire que chez les hommes deux têtus ne doivent pas se heurter.

— Chez les maçons, ce proverbe n'est pas toujours juste, la la. On peut construire rien qu'en dur, sans employer de mortier. As-tu vu le pont du Gard ?

— Je l'ai vu en photo.

— Quand tu iras le voir pour de vrai, tu pourras constater que les pierres sont simplement posées l'une sur l'autre, sans trace de mortier. Et ce pont résiste depuis deux mille ans, la la ! Méfie-toi des proverbes. L'un dit : « Faut… » L'autre dit : « Faut pas… » Chez nous, je connais qu'un seul proverbe qui soit toujours juste : « Quand le bâtiment va, tout va. » Il a été devisé par un Limousin comme moi, Martin Nadaud. Un franc républicain. Obligé de passer en Angleterre quand Badinguet, en 1851, imposa son pouvoir. Après la chute de ce détestable empereur, il revint en France et fut nommé préfet de la Creuse. C'est dans cette fonction qu'il inventa son proverbe.

Après deux années de goujaterie, Jules Stapinski obtint le grade de limousinant qui l'autorisait à monter sur les échafauds. Non plus en bois comme jadis, mais en tubes métalliques. Il apprit à enfoncer les écoperches dans le sol, à assembler les planches de chaque étage. Courtine avait l'œil à tout :

— Graisse un peu la poulie... Donne du mou à la corde... Cale l'échelle pour la retenir de riper, la la... Dans notre métier, la prudence est la plus indispensable des qualités...

Son entreprise acquit de la surface. Elle trouva de l'ouvrage dans tout le Nord, dans le Pas-de-Calais et même en Belgique, en Hollande, au Luxembourg. Le soir, quand l'équipe couchait à l'auberge, Jules Stapinski grattait parfois la mandoline héritée de son père. Elle lui rappelait les recommandations de Jan :

— Fais tout ton possible pour satisfaire tes employeurs. Ne cherche chicane à personne. N'oublie pas d'aller à la messe le dimanche.

Ses camarades creusois, venus d'un département où l'on ne croit ni Dieu ni diable, se moquaient de lui et le traitaient de cul-bénit. Il faisait le sourd et ne changeait point de conduite. Il écrivait régulièrement à sa mère dont il restait, sans le soupçonner, l'enfant indésirable. Elle lui répondait quelques lignes. Ayant conservé sa nationalité polonaise, il fut exempté de service.

Ils se trouvèrent un jour en Picardie, sur les rives de la Somme. Un pays de grandes cultures. Les bâtiments des fermes, autour d'une cour carrée, étaient crépis de seulin, un torchis jaune couleur de beignet. Partout, des cimetières, des tranchées survivantes, des monuments gardaient le souvenir de furieux combats livrés au cours de trois guerres. Interrogé sur ce point, Courtine, qui avait fait la seconde, révéla l'intérêt qu'ont les gouvernements à déclencher des conflits :

— D'abord, ça supprime le chômage. Ensuite, quand tout a été démoli, ça engendre une grande prospérité pour reconstruire. Une guerre tous les vingt-cinq ans, voilà pour un pays la recette du bonheur.

Ils eurent l'occasion de voir Amiens guéri de ses blessures. La magnifique cathédrale, deux fois plus grande que celle de Paris. On s'intéressa aux matériaux dont elle était bâtie : grès de Picardie pour les soubassements, calcaire de Saint-Maximin pour le reste du corps. Blanche à son origine, elle était devenue couleur de noisette.

Une autre année s'écoula. L'équipe travaillait dans les Ardennes lorsqu'un matin monsieur Courtine dit à son limousinant :

— Je suis satisfait de tes services. Si tu en es d'accord, l'heure est venue pour toi que je te reçoive compagnon. Il te reste toutefois une formalité : tu dois faire et me présenter ton chef-d'œuvre. C'est la règle absolue, la la.

— Patron, je suis prêt. Que voulez-vous de moi ?

— Un mur en pierres sèches.

— Comme le pont du Gard ?

— Si l'on veut, en petites dimensions, haut d'un mètre juste.

Le surlendemain, arriva la matière première : un tombereau plein à ras bord d'esquilles de granit ramassées à pelletées dans une carrière, informes, pas plus épaisses que la main. Courtine dessina sur une feuille de papier le mur qu'il souhaitait, en forme de *L* majuscule, large de quarante centimètres ; il devait border et soutenir une terrasse.

— Je te donne huit jours pour faire cette besogne. Commence demain. Si tu n'as pas assez de pierres, on t'en apportera d'autres.

Dès la pique du jour, Stapinski fut à la tâche. Il employait la famille des marteaux : le têtu, fort de la tête, mais mordant par l'autre bout ; la laye à un ou deux taillants ou à grain d'orge ; la boucharde, en pointes de diamant ; l'américaine, plus lourde et plus brutale. De même, les outils à tailler : le burin, le ciseau, l'ognette qui transforme le granit en dentelle.

Il besogna ainsi jusqu'à midi. Prit à peine le temps d'avaler une bouchée de pain. Demanda au patron une lampe à pétrole, pour pouvoir travailler une partie de la nuit. Songeant à son père et aux autres mineurs, marteleurs des ténèbres.

— Si tu continues comme ça, l'avertirent ses collègues, tu vas te tuer.

Il n'en faisait qu'à sa tête. Bientôt, une première strate granitique fut formée. Entre ses éléments, on n'eût pas introduit l'épaisseur d'un timbre-poste. C'était de la ciselure, pas de la maçonnerie.

Au troisième jour, son puzzle atteignit cinquante centis de hauteur. Promenant la main sur la surface, on ne ressentait aucune balèvre.

Au sixième jour, le mètre fut atteint.

Au septième, Jules le recouvrit d'un linteau de mortier à la chaux et à l'argile.

Au huitième, toute l'équipe vint l'honorer. On brisa contre le mur une bouteille de champagne, comme on aurait baptisé un nouveau paquebot.

— Jules Stapinski, tu es promu compagnon, la la ! proclama monsieur Courtine.

Les Creusois applaudirent et, avant de boire, profitèrent de l'occasion pour chanter leur hymne professionnel dont trois couplets seulement sont ici relevés :

> *On chante des chansons*
> *De toutes les manières.*
> *Les filles, les garçons,*
> *Les bergers, les bergères.*
> *Je ne sais pas conter*
> *Ces histoires charmeuses ;*
> *Mais je vais vous chanter*
> *Les maçons de la Creuse...*
>
> *Tous les chemins de fer*
> *Qui traversent la France,*
> *Et tous les ports de mer*
> *Ont connu leurs souffrances.*
> *Les canaux et les ponts*
> *De la Seine à la Meuse,*
> *Pourraient citer les noms*
> *Des maçons de la Creuse...*
>
> *L'auteur de la chanson*
> *Ce n'est pas un poète,*
> *Mais un simple maçon*
> *Aimant la chopinette.*
> *Sans envier autrui,*
> *Sa vie s'écoule heureuse.*
> *Ils sont tous comme lui,*
> *Les maçons de la Creuse.*

Les chevaux-vapeur remplaçaient les chevaux à crottin. La maçonnerie – devenue BTP – évoluait et se perfectionnait comme tout le reste. Les bétonnières enlevèrent aux goujats la peine de malaxer le mortier. Les grues gagnaient en nombre et en hauteur. La taille des pierres se fit au burin pneumatique. Enfin se produisit la révolution du préfabriqué. D'énormes panneaux de béton précontraint, expédiés par des usines lointaines, arrivaient sur des camions-remorques. Les grues s'emparaient d'eux comme les cigognes s'emparent des grenouilles, les élevaient dans les airs, les laissaient redescendre. Il suffisait de les déposer à leur juste place, sous la surveillance de géomètres ou d'ingénieurs qui ne se blanchissaient jamais les mains. La maison à bâtir se dressait en quelques jours, pareille aux jeux de construction des gamins. L'entreprise Courtine compta bientôt trente ouvriers, puis soixante. Jules Stapinski eut l'intelligence de s'adapter aux méthodes nouvelles. Il fut élevé au rang de contremaître. Les ouvriers l'appelaient chef et lui donnaient du vous. Seul le patron continuait de le tutoyer.

En 1963, âgé de vingt-six ans, il eut aussi l'intelligence de gagner le cœur d'Henriette Courtine, la fille unique de son patron. Malgré les réticences du beau-père incroyant, la noce eut lieu selon les rites polonais et catholiques. Dans le confessionnal, le fiancé avoua des péchés qu'aurait reconnus un enfant sage, de gourmandise, de colère, d'envie.

— Est-ce là tout ? s'étonna le prêtre.
— Je ne vois rien d'autre, mon père.
— Quel âge avez-vous ?
— Vingt-six ans.

— N'avez-vous jamais touché une fille, une femme ?

— Touché, oui. De la main, des joues.

— N'avez-vous jamais rêvé que vous partagiez leur couche ?

— Peut-être. Je ne me souviens pas.

— Êtes-vous vierge ?

— Vierge ? Comme la Sainte Vierge ?

— C'est bon. Ça suffit. Je vois que vous êtes une espèce de saint. En pénitence, récitez un *Je vous salue* et mettez cent francs dans le tronc de l'église.

Il en mit deux cents. Le festin nuptial s'accompagna d'une distribution de gâteaux à tous les habitants du coron, avec promenade de la mariée dans la brouette. Danses et chants venus tout droit de Cracovie. Visite au cimetière où dormaient les anciens. En voyage de noces, ils prirent le train, visitèrent Paris, montèrent au premier étage de la tour Eiffel, envoyèrent des cartes postales aux deux familles.

Deux ans plus tard, ils eurent un petit garçon baptisé Victor. Celui-ci fit preuve très tôt d'un goût prononcé pour le BTP.

— Quand je serai grand, questionna-t-il un jour, est-ce que c'est moi qu'on appellera le chef ?

— Certainement, mon fils, c'est toi.

Dans les années 1970, sous l'autorité du Premier ministre Chaban-Delmas, l'entreprise participa à la destruction des bidonvilles et autres taudis qui entouraient la capitale afin de les remplacer par des taudis prétendument fonctionnels. Ces derniers devaient plus tard acquérir une triste réputation sous le nom de banlieues. Le BTP allait terriblement. Courtine installa son siège social à La Madeleine, au nord de Lille.

Le bâtiment travaille de préférence à la belle saison. Les pluies ne lui conviennent guère, excepté pour les tâches d'intérieur. Encore moins les neiges et les gelées. Jules Stapinski, le gendre du patron, profitait de la saison morte pour aller rendre visite à ce qui lui restait de famille. Non point à pied ni à cheval, mais en voiture automobile. Il roulait Ford, modestement, une Sierra à cinq places, couleur sauce tomate, bien qu'il eût pu s'offrir une Cadillac. En compagnie de sa femme et de son fils, il arrivait un beau matin dans la cité Notre-Dame de Waziers. Se gardant bien de klaxonner pour ne pas alerter les curieux, il remontait la rue de Trégastel sur toute sa longueur, arrivait devant la porte 26. Ayant mis pied à terre, il admirait les géraniums et les roses soigneusement entretenus par Anna Stapinska. Il tirait enfin le cordon. Sa mère ouvrait la porte, les recevait dans ses bras sans sourire. Manifestement, la Ford couleur tomate l'indisposait.

— La prochaine fois, laissez votre voiture hors la cité Notre-Dame et remontez à pied jusque chez moi.

Elle se répétait la parole de l'Évangile : « Il est plus facile à un chameau de passer par le chas d'une aiguille qu'à un riche d'entrer dans le royaume de Dieu. » Elle en voulait un peu à son dernier fils d'avoir si bien réussi tandis que les autres étaient restés quasiment pauvres. Mais elle se reprochait ces sentiments et n'en laissait rien paraître.

13

Les années passaient, puisque tout passe, et nous passons. Les Polaks du Nord devenaient de plus en plus français. Pour ne pas oublier cependant leur polonité, ils construisirent à Lens – et l'entreprise Courtine y contribua – l'église Millénium qui commémorait le millénaire de la Pologne. Ils se rendaient populaires aux yeux des Ch'timis grâce à leurs prouesses sportives. Ainsi, César Marcelak, champion de France cycliste. Ainsi Michel Jazy, né à Oignies, coureur du demi-fond, aussi célèbre dans le 1 500 mètres des jeux Olympiques de 1964 que s'il l'avait gagné. Ainsi, Jean Stablinski, champion du monde sur route en Italie. Ainsi Raymond Kopa (né Kopaszewski), trois fois champion d'Europe avec le Real de Madrid.

Pendant ce temps, la Pologne lointaine était secouée par la résistance de l'Église catholique au communisme moscovite. Le cardinal Wyszinski, primat de Pologne, fut arrêté et mis à l'ombre pendant trente-sept mois. En 1978, Karol Wojtyla, archevêque de Cracovie, fut élu à la papauté sous le nom de Jean-Paul II. Un pape polonais, cela ne s'était jamais vu ! Une vague d'espoir et d'enthousiasme souleva son pays d'origine. Trois ans plus tard, à Rome, un Turc, Ali Agca, armé par on ne sait qui, lui mit une balle de revolver dans le corps sans réussir à le tuer. Jean-Paul rendit visite à son agresseur emprisonné, eut avec lui une longue conversation dont on ne sut pas grand-chose, mais qui le persuada, et persuada toute la Pologne avec lui, que la Vierge Marie l'avait protégé. Fort de cet appui céleste, il soutint douze ans plus tard les grèves des chantiers navals de Gdansk, organisées par le syndicat libre Solidarnosc et son premier secrétaire Lech Walesa.

— N'ayez pas peur ! lança-t-il aux grévistes, se souvenant de saint Paul[1].

Cet appel et cette détermination firent reculer les menaces d'intervention soviétique. En 1990, la Pologne redeviendra un État libre.

À cette date, les mines du Nord-Pas-de-Calais avaient l'une après l'autre cessé de produire. La France n'avait plus besoin de leur charbon, trop cher, trop polluant. Le gaz, le pétrole, l'électricité chauffaient à sa place. Si on l'employait encore dans les distilleries, on le faisait venir de Roumanie ou de Chine. Les gueules noires étaient parties aux cimetières. On leur consacra un musée, comme aux diplodocus. À Lewarde, sur l'ancienne fosse Delloye, il porte le nom de Centre historique minier. Les touristes peuvent y voir une impressionnante collection d'outils, de machines, de lampes, de galeries reconstituées, des kilomètres d'archives et de clichés. Rien n'y manque : la salle des pendus, la lampisterie, les douches. On y trouve même

---

1. Épître aux Romains XII, 11.

un estaminet avec piano mécanique, Chez Honorine, où des mineurs en cire, casqués et moustachus, font semblant de boire en tapant la belote. Une pancarte annonce un grand concours de billons. D'autres semblants de mineurs consomment le briquet. Chaque année, des milliers de curieux, coiffés d'un casque par précaution, visitent ces lieux et ce passé révolu.

L'entreprise Courtine, quoiqu'elle fût passée en 1986 aux mains de Stapinski et fils, continuait, elle, de vivre et de bâtir. Le 10 août 1987, le chef indiscuté célébra son propre anniversaire, le cinquantième. En cette occasion remarquable, il rassembla tout son personnel, ses parents et amis, dans un château-hôtel, celui de Bernicourt, à quelques kilomètres au nord de Douai, au milieu d'un parc ombragé. À la fête, personne ne manqua. Ni sa vieille mère, Anna Stapinski, âgée de quatre-vingt-deux ans, mais encore vaillante, marchant sans canne et lisant sans lunettes. Ni monsieur Courtine, son beau-père et ancien patron. Ni aucun de ses frères, beau-frère, sœur, belles-sœurs, neveux et nièces. Les décédés ne furent pas oubliés, on récita un *De Profundis* avant les festins.

Marcel Courtine fit un discours dans lequel il exprima le bien qu'il pensait de son gendre et successeur. Tout le monde applaudit. Ensuite, on s'empiffra. Après les desserts, on se transporta jusqu'aux rives de la Scarpe pour faire en barque une agréable croisière. On revint au château, on dansa des mazurkas, des polkas, des obereks. La fête se prolongea toute la nuit, excepté pour ceux qui ronflaient dans les fauteuils.

Le lendemain, chacun regagna sa chacunière. Anna fut ramenée chez elle à Waziers. Au cours de l'après-midi, conduisant sa Sierra couleur tomate en compagnie de sa femme, de son fils, de son beau-père, Jules enfila la D917 en direction de La Madeleine. Au carrefour de Faumont, un camion qui venait de la gauche, conduit par un chauffeur ivre ou aveugle, oublia de respecter le stop et les heurta de flanc. Le choc fut terrible. La Sierra se trouva repoussée de l'autre côté de la route. Les pompiers appelés purent désincarcérer les quatre occupants et les transporter au Centre hospitalier de Lille. Le sang polonais de Jules lui teignait la figure et lui baignait la chemise. Il eut la faveur d'être étendu sur un matelas coquille qui se moulait exactement à ses formes. Penché sur lui, un médecin lui demanda d'ouvrir les yeux. Sans obtenir de réaction. Il lui souleva les paupières, fouilla les pupilles de sa lampe stylo. Pas de réaction non plus.

Diagnostic : *embarrure temporopariétale gauche avec pétéchies de contrecoup à droite ; œdème cérébral majeur ; le cerveau est gonflé comme une éponge, repoussé par l'œdème et écrasé sous la faux du cervelet.*

Les trois autres occupants de la voiture ne souffraient que d'ecchymoses superficielles. Ils pouvaient rentrer chez eux s'ils le désiraient. En revanche…

— En revanche ?

— Les circonstances ont été telles que l'avant du camion semble s'être acharné sur le chauffeur de la Sierra. Son crâne…

— Eh bien ? Son crâne ?

— … a été brisé par une fracture ouverte.

— Est-ce très grave ?

— Je le crains. Son cœur bat encore. Faiblement. Mais il bat. Nous faisons l'impossible pour le ranimer. Dans une demi-heure, je vous donnerai le résultat de nos efforts. Si vous avez la foi, priez pour lui.

Enfermés dans une petite salle d'attente, agenouillés sur la moquette, tous les trois prièrent, y compris Marcel Courtine qui ne croyait à rien. Tandis que Victor et Henriette suppliaient la Mère du Christ et tous les saints du paradis de garder en vie leur père et leur époux, monsieur Courtine, qui ne perdait jamais le sens du commerce, proposa dans sa tête à la Vierge de faire à l'hôtel-Dieu une donation de cent mille francs lourds (dix millions de francs légers, précisa-t-il) si elle sauvait son gendre.

Ils se relevèrent lorsqu'un médecin en blouse blanche poussa la porte. Ils dévorèrent des yeux son visage, dont la gravité parlait déjà. Il secoua la tête :

— Je suis désolé, vraiment désolé. Le cœur produit encore de faibles pulsions, mais les encéphalogrammes restent plats. Le cerveau n'est plus alimenté. Nous n'avons rien pu faire. Nous appelons cela état de mort cérébrale.

Henriette et Victor tombèrent sur des chaises, suffoqués, criant : « Non ! Non ! Ce n'est pas vrai ! » Marcel Courtine se mordit la langue de chagrin. L'homme en blanc, immobile devant eux, répétait l'expression de sa désolation. Puis il se tut, les regardant pleurer, les écoutant gémir. Au bout d'un moment, il émergea de son silence :

— Il y a un moyen pour qu'il ne soit pas mort tout à fait. Si vous nous en donnez l'autorisation, nous pouvons faire en sorte que son cœur continue de battre. Il s'agit de l'enlever de sa poitrine et de le transplanter dans celle d'un malade cardiaque qui, sans cette opération, n'aurait plus que quelques semaines de vie. Cette sorte de greffe a été pratiquée pour la première fois en 1967 par le docteur Christiaan Barnard, un chirurgien vivant en Afrique du Sud. Reprise en Amérique par Norman Shumway, et en France par de nombreux professeurs : Christian Cabrol, Maurice Mercadier, Edmond Henry, Jean-Raoul Montiès, Gérard Guiraudon. Elle est maintenant tout à fait au point. Le receveur peut survivre dix, quinze ou vingt ans.

— Qui sera le receveur du cœur de notre parent ?

— On ne le sait pas encore. L'organe est confié à une banque internationale des greffes dont le siège est à Paris. Le receveur peut être français ou étranger.

Long silence.

— Réfléchissez... Il nous faut très vite l'autorisation de la famille.

— Vous avez la mienne, dit Courtine.

Il consulta sa fille et son petit-fils, ruisselants de larmes. Ils furent pareillement d'accord.

— Il nous faut encore celle des parents du défunt, ajouta le médecin.

— Il ne reste que sa mère, grand-mère Anna. Je suis sûr, dit Victor, qu'elle la donnera. Je m'y engage à sa place.

— Il faut mettre tout cela par écrit.

Au terme de ces confrontations, le oui fut unanime. Courtine se reprocha seulement de ne pas avoir assez proposé à la Sainte Vierge pour qu'elle secourût son gendre. J'aurais pu aller jusqu'à cinq cent mille francs. Trop tard.

Il se consola un peu en se disant que Victor allait prendre la suite de son père à la tête de l'entreprise.

SECONDE PARTIE

1

Il s'appelait Armand. Comme Armand du Plessis, cardinal de Richelieu. Comme Armand Carel, qui combattit Napoléon Ier et périt en duel contre Émile de Girardin, défenseur de Napoléon III. Comme Armand Fallières, président de la République. Un prénom peu commun en Auvergne. Pour bien comprendre l'origine de notre Armand, il faut remonter à son arrière-grand-père Noël Chaumette, paveur professionnel. Il installait les pavés de bois, créosotés, demandés par les sols des ateliers ; les pavés d'asphalte comprimé sur les trottoirs ; les pavés de granit sur les chaussées. Il habitait avec sa belle-mère, sa femme, son fils, sa chatte et sa perruche un taudis clermontois situé dans un quartier misérable qui prolongeait la place de Jaude. Vulgairement nommé le « fond de Jaude », comme on dit fond de bouteille, fond de tonneau, avec ce qu'il comporte de lie. Deux statues donnaient quelque intérêt à cette place : celle de Vercingétorix à cheval sur son dada, et celle du général Desaix qui, au prix de sa vie, avait transformé en victoire la défaite de Marengo.

Une venelle étroite et sombre s'enfonçait dans ce « fond de Jaude », la rue Joly, mal orthographiée en rue Jolie puisqu'elle devait ce nom à monsieur Paul Joly, préfet du Puy-de-Dôme en 1900. Bordée par de petites boutiques, d'un bourrelier, d'un ébéniste, d'un plombier-zingueur, d'un marchand d'instruments de musique. Une voyante extralucide, Madame Olga, recevait des clients inquiets de leur avenir. Avec l'aide de ses tarots, elle posait des questions subtiles qui lui permettaient de fournir à son client des réponses propitiatoires. Tel était le quartier où vivotaient Noël Chaumette et sa famille.

Son fils Germain avait appris à lire, à écrire, à compter à l'école de Jaude. Celle-ci occupait la partie postérieure de l'ancienne halle aux toiles devenue théâtre municipal depuis que les lois de Jules Ferry avaient imposé un enseignement gratuit, laïque et obligatoire. Les maîtres lui fourrèrent dans la mémoire ce qu'ils appelaient des « récitations », c'est-à-dire des poésies. Notamment une de Victor Hugo :

Ce siècle avait deux ans. Rome remplaçait Sparte.
Déjà Napoléon perçait sous Bonaparte...

Façon de dire que Hugo était né en 1802. Il se trouva que Germain Chaumette naquit lui-même en 1902. Quand on lui demandait son âge, il répondait : « Ce siècle avait deux ans... »

Pour atteindre les classes de Jaude, les écoliers devaient gravir deux volées d'escalier. Dès la première marche, on sentait une âpre puanteur d'urine car les W-C voisinaient avec les salles. L'école ne disposait d'aucune cour de récréation. Les exercices gymniques, faute d'autre terrain, se donnaient sur la place publique, au milieu d'un cercle de badauds qui applaudissaient les élèves lorsqu'ils avaient exécuté dans les règles de l'art la circumduction du tronc ou l'élongation latérale des membres supérieurs. Les maîtres étaient d'une grande compétence pédagogique. Cependant, leurs cours étaient souvent troublés par le chant des chorales en répétition dans le théâtre municipal, séparé des classes par de minces cloisons :

> *Avec la garde montante,*
> *Nous arrivons, nous voilà !*
> *Sonne, sonne trompette éclatante,*
> *Taratata, taratata...*

Il fallait faire la sourde oreille et accepter cette contiguïté.

À onze heures et à quatre, les enfants n'étaient pas abandonnés à la ville : les instituteurs les accompagnaient jusqu'aux points de dispersion prévus par le règlement. Ainsi se formaient le rang de la place Lamartine, le rang de Saint-Pierre, le rang de la cathédrale, le rang de la barrière de Jaude. Car la cité gardait dans son vocabulaire le souvenir de ses anciennes barrières d'octroi : barrière d'Issoire, barrière des Jacobins... Jusque dans les années 20, les droits perçus à ces passages constituaient les principales ressources du budget municipal.

Tout près de là, la place Sugny (ancienne rue des Cordeliers) offrait le jeudi aux gamins l'agrément de sa forte déclivité. À la saison froide, ils y organisaient des glissades ; tout au fond, un rempart de cartables servait de butoir. L'été, elle devenait toboggan, sous des planches à roulettes. Ces enfants natifs de 1902 inventaient sans le savoir les jeux du XXIe siècle ; leurs chariots de bois préfiguraient nos courses automobiles. Avant eux, les enfants du Moyen Âge et de la Renaissance avaient fait de même, puisqu'un des grands rêves des hommes – rêve accompli de nos jours – a toujours été d'avoir des roulettes au derrière.

Pendant la guerre 14-18, Noël Chaumette, âgé de cinquante-sept ans, tomba en chômage. Les villes, les entreprises ne songeaient plus à faire paver durant cette période maudite. Outre six bouches ou becs à nourrir, il devait payer le loyer de son pauvre logement, le bois et le charbon du fourneau, le pétrole de la lampe, l'apprentissage que son fils avait entrepris chez un boulanger. Lorsqu'il n'eut plus un sou dans sa tirelire, il recourut au plus noir des secours. Un soir de 1917, alors que tout le monde était couché dans la maison, il prétendit avoir un outil à réparer, une mirette qui sert à vérifier le niveau du pavage.

— J'ai trouvé un peu de travail à Aubière. Faut que j'ajuste ma mirette. Bonne nuit. Je vous rejoins dans un moment.

Lorsqu'il entendit les souffles réguliers de toute la famille, il ferma soigneusement porte et fenêtres. Il garnit le fourneau de gaillette, attendit de la voir flamber. Puis il tourna la clé du tuyau pour interdire l'évacuation des fumées. Il prit la chatte sur ses genoux, la caressa tendrement, elle miaula de plaisir. Le lendemain, étonnés de ne voir sortir personne, des voisins enfoncèrent la porte. Ils trouvèrent Noël et sa chatte sur une chaise, près du fourneau, endormis pour l'éternité. Dans leur lit, l'épouse et la belle-mère, dormaient de même. Et aussi la perruche, les pattes en l'air. Seul

Germain respirait encore, près d'une vitre brisée qui avait laissé entrer un peu d'air. On le transporta à l'hôtel-Dieu, où il reprit son souffle. Après trois jours de soins, on lui apprit l'accident qui avait frappé sa famille. Il pleura toutes les larmes de son corps, se frappa la tête, se demandant pourquoi il n'était pas parti avec les autres. La police conclut au suicide collectif. Trois cercueils les emportèrent au cimetière des Carmes-Déchaux, où ils furent inhumés dans une fosse commune.

Le boulanger de la rue Joly, monsieur Chaleron, accepta de prendre Germain gratuitement en apprentissage, contrairement aux habitudes de l'époque. À quinze ans, le garçon se trouva donc multi-orphelin, après le décès de son père, de sa mère, de sa grand-mère, de sa chatte, de sa perruche. Lorsqu'il pénétra de nouveau dans son ancien logis, ce lui fut une grande douleur de revoir les pièces vides. Il récupéra son linge, le transporta chez monsieur Chaleron, qui le logeait dans une soupente. Le propriétaire fit saisir le mobilier qui restait afin de se couvrir des loyers impayés.

La boulangerie Chaleron était prospère, elle avitaillait tout le « fond de Jaude » en pains variés et divers : boule, boulot, bâtard, parisien, polka, miche, couronne, baguette, flûte. Elle fournissait aussi au quartier chaque matin la savoureuse odeur du pain frais. Ajoutez à cela un peu de pâtisserie. La préparation du pain commençait la veille dans le fournil, pièce de travail. Germain avait appris à mélanger dans la maie, suivant les bonnes proportions, la farine, l'eau, le levain, une poignée de gros sel. Après un pétrissage rudimentaire, il rabaissait le couvercle. Toute la journée, la pâte gonflait doucement, exaltée par le levain et par la pensée du bonheur qu'elle allait répandre, des estomacs qu'elle allait combler. Et par cette constatation réjouissante : « Mes clients sont de pauvres Clermontois. Mais un client riche ne peut pas manger deux fois plus qu'un miséreux, car il n'a qu'un seul estomac. » Chaque homme, chaque femme, chaque enfant professait pour le pain un respect religieux. Pendant cette exaltation, Germain passait dans la chambre de cuisson, dite « cul de four ». La sole du four était faite de dalles carrées, la voûte de briques réfractaires, la porte d'un épais battant de fer percé d'un judas minuscule qui permettait de contrôler le brasier. Germain le garnissait, sans le bourrer, d'abord de fagots de genêts, puis de bois de taille que les fermiers apportaient à pleins chars.

Le reste du travail incombait au patron. Dépouillé jusqu'à la ceinture, celui-ci entrait en lutte contre la pâte. Elle lui résistait, se collait à ses mains et à ses bras. Il la corrigeait, la fouettait, la malaxait, la claquait à pleines paumes. L'entrée du fournil était interdite aux femmes. Cependant il arrivait que mademoiselle Lydie Chaleron, levée à trois heures du matin sous prétexte qu'elle ne pouvait plus dormir, descendît de sa chambre en chemise de nuit et en pantoufles, sans faire plus de bruit qu'une souris, pour assister à ce combat des deux athlètes demi-nus.

— Ici, lui rappelait le mitron, c'est interdit aux femmes.

— Je suis pas une femme, j'ai douze ans, je suis une petiote.

— Gare à ton père s'il t'attrape !

Elle le regardait, l'admirait. À la dérobée, elle enfonçait l'index dans cette manne aigre-douce.

— Je peux en emporter un peu ?

Il lui en formait une boulette grosse comme une noix qu'elle dissimulait dans sa menotte. Puis elle remontait se coucher. De temps en temps, il ajoutait à la pâte un peu d'eau, un peu de farine, jusqu'à obtenir la consistance voulue. Mais quand il s'agissait de seigle, si bien pétrie qu'elle fût, la farine grise formait toujours des grumeaux qui, une fois cuits, donnaient des billes pulvérulentes.

Dans le four, le bois de taille brûlait jusqu'à ce que les parois deviennent blanches. Une poignée de farine lancée à l'intérieur, contrôlée par le judas, devait alors produire une gerbe d'étincelles. Sinon, on chauffait encore. Au bon moment, on débarrassait le socle des braises avec un large racloir de bois, le *redable*. Elles étaient recueillies dans un baquet et copieusement arrosées d'eau. Un balai de genêt vert lié au bout d'un long manche complétait l'ouvrage du *redable*.

Pendant ces heures de chauffe, le maître et le mitron avaient rempli les *palhas*, qu'en d'autres pays on nomme des *panetons*. Confectionnés par des paysannes avec des boudins en paille de seigle cerclés d'écorce : les mêmes qui servaient à chaumer les toitures, à faire des vans et les chapeaux des ruches. Ils n'avaient jamais plus d'une largeur de main en profondeur et s'évasaient pour permettre à la pâte de faire une dernière levée. Les remplir était tout simple. Au contraire, les enfourner demandait du muscle et de l'adresse. Monsieur Chaleron faisait, en les inclinant, sauter les tourtes molles des *palhas* sur de larges pelles à longs manches, préalablement enfarinées. Sur la cime de la pâte, il traçait avec la lame d'un couteau une croix ou des croisillons, suivant sa fantaisie. La boule entrait enfin dans le four éclairé de sa propre lumière. Deux difficultés pouvaient se présenter : l'une était de trouver une bonne place à la future tourte, de lui éviter tout contact avec ses voisines ; l'autre était de décoller la pâte de la pelle sans la retourner. Germain avait manqué plusieurs fois ces manœuvres avant de les réussir, une pâte retournée ressemblait plus à une bouse de vache qu'à une tourte.

Après la cuisson, alors que le four gardait encore beaucoup de chaleur, le boulanger permettait aux ménagères du quartier d'y faire cuire, moyennant dix sous, leurs préparations, *pompes* aux pommes, *milhars* aux cerises, tartes à la bouillie, soupes, potées.

— Si vous ne pouvez pas me donner ces dix sous, disait-il à ces dames en plaisantant, vous me paierez en nature.

Elles poussaient de petits cris effarouchés.

De temps en temps, Germain allait rendre visite à sa famille au cimetière des Carmes-Déchaux. Celui-ci devait son nom à une ancienne abbaye disparue à la Révolution, dont les religieux, inspirés par le mont Carmel, marchaient les pieds nus dans des sandales de cuir. C'était un très beau cimetière, ombragé d'ifs, riche de mausolées, de chapelles, de statues funéraires. Des tombes modestes voisinaient avec des tombeaux de marbre ou d'andésite. En entrant par la porte de la rue Buffon, on remarquait deux grands carrés de croix militaires, les unes grises, les autres blanches. Elles contenaient les restes de soldats blessés, ramenés des champs de bataille, accueillis et décédés dans les hôpitaux clermontois. Les grises appartenaient à des

Allemands. Germain se demandait ce que ces Karl, ces Ludwig, ces Fritz, ces Johann étaient venus faire en France, tombés en 1914, en 1915, en 1916, etc. Il savait qu'ils s'étaient battus avec un courage, un acharnement, une férocité incompréhensibles puisqu'ils ne défendaient pas leur propre sol. Causant des pertes énormes à leurs ennemis. Mais pourquoi, mais pour qui ? Aucune fleur n'honorait ces héros oubliés. Au milieu de leurs files, seul un cube de pierre sombre, dérisoire monument aux morts, portait leurs noms gravés, presque illisibles. Les croix blanches, beaucoup plus nombreuses, signalaient les morts français. Parmi eux, quelques Mohamed, ou Ali, ou Saïd, musulmans au service d'un pays étranger qui les avait enrôlés de force, dormaient sous une croix chrétienne. Çà et là, un petit bouquet attestait qu'un visiteur s'était soucié de tel ou tel.

Lui-même apportait des fleurs à ses défunts suicidés. Comme elles ne poussaient point au « fond de Jaude », il allait les cueillir sur les côtes de Chanturgue, violettes, campanules, pâquerettes suivant la saison. Il enfonçait leurs tiges dans la terre. Il se rappelait les visages, les voix de ses parents. Celle de son père, un peu rauque, parce qu'il fumait la pipe en disposant les pavés :

— Étudie bien à l'école. Ça te permettra de faire un meilleur métier que le mien.

Celle de sa mère le rudoyait parce qu'il faisait beaucoup de bêtises et qu'elle lui envoyait des noms :

— Garnement !... Mange-pain-volé !... Ravachol !

Originaire elle-même de Saint-Chamond comme lui, elle gardait le souvenir de ce Couramiaud[1] assassin,

---

1. Nom des habitants de Saint-Chamond.

contrebandier, faux-monnayeur, anarchiste, qui avait crié dans la lunette de la guillotine : « Vive la Ré... », interrompu par le couperet. Sans doute « Vive la Révolution ! ». Ou peut-être « Vive la rémoulade ! », car il en était friand.

La voix de grand-mère Géraude était chevrotante, toujours remplie de jolis proverbes parce qu'elle venait de la campagne cantalienne :

— En septembre, le fainéant peut aller se pendre... Pour Noël, les jours allongent d'un plein dé... Pluie de Saint-Jean noie les noisettes...

Et si, à l'école de Jaude, un copain lui demandait :

— Qui préfères-tu : ton père, ta mère ou ta grand-mère ?

— Ma grande-mère, répondait-il. Elle tape moins fort.

En ce temps-là, tout le monde tapait les enfants : les parents, les grands-parents, les instituteurs, le curé, le garde champêtre. C'étaient là des preuves d'une évidente amitié. Ces bonnes manières se sont perdues. De nos jours, les enfants tapent leurs maîtres, leurs parents, les hommes de police. Voilà pourquoi notre monde ne va pas bien.

Dans le cimetière des Carmes-Déchaux, Germain Chaumette considérait ces différences et se disait : « Si un jour j'ai des enfants, je les taperai. Si un fils bat son père, le vrai coupable est le père. »

Il se demandait où avaient été enterrées la chatte et la perruche ; se disait qu'il devrait y avoir dans les cimetières un petit terrain pour les animaux de compagnie. Cela lui rappelait une historiette que débitait certains soirs grand-mère Géraude :

— Il y avait une fois un curé cantalien. Il vivait seul, sans autre ami que son chien. Un jour, il reçoit la visite de l'évêque de Saint-Flour. « Monseigneur, dit le prêtre, mon chien est bien malade et sur le point de mourir. Ma place est déjà retenue au cimetière. Je voudrais, avec votre permission, que mon chien fût enterré juste à côté de moi. Nous nous tiendrons compagnie une éternité. — Un chien au cimetière ! En terre sainte ! Vous n'y pensez pas, cher ami. C'est tout à fait inacceptable. Creusez-lui une fosse dans votre jardin. — Voilà qui est bien dommage, monseigneur ! Je dois vous dire que ce chien est un animal particulier. Toute sa vie, il a rendu de grands services à nos voisins. Je le prêtais, il tirait la charrette des enfants. Il a mis en fuite des voleurs. Il a même sauvé plusieurs personnes perdues dans la neige, sur la planèze. En récompense, ces personnes me donnaient une pièce de bronze, de cuivre ou d'argent. Si bien qu'il s'est constitué un petit pécule. » En même temps, le curé dépose une bourse sur la table. Puis il continue : « Et mon chien m'a fait connaître, car nous nous parlons chaque jour, qu'il avait l'intention de donner cette bourse à l'évêché. — Ah ! s'écrie l'évêque de Saint-Flour. Je comprends que votre animal est un excellent chrétien. Dans ces conditions, je ne vois pas d'inconvénient à ce qu'il soit enterré auprès de vous. »

Grand-mère Géraude était aussi une excellente chrétienne. Chaque dimanche, elle allait entendre messe à l'église Saint-Pierre-des-Minimes, à l'autre extrémité de Jaude. Soutenue d'un côté par sa canne, de l'autre par le bras de son petit-fils. Au moment de la quête, elle déposait un sou dans le plateau. L'inconvénient principal de cette grand-mère, c'est qu'après l'office elle disait souvent :

— J'ai besoin de faire ma beronde.

Dans son patois, il fallait comprendre : « besoin de tomber de l'eau ». Rien n'était prévu à proximité pour ce besoin. Elle pressait le pas pour atteindre la rue Joly ; mais tout à coup elle renonçait. Elle choisissait un coin peu fréquenté.

— Éloigne-toi, recommandait-elle.

Il prenait un peu de distance. De là, il voyait ses pieds s'écarter et, entre ses galoches, ruisseler un liquide jaune et fumant. Il se demandait quelle espèce de culottes elle portait sous sa longue robe.

Ayant fleuri ses trois parents, Germain revenait du cimetière plein de perplexités.

2

Lydie Chaleron, fille unique du boulanger, s'intéressait beaucoup au mitron de son père. Malgré l'interdiction, elle se plaisait à descendre en vêtements nocturnes dans le fournil où maintenant il pétrissait la pâte. Elle admirait ses épaules, ses bras, sa poitrine lisse, quasi marmoréenne. Elle le dévorait des yeux. Bref, elle était folle de lui. Un jour, pratiquant un jeu enfantin, elle vint avec un bouton-d'or qu'elle avait cueilli, solitaire, au bord de la rue Joly.

— Je veux vérifier, dit-elle, si tu aimes le beurre.

Elle lui promena la fleurette sous le menton, constata qu'il devenait un peu jaune, en conclut qu'il aimait le beurre. Informée de cet avantage, elle lui présenta un biscuit Petit Beurre qu'elle tenait caché dans l'autre main.

— Si tu n'avais pas aimé le beurre, j'aurais mangé moi-même le biscuit.

Au début, il la prenait pour une petiote. Puis, les mois et les années passant, elle cessa d'être petiote pour devenir demoiselle. Elle abandonna ses cadenettes et laissa tomber ses cheveux sur ses épaules. Elle avait perdu sa mère à l'âge de dix ans pour motif d'appendicite suivie d'une péritonite. Cela les rapprochait : ils étaient orphelins tous les deux. Une nuit, il lui posa cette question :

— Pourquoi que tu me regardes comme ça, pendant que je pétris ? Ça me gêne un peu.

— Pour voir comment tu es fait.

— Je suis fait comme tous les garçons.

— Tu as des seins. Mais ils sont tout petits. Et plats. Les miens sont plus gros.

— Naturellement, tu es une fille.

— Touche-les. Tu verras comme ils sont jolis. Et tout ronds.

— Je ne peux pas, j'ai les mains pleines de pâte. Ce sera pour une autre fois.

— D'accord, je reviendrai.

Elle revint le jour suivant, avant qu'il eût commencé le pétrissage. Et elle toujours en chemise de nuit, comme le bon Dieu en son paradis. Elle répéta sa proposition, lui demandant de comparer. Et lui, un peu inquiet :

— Quel âge as-tu ?

— Quinze ans.

— Et moi dix-huit. Nous ne devons pas faire de bêtises, sinon monsieur Chaleron me mettra à la porte.

— Quelles bêtises ?

— Ce que tu me proposes : toucher tes seins.

Elle lui saisit une main, l'y obligea, demanda quel mal il y avait. Et lui :

— On commence par là, puis on va plus loin.

Il récupéra sa main. Elle resta penaude.

— Laisse-moi travailler.

— Embrasse-moi, et puis je m'en irai.

Il y consentit. Elle se jeta à son cou. Il aurait voulu n'embrasser que les joues, mais elle s'empara de sa bouche en gémissant de plaisir. Il se laissa aspirer.

— Je t'aime… je t'aime… soupira-t-elle.

Il la repoussa doucement, en promettant :

— On en reparlera quand tu seras plus grande.

Elle regagna sa chambre. Mais elle revint la nuit d'après. Elle le trouva encore dans le pétrin. Il se protégea de ses mains pâteuses.

— Je t'avais dit d'attendre que tu sois plus grande.

— Plus grande ? Jusqu'à quand ?

— Jusqu'à ce que tu aies… mettons dix-huit ans.

— Dans trois ans ? Peut-être je ne t'aimerai plus.

— Si tu m'aimes pour de bon, ça doit durer.

— En attendant, rien qu'un bisou.

Trois jours plus tard, elle revint encore à la charge.

— Regarde-moi bien. Est-ce que tu me trouves changée ? Examine ma bouche.

— Tu t'es mis du rouge à lèvres ! À ton âge !

— Toujours mon âge ! Mais tu te trompes, c'est pas du rouge, mais de la pommade Rosat, dont se servait ma mère. Goûte ! C'est sucré !

Monsieur Chaleron employait une servante d'origine thiernoise, assez âgée, mais encore vaillante, qui montait chaque matin de Montferrand, à pied, en galoches, ou par le tramway. Jeanne Rannet préparait le fricot, faisait un peu de ménage, la lessive de temps en temps. Pour des raisons mystérieuses, Germain avait déformé son nom, il l'appelait la mère Pampan. Sans malice. Un jour qu'ils se trouvaient tous assis, les pieds sous la table, le pain vint à manquer.

Et lui, penché vers sa voisine, de suggérer :

— Demande à la mère Pampan.

La vieille servante entendit ces mots, devint pourpre de colère :

— Qui c'est-y, la mère Pampan ? Qui m'appelle comme ça ?

— Moi, fit Germain, un peu confus.

— C'est toi qui me traites de mère Pampan ? Pour quel motif ? Explique-toi !

— Je sais pas... J'ai pas voulu mal dire.

— Je m'appelle Jeanne Rannet. Je vais t'apprendre ce que c'est, une mère Pampan !

Là-dessus, elle saisit une louche, la leva, la laissa tomber sur la tête du mitron plusieurs fois de suite. Tout le monde éclata de rire, sauf lui, car la louche sur son cassis faisait pan ! pan !

— Aujourd'hui, conclut le patron boulanger, tu auras appris quelque chose.

La guerre de 14-18 terminée par *La Madelon de la Victoire*, la ville de Clermont, qui y avait perdu beaucoup de ses hommes, se repeuplait. Les nouveaux arrivaient de la campagne, voire des départements voisins. Les uns s'enrôlaient chez Michelin ou chez Bergougnan, dans les pneumatiques et les semelles ; d'autres chez Conchon-Quinette, une entreprise qui confectionnait des vêtements pour les deux sexes et les proposait dans la France entière, jusqu'à Sète, La Rochelle, Grenoble, Saint-Étienne. Devise de la maison : « Vendre directement du producteur au consommateur. » Même le fond de Jaude se repeuplait. En bas de la rue d'Assas, le café Villedieu était le rendez-vous des socialistes. Parmi eux, l'énorme Félicien Chalut, animateur de la Confrérie du Bousset[1]. Sa spécialité consistait à raconter avec drôlerie des histoires d'enterrement. Exemple : celle du gendre qui accompagnait sa belle-mère aux Carmes-Déchaux. Il marchait à petits pas, étant un peu gêné des genoux, derrière le corbillard. Tout à coup lui vient une idée : il demande au cocher de le laisser prendre place à côté de lui. Impossible, ce voisinage est interdit par le règlement des pompes funèbres. Et lui de répondre :

— Je regrette bien. Vous me gâchez tout mon plaisir.

Il faut rire des enterrements, des cimetières. Il faut rire de la mort, c'est notre seul moyen de la dépraver.

Les Galeries de Jaude, qui dominaient la place de leurs quatre étages, employaient beaucoup de personnel et attiraient la foule. Des lignes de clous traversaient certaines rues. Elles étaient censées protéger les piétons des voitures. Une chanson diffusée par les phonos en précisait le sens :

> *Quand c'est aux autos de passer,*
> *C'est pas aux piétons d'traverser.*
> *Si le piéton veut traverser*
> *Quand c'est aux autos de passer,*
> *Tant pis s'il est trépassé.*

Les chanteurs des rues, successeurs des anciens troubadours, animaient les carrefours. L'un d'eux entrait dans les cours. Un homme superbe, portant cape, lavallière, chapeau à la Bruant, soutenu par un accordéon.

---

1. Tonnelet d'un litre, muni d'une anse et d'un goulot de fer.

Des fenêtres, on lui jetait des sous qu'il ne daignait ramasser qu'après avoir fini son morceau. Un autre avait des cymbales aux genoux, des grelots aux coudes, une cornemuse sous le bras gauche, un mirliton dans la bouche, une flûte dans les narines. C'était un homme-orchestre, *tsim-tsim... boum-boum... cuitt-cuitt... flac-flac...*

En juillet 1921, tous les Clermontois entre sept et quatre-vingt-dix-sept ans entrèrent dans d'incroyables transes : ils attendaient le résultat du combat de boxe Carpentier-Dempsey livré à Jersey City. Un affrontement hors de proportion, David contre Goliath, le pot de terre contre le pot de fer, vu que Dempsey dominait le Français d'une tête et pesait presque le double de son poids. Personne chez nous, cependant, ne doutait de la victoire du svelte et bellissime Georges sur l'épaisse brute américaine. Avant ce juillet 1921, il n'avait connu que des victoires. Champion du monde des poids moyens, catégorie à laquelle il appartenait, il osait maintenant défier le champion des poids lourds. De plus, il avait combattu glorieusement en 14-18, était revenu couvert de médailles. Ce soir du 2 juillet, les Parisiens attendaient de voir une fusée bleue jaillir de la tour Eiffel pour annoncer son succès. Ce fut une rouge. Deuil national.

Les jours suivants, des feuilles imprimées circulèrent. La silhouette des deux boxeurs y était dessinée, chaque buste tapissé de petits cercles pareils à des soucoupes. Ils portaient des numéros et représentaient les coups reçus. Dempsey en avait encaissé un plus grand nombre que son adversaire ; mais sa masse, son poids le rendaient inébranlable. Carpentier avait commis une erreur en affrontant cette catégorie éléphantesque.

Chez monsieur Chaleron, cette même année, Germain Chaumette changea de catégorie. Il quitta celle de mitron pour gagner le titre et le salaire d'ouvrier de boulange. Lydie le poursuivait toujours comme une chatte en chaleur. Il lui accordait quelques grâces, mais n'allait pas jusqu'à la résolution finale.
— Pourquoi ne veux-tu pas de moi ? demandait-elle.
— Parce que tu es trop petite.
— Je ne suis pas petite, je dépasse ton épaule. Je veux être ta femme.
— Laisse-moi faire mon service militaire. Dans dix-huit mois, je serai libéré. On en reparlera.
Avec le 92e d'infanterie, il partit faire son temps à Mayence, au bord du Rhin. Il y arriva le 8 janvier 1923, juste à temps pour participer à l'occupation de la Ruhr. Au cours de sa longue histoire, cette ville avait été française plusieurs fois. Sous Louis XIV, dont les troupes commirent les pires horreurs, allant jusqu'à brûler la cathédrale. Pendant notre Révolution, elle planta un arbre de la Liberté ; les idées républicaines gagnèrent si bien le cœur des Mayençais que plusieurs s'en allèrent combattre la chouannerie en Vendée. Sous Napoléon, elle fut le chef-lieu du département du Mont-Tonnerre. Tout cela laissait des souvenirs. En 1923, les petites filles chantaient encore une ronde:

Silberner Degen,
Ein goldener Kopf...

Die Mädchen sind traurig :
Franzosen sind fort...[1]

Les anciens occupants avaient laissé derrière eux une foule de vocables français. Ainsi le *Laping*, qui est ailleurs un *Kaninchen* ; le *Potschamber*, au lieu du *Nachttopf*. Et surtout *Madamche* qui signifie Petite Madame. En 1923, leurs successeurs avaient pris possession des vingt-quatre casernes mayençaises, rebaptisées aux noms de nos généraux : quartier Kléber, caserne Hoche, caserne Gallieni, quartier Fayolle, caserne Joffre... Ils donnaient des concerts de musique militaire au kiosque de la Schillerplatz. Il y avait foule pour les entendre, y compris des soldats allemands blessés ou mutilés. La musique faisait un peu oublier les rancœurs. Les casernes s'endormaient aux notes pures de nos clairons.

Les officiers welsches[2] fréquentaient en soirée les brasseries et les salles de spectacle, la Bodega, le Kabarett Zanzouci, souvent accompagnés de leurs Madamches légitimes ou clandestines. Sous les lampes lilas, ils buvaient du *Liebfrauenmilch* (du lait de la Sainte Vierge) et des mousseux rhénans. En leur honneur, le patron fichait un petit drapeau bleu-blanc-rouge dans le bouchon de la bouteille, tandis que l'orchestre jouait des airs de Paris : Viens Poupoule... La Madelon... Elle avait une jambe de bois...

Les camelots s'étaient adaptés à cette clientèle étrangère. Aux soldats blancs, ils vendaient des pipes

---

1. Une épée d'argent, / Un bouton d'or... / Les filles sont tristes : Les Français sont partis.
2. Terme de mépris désignant les Français.

bavaroises afin que ces troufions pussent prouver à leurs familles qu'ils occupaient le Palatinat. Aux Sénégalais fétichistes, ils refilaient des chapelets en faux ivoire et des bustes de Gutenberg en faux bronze. Aux Marocains, des chandelles roses ornées d'étoiles et de croissants. À la population ordinaire, beaucoup de choses manquaient encore. Elle buvait du café sans sucre provenant de haricots grillés. Elle attendait la farine américaine promise par le président Wilson. Des enfants tendaient la main à la porte des casernes en suppliant :

— Monsieur... Monsieur... s'il vous plaît... manger...

Des fantassins bleus leur apportaient une marmite pleine de croûtons, rebuts de leur réfectoire. Ils la disposaient près de la guérite et s'éloignaient. Les petits Boches se jetaient dessus comme les mouches sur une bouse, se piétinaient, se déchiraient pour se partager ces détritus.

Beaucoup de Mayençais refusaient la défaite, l'occupation, la hausse exorbitante des prix. Ils avaient reçu leurs hommes démobilisés sous des arcs de triomphe :

BIENVENUE À NOS GLORIEUX SOLDATS
VOUS N'AVEZ PAS ÉTÉ VAINCUS

Certains cherchaient un refuge dans la mort, infaillible remède au désespoir. Ils se pendaient aux arbres des parcs. Chaque matin, les gardiens faisaient une tournée pour décrocher ces fruits de la nuit. D'autres se jetaient du Kaiserbrücke dans les eaux du Rhin. Les cadavres se prenaient parfois dans les hélices des remorqueurs, qui les déchiquetaient. Ce qui amena le bourgmestre de Mayence et son conseil municipal à sceller sur les parapets des panneaux impératifs : *Il est strictement interdit à toute personne empruntant ce pont de se jeter dans les eaux du fleuve, sous peine des plus graves sanctions.* Dès lors, en citoyens parfaitement disciplinés, les Mayençais renoncèrent à ces plongeons et pratiquèrent des formes de suicide moins polluantes.

Il faut dire que le Rhin, *Vater Rhein*[1], est l'artère nourricière de cette région, grâce aux péniches, aux trains de bois qui le remontent ou le dévalent. Elles rencontrent mille obstacles, les îles, les courants contraires, les tourbillons de Bingen, les confluents et leur ressac, les étranglements, les promontoires, les écueils à fleur d'eau, spécialement les Sept Pucelles[2] alignées au milieu du lit en amont de Saint-Goar. Mais la plus perfide est la Lorelei, la Vierge aux cheveux d'or dont le chant attire les bateliers, qui disparaissent dans les eaux grises.

Il faut dire aussi que les années 20, 21, 22, 23 étaient pour l'Allemagne des années de honte et de misère. Le mark ne valait plus rien. Quand une ménagère allait au marché, elle prenait deux paniers, un petit pour les légumes, un grand pour les billets de banque. La botte de radis qui coûtait cinq millions de marks le jeudi en valait dix millions le vendredi. Aux guichets de la Reichsbank, on faisait la queue pour faire surcharger les billets d'un coup de tampon qui annulait le précédent : *Eine Milliarde Mark... Zehn Milliarden Mark...* Pour acheter un seul dollar, il fallait cinq billions de

---

1. Notre père le Rhin.
2. On a depuis fait sauter les Sept Pucelles à la dynamite.

marks papier, c'est-à-dire un nombre commençant par le chiffre 5 suivi de douze zéros.

Amputée de ses meilleures mines par le traité de Versailles, de sa flotte commerciale (sa flotte de guerre s'était sabordée unanimement à Scapa Flow), nue, affamée, l'Allemagne-cour des miracles, l'Allemagne-lupanar affirma qu'elle n'avait plus d'or pour payer les réparations auxquelles on la condamnait. À la grande fureur de Raymond Poincaré, notre président. Il se leva, tapa du poing et cria :

— Vos gémissements ne sont que mensonges ! Votre industrie se relève plus vite que la nôtre que vous avez détruite. Vos cheminées fument. Vous devez cracher au bassinet.

Comme le chancelier allemand Cuno faisait le sourd, et malgré l'opposition de l'Angleterre jalouse, Poincaré envoya trois divisions occuper la Ruhr, ses mines, ses usines Krupp d'où était sortie l'artillerie allemande pendant les deux guerres précédentes. Germain Chaumette, qui savait à peine se servir de son fusil Lebel, arriva juste à temps pour participer à cette opération. Français et Belges avaient fait main basse sur le charbon et les moyens de transport. Les mineurs, les cheminots, les bateliers rhénans voulurent s'y opposer. Il fallut leur tirer dans le ventre. Parmi les fantassins bleus, Germain obéit au commandement « Feu à volonté ! ». Ceux d'en face ripostèrent. Il y eut des morts des deux côtés. On crut que la guerre allait reprendre. Finalement, Cuno céda la place à un chancelier plus conciliant, Gustav Stresemann. Les réparations furent reprises. Germain regagna Mayence et ses plaisirs.

En 1924, la situation monétaire allemande s'arrangea soudainement, car l'État eut l'idée géniale de se déclarer en faillite. Il renonça donc à payer ses dettes, créa un nouveau mark, solide, respecté de tous, avec l'appui de l'Amérique. Dès lors, les ménagères de Mayence et d'ailleurs purent se rendre au marché avec un seul panier.

Le 30 juin, après dix-huit mois de service, Germain rendit son uniforme de fantassin au garde-mites de la caserne Fayolle, récupéra les vêtements civils qu'il lui avait confiés en janvier 1923. En les humant, il y reconnut l'odeur de l'Auvergne qu'ils avaient fidèlement conservée. Il se lava les mains, parce qu'elles sentaient la poudre. Et il prit le train pour Clermont-Ferrand.

3

Pluie de juin fait belle avoine et maigre foin. Tout son voyage de retour se fit sous l'orage. Il ne vit rien des régions traversées, de l'Alsace, de la Bourgogne, du Lyonnais. Il crut que le ciel bleu n'existait plus, tout employé pour l'uniforme de nos troupiers. À Lyon, il attendit deux heures une correspondance en rongeant un quignon de pain. Puis soudain, de l'omnibus qui le secouait entre Saint-Étienne et Thiers, il vit les nuages sombres par miracle se déchirer. Il distingua au loin la tête ronde du puy de Dôme.

Personne ne l'attendait à la gare de Clermont car il n'avait pas prévenu. Il monta à pied la rue du Port, descendit la rue Saint-Hérem, atteignit la place de Jaude. Coiffé d'un casque à ailettes, Vercingétorix sur son dada brandissait toujours son épée, tout en foulant le corps d'un Romain vaincu. Difficilement transportée de Paris où Bartholdi l'avait conçue, sur un camion De Dion-Bouton, la statue avait écorné à Montferrand plusieurs demeures historiques avant d'atteindre son site définitif. Elle faisait à présent partie du paysage clermontois, au même titre que celle de Desaix, que les lignes du tramway, que les cureurs de rails qu'on voyait le matin, que les allumeurs de réverbères qu'on voyait le soir. La profession de cureur de rail est injustement appelée manuelle puisque les pieds y jouent le rôle principal. Sans parler de l'esprit du cureur, entièrement libéré de toute préoccupation terrestre puisque ce travailleur se laisse guider, les yeux fermés, par le rail qu'il nettoie avec sa canne de fer. Respecté des voitures, des chevaux, des cyclistes. Pendant que ses jambes fonctionnent avec une parfaite régularité, rien n'empêche sa pensée d'échafauder des systèmes philosophiques ou politiques, de composer des poèmes qu'il n'aura plus qu'à coucher sur le papier en rentrant chez lui. Sur la ligne Jaude-Royat, l'homme curait le rail de droite. À Royat, place Allard, le trolley changeait de sens dans un crépitement d'étincelles bleues. Le cureur redescendait en curant l'autre rail, avec un moindre effort. Je ne suis pas loin de penser qu'il exerçait le plus beau métier du monde.

Germain Chaumette retrouva aussi sa boulange au fond de la rue Joly. Quelques passants le reconnurent.

— Mais c'est Germain ! On le croyait perdu. D'où viens-tu ?

— D'Allemagne. J'ai occupé la Ruhr.

— Lydie Chaleron sera contente de te retrouver.

Il en fut bien ainsi. Lorsqu'il abaissa le bec-de-cane, poussa la porte qui produisit un tin-tin de clochette, il la vit derrière le comptoir, penchée sur ses registres. Elle leva les yeux, émit un cri, se jeta dans ses bras. Elle sentait le pain chaud. À ce cri, il comprit qu'elle l'attendait, qu'elle lui était restée fidèle. Monsieur Chaleron dormait, se reposant des fatigues de la nuit.

— Ne le réveille pas.

— Il fait le pain tout seul ?

— Nous avons pris Jacob, un vieux à la retraite, mais que nous allons renvoyer maintenant que tu es revenu. Nous avons toujours la mère Pampan à notre service.

— Comme tu as changé ! Tes vingt ans te vont bien. Tu es devenue plus grande, plus forte, plus belle, plus femme.

Pour le remercier de ces compliments, elle le serra contre elle, à l'étouffer. Plus tard, monsieur Chaleron se réveilla et reparut :

— Salut, Germain ! dit-il simplement. Te revoilà !

— Après dix-huit mois d'absence. J'ai occupé la Ruhr.

— Qu'est-ce que c'est, la Ruhr ?

— Un morceau de la Bochie qui produit du charbon et des canons. Les mineurs ne voulaient plus travailler. Il a fallu leur rentrer dans le bide. Ça les a calmés. Je suis à votre disposition comme avant.

— L'ennui, c'est que j'ai pris quelqu'un d'autre. J'ai plus besoin de toi.

Lydie intervint, lui reprochant de plaisanter, rappelant que Germain était le meilleur boulanger du monde, que Jacob ne demandait qu'à retourner à son jardin. Chaleron sourit sous sa moustache.

— Si c'est ma fille qui te recommande, je peux pas te refuser.

À soixante-cinq ans, Jacob avait bien l'âge, en effet, de se reposer. Il possédait aux environs d'Orcines un bout de terrain où il cultiverait des légumes. En 1924, existait bien un régime de retraites ouvrières et paysannes ; mais il n'était pas imposé, peu de salariés y souscrivaient. Ils devaient donc se débrouiller au mieux pour nourrir leur vieillesse. Ou se faire nourrir par leurs enfants. Ou bien aller finir dans les hospices. Les hospices ne les gardaient pas longtemps. L'avenir de Jacob était donc assuré. On lui dit au revoir, portez-vous bien.

— Faites-en de même, répondit-il.

Ce même soir, vers les dix heures, tandis que Germain se préparait à descendre allumer le four, Lydie s'introduisit dans son lit. Il ne pouvait pas s'y refuser. Si bien qu'elle lui dit, affaire faite :

— À présent, je suis ta femme. Sitôt que tu rencontres mon père, tu dois me demander en mariage.

— Tu vas vite ! Je suis à peine rentré de la Ruhr !

— Je t'attends depuis cinq ans. Si tu me rejettes, je te crèverai les deux yeux.

— Les deux yeux ? Avec quoi ?

— Avec mes ciseaux.

— Ça doit faire mal.

— Ça doit.

— Je ne te rejette pas.

Ils scellèrent leur accord. Puis il descendit au fournil. À vrai dire, Chaleron s'attendait à cette demande, il ne dit pas non. La date du mariage fut fixée au 15 septembre. Lydie l'aurait voulu plus tôt, mais son père lui opposa le proverbe auvergnat : *O mi d'où, gi de fenno, gi de chòu, fey bien tro chòu.* Au mois d'août, pas de femme, pas de chou, il fait bien trop chaud.

À la cérémonie, rien ne manqua, ni la robe blanche de la mariée, ni la couronne de fleurs d'oranger, ni le défilé à travers la ville derrière un accordéoniste qui jouait la chanson appropriée :

*La boulangère a des écus
Qui ne lui coûtent guère.
Elle en a bien, je les ai vus,
Derrièr' son étagère...*

*Je pétrirai, le jour venu,
Notre pâte légère ;
Et la nuit, au four assidu,
J'enfournerai, ma chère...*

Applaudis par la population. Le défilé n'était pas long, composé uniquement de quelques Chaleron et apparentés. Germain n'avait plus de famille. Le maire de Clermont leur tint un discours amical et leur donna un livret de famille prévu pour douze rejetons.

— S'il ne suffit pas, quand il sera plein, venez en chercher un autre.

Ils se promirent dans leur cœur assistance et fidélité. Ils redescendirent la rue des Gras pour aller recevoir la bénédiction à Saint-Pierre-les-Minimes. Étrange église qui réunissait sous sa coupole le souvenir de deux paroisses disparues : celle des moines franciscains, autrement dit minimes ; et celle de Saint-Pierre où Blaise Pascal fut baptisé, dont le marché aux légumes a aussi gardé le nom. Ayant échangé leurs consentements, ils regagnèrent la rue Joly où, grâce aux soins de la mère Pampan et de quelques voisines, ils festinèrent selon les règles : pot au feu, potée aux choux, salade, fromages, fruits de saison. Rien n'y manqua, ni le vin, ni le café, ni la blanche. Si bien que plusieurs convives s'assoupirent sur leur chaise pour une sieste bien méritée. Jacob rappelé avait assuré la fournée du lendemain.

Le dimanche, Lydie eut une étrange idée : elle réclama un voyage de noces, prétendant que certaines de ses amies en avaient fait un, qui à Nice, qui à Paris, qui à Venise. Germain s'étonna :

— Tout ça prendrait plusieurs jours. Peut-être une semaine. Et pendant ce temps, le pain ? Jacob ? Encore Jacob ?

— Pourquoi pas ?

Pressenti, le retraité refusa. Après de longues discussions, les jeunes époux s'accordèrent sur un voyage beaucoup plus modeste : ils monteraient sur le plateau de Gergovie voir le monument à Vercingétorix. Le tramway les transporta jusqu'à Aubière. De là, ils gravirent la colline escarpée contre laquelle, jadis, les légions de César s'étaient usées. Germain et Lydie marchaient se tenant par la main et se lâchant seulement quand les broussailles étaient trop denses.

— Je passe devant pour chasser les vipères, s'il y en a, dit-il.

Ils atteignirent le sommet et virent cette bizarre construction formée de trois colonnes supportant un casque. Le tout en pierre de Volvic, quasi noire, que de loin on prenait pour du bronze.

— Qu'est-ce que ça représente ? demanda Lydie.

— Le casque de Vercingétorix, je suppose, le mec qu'on voit à cheval place de Jaude, et qui combattit les Romains. Dessous, y a une explication.

Ils s'approchèrent. Germain s'efforça de déchiffrer en remuant les lèvres. Pour avouer enfin qu'il n'y comprenait pas grand-chose.

— Je crois que c'est du latin. La langue des Romains.

— La langue des Romains ? Des envahisseurs ? Quelle drôle d'idée ! C'est comme si, sur nos monuments aux morts de 14-18, on écrivait en allemand.

— Drôle d'idée en effet. En plus, on comprend pas.

De là-haut, ils contemplèrent la verte Limagne, les collines lointaines habillées de vignes, Clermont le noir dressant au ciel les cornes de sa cathédrale, le puy de Dôme gris et sa calotte papale. Des brebis broutaient l'herbe du plateau, des agneaux tétaient leur mère. Le vent fraîchissait.

— Attends, dit Germain. On va pas repartir comme ça. Faut qu'on laisse un souvenir.

Il fouilla dans ses poches, trouva un calepin et un crayon-encre, en mouilla la mine avec le bout de sa langue, écrivit sur une feuille arrachée leurs deux prénoms et la date du jour : *Germain, Lydie, 16 septembre 1924*. Il enfouit ce papier entre deux pierres du socle qui portait les trois colonnes.

— Nous reviendrons dans vingt ans, promit-il, si nous sommes toujours ensemble.

— Pourquoi donc qu'on ne le serait plus ?

— La mort seule nous séparera.

Ils redescendirent vers Clermont où les attendait la soupe de la mère Pampan. Leur voyage de noces n'avait duré que quatre heures.

La boulangerie devint prospère. Au pain de tradition, Germain ajouta les petits pains viennois pareils à des oranges pâles ; les gressins pareils à des cigares. Tout ce qu'il préparait était pain bénit. Du cher et du bon marché, pour les riches et pour les pauvres. Il se sentait même capable de fabriquer du pain azyme où l'on découpe des hosties, si un prêtre le lui avait demandé. Les clients venaient de loin, de Beaumont, de Ceyrat, de Chamalières, de Montferrand. Monsieur Chaleron fit agrandir son four et employa un autre ouvrier. Puis il acheta un pétrin mécanique dont les bras de fer épargnaient les bras humains ; mais on moulait les miches, les flûtes, les baguettes à l'ancienne.

De temps en temps, il demandait à sa fille et à son gendre :

— Quand est-ce que je vous achète un berceau ?

Rien ne pressait, Lydie entamait à peine sa vingtaine. Et puis, elle eût manqué au commerce si elle avait dû pouponner.

En 1925, rien ne se produisit. Sauf qu'une guerre nouvelle éclata dans une région du Maroc appelée le Rif dont les populations s'étaient révoltées contre notre présence. Chose incompréhensible aux yeux de la plupart des Français : comment ces barbares pouvaient-ils refuser les avantages de la civilisation française, les routes, les chemins de fer, les écoles, les hôpitaux, les casernes ? Des cartes postales montraient même une exécution capitale en Afrique, le bourreau vêtu de blanc tel un infirmier. Comment l'Afrique pouvait-elle refuser la guillotine, cette merveille de mécanique et d'humanité qui permet au condamné de mourir sans rien sentir ? Après l'armée de métier, les soldats du contingent furent envoyés contre ces rebelles. Le nom de leur chef, Abd el-Krim, attestait bien ses intentions criminelles.

En 1926, rien ne se produisit non plus. Excepté qu'Abd el-Krim se soumit aux autorités françaises. À Marseille, on l'embarqua avec sa famille et sa suite sur un paquebot qui les transporta jusqu'à l'île de la

Réunion, où ils furent reçus avec les mêmes honneurs que Napoléon à Sainte-Hélène. Rien de spécial chez les Chaumette de la rue Joly.

L'année 1927 amena des événements prodigieux. D'abord l'envolée de Nungesser, un ancien as de guerre avec quarante-cinq victoires enregistrées, et de Coli, son mécanicien. Ils se proposaient de traverser l'Atlantique sur leur avion *L'Oiseau Blanc*. Parti du Bourget le 7 mai en direction de New York, ils devaient se poser trente ou trente-cinq heures plus tard, selon la force des vents. Le 9 mai, les journaux annoncèrent la merveilleuse nouvelle : « Victoire ! Nungesser et Coli ont traversé l'Atlantique ! » Le lendemain, on déchanta. La presse présenta des excuses, elle avait été abusée par des farceurs. *L'Oiseau Blanc* était tombé à l'eau comme tant de rêves. Peu de jours après cette funeste entreprise, un jeune Américain aux dents longues et au menton fendu, Charles Lindbergh, réussit en sens inverse la difficile traversée. Les Français le portèrent en triomphe jusqu'à Paris où notre président lui foutit la légion d'honneur. Les Français, cependant, se résignaient mal à la disparition de *L'Oiseau Blanc*. Jusqu'à la fin de sa longue vie, madame Nungesser, mère du pilote, attendit le retour miraculeux de son fils, espérant chaque matin qu'il frapperait à sa porte pour dire :

— Mère, me voici. Excusez-moi, j'ai été retardé.

Rien de nouveau non plus chez les Chaumette-Chaleron.

En 1928, Raymond Poincaré et les parlementaires s'attelèrent à une entreprise désespérée : stabiliser le franc. Celui-ci, depuis 1914, sautait comme un cabri sur les cotes boursières. Pour le retenir dans ses gambades, Poincaré lui attacha un poids d'or à la patte : soixante-cinq milligrammes, au lieu de trois cent vingt-deux sous Napoléon. Il perdit donc les quatre cinquièmes de son ancienne valeur. On l'appela désormais le « franc à quatre sous ». Autre curiosité de cette année 28 : Aristide Briand, ministre des Affaires étrangères, assura une paix éternelle à l'Europe en signant à Genève avec l'Allemagne et une quinzaine d'autres puissances un pacte de renonciation perpétuelle à la force pour résoudre les disputes internationales. Tout le monde en eut les larmes aux yeux, excepté ses adversaires de *L'Action française*, partisans de la manière forte, qui représentèrent Briand sur un cheval de bois, avec cette légende : « À cheval sur mon bidet ! Quand il trotte, il fait des paix. Paix ! Paix ! Paix ! Paix ! »

Le plus extraordinaire événement de cette année 1928 fut la naissance, depuis longtemps espérée, chez les Chaumette-Chaleron, d'une fille prénommée Sidonie. Toute la boulangerie eût préféré un garçon ; elle se contenta de cette petite mitronne.

4

Les Chaleron et les Chaumette furent un peu déçus par Sidonie. Ils souhaitaient une petite *fornarina* qui fût tout sourires, tout quenottes, tout pétillements des yeux. À leur grand regret, ils s'aperçurent qu'elle était un peu simplette. Lorsqu'elle eut dépassé l'âge du biberon, on constata qu'elle avait la manie du suicide. Il ne fallait pas la quitter du regard, faute de quoi elle se serait jetée par la fenêtre en voulant attraper un papillon. Elle se serait crevé les yeux avec des fourchettes. Empoisonnée à l'eau de Javel. Pendue avec les embrasses.

Elle apprit difficilement à parler. Longtemps, elle ne s'exprima qu'à mots raccourcis :

— Rémicelle... Ulotte... Colat...

Il eût fallu un interprète. Après sa quatrième année, le langage s'améliora. Elle comprit clairement les interdictions qu'on lui imposait sur les allumettes, les robinets, les boutons électriques ; mais ces prohibitions l'incitaient au contraire à les enfreindre sitôt que les parents lui tournaient le dos. C'était pourtant une jolie fillette, aussi frisée que Valentine, avec un nez pointu, avec des doigts potelés qu'elle s'enfonçait dans la bouche. Elle mangeait mal, elle éternuait en buvant, elle pleurait si on lui tapait sur les doigts, elle éclatait de rire si le grand-père faisait la grosse voix.

— Il lui faudrait, conseilla la mère Pampan, un petit frère ou une petite sœur.

Lydie et Germain firent de leur mieux, mais le petit frère ne vint pas. On le remplaça par un chaton. Tantôt elle le caressait, tantôt elle lui tirait la queue. Il lui arriva même de l'enfermer dans le fourneau de la cuisinière pour le faire cuire ; ses miaulements le sauvèrent. Bref, Sidonie Chaumette était ce qu'on appelle une parfaite chipie.

Avec ça, gourmande comme une chatte blanche. Mais gourmande de choses surprenantes pour son âge : de fourme d'Ambert, de sardines à l'huile, de pommes vertes. Dans la chambre qu'elle partageait avec ses parents, elle découvrit un bocal où flottaient des prunes à l'eau-de-vie préparées par sa mère. Elle eut la curiosité d'y enfoncer la main, d'en pêcher une, puis deux, puis trois, puis quatre. L'abbé Comptour, curé de Saint-Pierre-les-Minimes, rendit un jour une visite de courtoisie aux Chaumette. Lorsque Lydie voulut lui offrir une de ces prunes, elle constata qu'elles avaient toutes disparu, qu'il n'en restait que la liqueur. Interrogée, Sidonie avoua sa gourmandise. Lydie prit une grande colère.

— Ne la battez pas ! recommanda le prêtre. Ce n'est pas sa faute. Vous, les parents, êtes les seuls responsables, vous ne l'avez pas fait baptiser. Elle porte en elle un petit démon qui la pousse.

Lydie baissa la tête, reconnut que si sa fille n'avait point reçu le baptême, ce n'était point par manque de religion, mais par manque de temps, ils avaient tant à faire dans la boulangerie !

— La boulangerie ! La boulangerie ! L'homme ne vit pas que de pain ! Je vous attends à Saint-Pierre-les-Minimes dimanche prochain.

On fit le nécessaire. Au-dessus des fonts baptismaux, la petiote reçut un peu d'eau sur le front, en même temps que l'abbé confirmait le prénom qu'elle portait déjà :

— *Sidonia, ego baptizo te in nomine Patris, et Filii, et Spiritus Sancti. Amen.*

Tous les présents virent le diablotin qui habitait en elle s'enfuir. Par le nez, dirent certains. Par les oreilles, dirent d'autres. Il avait la forme d'un lézard vert. Il courut vers la porte fermée, disparut par le trou de la serrure. Après quoi, la famille partit se restaurer. La mère Pampan avait préparé une « pompe aux pommes » sur laquelle elle avait dessiné un *S* majuscule en crème au beurre.

À cinq ans, elle fut inscrite à l'école Artaud-Blanval, au fond de la rue Joly. Elle y apprit à lire, à écrire convenablement. Elle aimait mieux les jeux de balle ou de corde que les jeux d'écriture. Elle s'y montrait quelquefois violente, il lui arrivait de mordre ou de griffer. On put croire que le lézard vert avait repris possession d'elle. La lecture lui faisait pleurer les yeux. Faible en orthographe, elle ne fut pas reçue à l'examen du certif.

— Elle n'en a pas besoin pour peser et vendre du pain, se consola monsieur Chaleron.

En revanche, c'était une gaillarde forte des mollets, des hanches, des lolos, des lèvres, des joues. Elle était capable de porter seule un sac de farine.

Puis vint la guerre de 1939. Germain, âgé de trente-sept ans, fut remobilisé au 92ᵉ RI. À Dunkerque, des milliers de soldats d'Auvergne et du Bourbonnais périrent sous les bombardements allemands. *Dans la mer où les morts se mêlent aux varechs / Les bateaux renversés font des bonnets d'évêque.* Germain fut fait prisonnier avec un million et demi d'autres par les troupes du général Guderian et retourna en Allemagne, à travers les territoires qu'il avait occupés en 1923. Ils marchèrent six jours pour atteindre leurs stalags. Près de Mayence, une paysanne lui donna une pomme parce qu'il peinait à mettre un pied devant l'autre.

Les femmes et monsieur Chaleron restèrent au commandement de la boutique, avec l'aide intermittente de Jacob. Les ventes d'ailleurs se trouvaient fortement réduites par le système des tickets d'alimentation. En novembre 1942, les troupes allemandes occupèrent Clermont, campèrent dans le jardin Lecoq, suspendirent un immense drapeau à croix gammée au fronton de la préfecture. De nombreux résistants furent arrêtés, torturés, déportés ou exécutés. Le 26 octobre 1943, le chapelier Nestor Perret, responsable des MUR (Mouvements unis de la Résistance), fut arrêté par la Gestapo en même temps que son beau-frère René Brault. Au cours de la nuit suivante, les gestapistes s'acharnèrent sur Perret afin de le faire parler. Il leur échappa en se pendant à un barreau de sa cellule.

Sidonie Chaumette faisait de la résistance en vendant du pain gris au marché noir. Un matin de 1944, un soldat *feldgrau* s'arrêta devant sa boulangerie dont les vitrines exposaient de fausses miches, de fausses flûtes, de fausses baguettes en pur carton. Il poussa la porte, entra doucement, presque timidement. Il ouvrit la bouche :

— *Ich bin ein Bäcker.* Che suis un boulancher.

Debout derrière son comptoir, Sidonie le regardait. Il demeurait immobile au milieu de la boutique. Son visage était rond, rosé, quasi enfantin. Elle expliqua que les pains exposés étaient factices, demanda s'il voulait du vrai.

— Non, ch'ai. Ch'ai du pain Wehrmacht. Che voudrais seulement voir comment vous fabriquez le vrai pain.

— Attendez.

Elle courut jusqu'au fournil, y trouva son grand-père, lui expliqua la situation.

— On ne va pas lui refuser ça, dit Chaleron. Sinon, ça lui servira de motif pour nous faire fusiller.

Il est vrai que les occupants fusillaient à tour de bras. Mais le troufion-boulanger n'avait pas l'air d'un mauvais bougre. On lui permit donc de venir examiner la maie, le pétrin électrique, les *palhas*, le four et tout le matériel. À chaque détail, il approuvait de la tête et s'écriait :

— *Schön !… Schön !…*

Il voulut même faire quelque chose de ses mains. Voyant un peu de pâte en attente au fond du pétrin, il s'en saisit, la partagea, la malaxa longuement, remit à Chaleron le résultat de ses efforts, avec un immense éclat de rire :

— *Brötchen ! Brötchen !* Petit pain !

Au terme de ces manœuvres, il se rinça les paumes, les essuya, en tendit une au patron. Que demandait-il ?

Ni plus ni moins qu'une simple poignée de main, en ami, d'artisan à artisan. Chaleron hésita avant de lui tendre la sienne, puis il la lui céda par crainte d'être fusillé. Sur le point de partir, le soldat se toucha la poitrine de l'index et dit :

— Moi, Hermann.

Chaleron ne répondit pas. Il savait que tous les Allemands se prénommaient Hermann, sur le modèle d'Hermann Goering. Avant de se retirer, le *Feldgrau* jugea bon de lever le bras, par politesse, et de prononcer mollement :

— *Heil Hitler !*

Il disparut. Chaleron, la mère Pampan, Lydie poussèrent un ouf de soulagement. Ils crurent être débarrassés de lui. En fait, deux jours plus tard il revint. Porteur d'un petit paquet et d'une enveloppe. De celle-ci, il tira des photographies qu'il aligna sur le comptoir, les présentant avec ses habituels éclats de rire :

— *Mein Bäckerei !* Ma boulancherie, ha ! ha ! ha !

Une modeste boutique à l'enseigne *Bäckerei*, devant quoi une demi-douzaine de personnes affichaient des mines rayonnantes. Et lui de préciser :

— *Vater*, père... *Mutter*, mère... *Schwester*, sœur... *Bruder*, frère... *Onkel*, oncle... Tante ! Cousin ! Cousine ! Ha ! ha ! ha !

Comme si cette intrusion d'une famille allemande dans la famille auvergnate eût été du plus grand comique. Les Chaleron firent mine de s'y intéresser. Quand chacun se fut rassasié de ces binettes, Hermann ouvrit l'autre paquet. Il en tira une sorte de boudin noir, enroulé, long d'une aune peut-être.

— *Wurst... Bratwurst...* Ha ! ha ! ha !

De ses doigts réunis, il faisait signe que cette horreur était destinée à être mangée. Comme les autres écarquillaient les yeux, il prit un couteau, en découpa une tranchette, qu'il se mit dans la bouche sans enlever la peau, se frottant l'estomac pour faire comprendre le plaisir qu'il y trouvait. Il découpa de même des tranchettes pour les autres. Les Chaleron firent de grands efforts pour les mastiquer et les avaler.

— Ça doit être, dit le père, du saucisson de cheval crevé.

Un proverbe dit justement : « Si on te donne un cheval, ne lui regarde pas dans la bouche. N'examine pas ses dents pour deviner son âge. À tout cadeau miséricorde. » Hermann savait que les Français occupés manquaient de viande. Il rit encore. On le remercia. Au bout d'un moment, il salua, bougonna « *Heil Hitler* ! » et s'en alla.

— J'aimerais bien, dit Chaleron, que ce Boche cesse de nous fréquenter. Que vont penser nos voisins ?

— Est-il possible, dit la mère Pampan, que tous les Boches ne soient pas des assassins ?

On les voyait se promener dans Clermont, aussi tranquilles que s'ils étaient en vacances touristiques. Les officiers logeaient dans les hôtels. La troupe bivouaquait sur les pelouses du jardin Lecoq, faisait rôtir à la broche les faisans, les paons de la ménagerie. Les entrées étaient gardées par des sentinelles armées de mitraillettes. Peu à peu, on s'habituait à leur présence.

Puis les choses se gâtèrent. Le 8 mars 1944, un détachement remontait la rue Montlosier en chantant :

Ich hatt' einen Kameraden
Einen bessern findst du nit...

C'était joli comme tout, on y reconnaissait le mot « camarade ». Pourquoi fallut-il que des résistants malintentionnés, situés place de la Poterne, au-dessus du défilé, eussent l'idée d'envoyer sur ces chanteurs pacifiques trois grenades explosives, faisant un mort et trente-sept blessés ? Les occupants ripostèrent par une fusillade désordonnée sur les maisons avoisinantes et en incendièrent plusieurs. Ils s'emparèrent au hasard de cent quatre-vingt-trois hommes dont une cinquantaine, après un semblant de jugement, furent passés par les armes.

Un malheur ne vient jamais seul. Une semaine plus tard, une vague de bombardiers anglais, partis pour éliminer les usines d'armement des Gravanches, se trompa de cible et lâcha ses bombes sur l'usine Michelin de Cataroux et sur les environs, causant dix-neuf morts et vingt-six blessés, détruisant des centaines de maisons. Le maréchal Pétain, ému de ce désastre, prit la peine de venir de Vichy pour réconforter les blessés à l'hôtel-Dieu. La BBC de Londres les réconfortait aussi en leur annonçant un prochain débarquement de troupes libératrices.

5

Boum, boum, boum !
Trois heures du matin. Tout le monde dormait dans la boulangerie, excepté Jacob et son pétrin. Il sortit du fournil, traversa la boutique, cria derrière la porte :
— Qui c'est ?
Comprenant mal la réponse, il répéta la question :
— Qui qu'ous êtes ?
— Hermann.
— Répétez encore.
— Hermann... Le *Bäcker*... Votre ami... Laissez-moi entrer.
— Je suis Jacob. Faut que je demande au patron.
— Si ou plaît.
Jacob courut au premier étage où Chaleron, l'oreille aux aguets comme il convient aux oiseaux nocturnes, faisait semblant de dormir. L'ouvrier lui rendit compte des boum-boum.
— Qu'est-ce qu'il veut au juste ?
— Entrer. « Si ou plaît », qu'il dit. C'est pas quelqu'un de dangereux.
— C'est bon. Prends quand même un tranche-lard en cas de besoin, ouvre-lui la porte, referme derrière lui.

Jacob redescendit, ouvrit la porte. Quelle ne fut pas sa surprise de reconnaître le boulanger boche coiffé d'une casquette et en vêtements civils. Et ce gars d'expliquer :

— *Ich, desertieren.*

— Tu désertes l'armée ?

— *Ja, desertieren.*

— En voilà une bien bonne !

Chaleron descendit à son tour, en tenue de nuit, c'est-à-dire en caleçons longs, liés aux chevilles. Et l'Allemand de s'expliquer comme il pouvait, par gestes et par syllabes :

— *Nicht mehr Krieg... Desertieren...*

Et de faire le geste du fuyard. Et de montrer sa casquette, ses habits de pékin. On aurait aimé savoir où il les avait pris, mais c'était trop demander. Et il tirait de sa poche des marks allemands pour zones occupées. Joignant leurs comprenettes, les deux boulangers entendirent qu'il en avait assez de fusiller du monde et qu'il abandonnait la glorieuse Wehrmacht au risque de se faire fusiller lui-même. Il leur demandait de le cacher jusqu'au jour où les envahisseurs s'en iraient de gré ou de force. Il leur abandonnait ses billets de banque. Une chambrette était disponible dans la maison. Les boulangers se chuchotèrent leurs sentiments.

— S'il se met en civil, il pourra travailler dans le fournil.

— Moi, je vous dis ni oui ni non. Vous êtes le patron. C'est vous seul que ça regarde.

— Si on le refuse, il est foutu.

— Pour sûr !

Hermann attendait, baissant le front humblement, brassant l'air pour expliquer qu'il savait pétrir. Plus tard, Sidonie et Lydie, qui couchaient ensemble, se levèrent à leur tour. On les mit au courant de la situation. Jacob était vieux, il avait besoin d'un remplaçant. L'Allemand ne se ferait même pas payer. Chaleron donna son accord en disant oui de la tête :

— Tu te montreras le moins possible. Tu te laisseras pousser la moustache pour que tes copains ne te reconnaissent pas si par hasard ils entraient dans ma boutique. Et tu ne leur parleras pas dans ta langue, tu feras semblant d'être muet.

— Moustache ?

Chaleron promena un doigt sur sa lèvre supérieure.

— *Schnurrbart*... oui, oui... Ha, ha, ha !

La mère Pampan vint à son tour de son domicile. Elle n'exprima aucune réserve. Elle se contenta de se désigner de l'index pour qu'il n'y eût pas de confusion :

— Moi, Jeanne.

Tout se passa au mieux dans les semaines qui suivirent. Hermann, l'homme invisible, pétrissait avec une parfaite compétence la farine grise que livrait le service du Ravitaillement. Le vieux Jacob, pourri de rhumatismes, ne venait plus. Tout le monde était satisfait. La nourriture était son unique salaire. Il dormait dans une chambrette sous les combles, éclairée par une lucarne qui permettait de voir le ciel et les avions de la Royal Air Force.

Car la guerre se poursuivait. Un soir, la BBC récita six vers de Verlaine :

Les sanglots longs
Des violons
De l'automne
Bercent mon cœur
D'une langueur
Monotone.

Envoyé aux résistants français, c'était le signal du débarquement allié en Normandie. Les soldats hitlériens résistèrent comme des fous furieux qu'ils étaient et infligèrent des pertes énormes à ceux qui venaient les délivrer du nazisme. On se battit dans le bocage normand corps à corps, arbre à arbre. Les soldats américains possédaient un criquet métallique dont les stridulations leur permettaient la nuit de se reconnaître entre eux. La Normandie fut enfin dénazifiée.

Par leurs combats et leurs sabotages, les maquisards français participèrent à la libération. Les troupes occupantes, harcelées, mitraillées, évacuèrent peu à peu notre sol, non sans commettre d'ultimes atrocités. Le 11 septembre 1944, vingt mille soldats de la Wehrmacht, sous les ordres du général Elster, se trouvèrent coincés par les FFI dans le Bec d'Allier, incapables de traverser le confluent. Ils acceptèrent de déposer les armes devant la 84e division USA, espérant des Américains plus de mansuétude que des « terroristes » qui les avaient vaincus.

Mais déjà, Clermont était délivré, la préfecture occupée par les patriotes, un commissaire de la République siégeant dans le fauteuil du préfet. Chaque jour, Lydie regardait à travers les vitres, espérant voir revenir Germain, son mari prisonnier. L'Auvergne rayonnait de bonheur. Toutes les filles portaient dans les cheveux un petit ruban tricolore.

Hermann, qui baragouinait à présent un peu de français, exprimait de l'inquiétude :

— Quand Germain revenir, moi partir.

— On verra, on verra.

La farine devint jaune, farine de maïs envoyée par les USA qui ne savaient plus qu'en faire. Le pain fut jaune aussi, on croyait manger de la brioche, le goût excepté. Le marché noir fonctionnait allègrement. Chassés de France, les nazis continuaient de se battre sur leur propre territoire. Le 8 mai 1945 à Reims, le 9 mai à Berlin, ils capitulèrent enfin sans condition. Leurs alliés japonais ne voulaient rien entendre. Il fallut leur envoyer deux bombes atomiques pour les ramener à la raison.

Les prisonniers français rentrèrent peu à peu. Certains en faisant un détour forcé par l'Union soviétique. Germain Chaumette arriva à Clermont le 23 juin à cinq heures du matin. Il monta à pied de la gare jusqu'à Jaude car les tramways ne fonctionnaient plus. Son uniforme bleu horizon terreux portait encore dans le dos deux majuscules noires, *KG* : *Kriegsgefang*, prisonnier de guerre. Averti par on ne sait quelle voix, Hermann avait pris la veille la poudre d'escampette, disant :

— Che reviendrai. Che reviendrai. Che vous écrirai. Voici mon adresse, à l'est de Berlin.

Très mal écrite. *Kottbus* ou *Rottbas, Koenigstrasse, 55.*

Germain entra dans la boutique comme s'il eût été un client ordinaire. Il cria :

— Y a personne ?

Lydie parut, ils se jetèrent dans les bras l'un de l'autre. Elle l'entraîna au premier étage, disant :

— Mon lit est encore chaud.

Quelques secondes plus tard, elle criait de plaisir et de bonheur sans se soucier du voisinage. Puis ils se retrouvèrent tous.

— Je suis bien content, mon fils, dit le beau-père, de te revoir en bon état. Hermann nous a quittés. Un Allemand déserteur, boulanger de son métier, que nous avons caché plusieurs semaines. À présent, j'ai de la peine à traîner mes soixante-dix-huit kilos. Il était temps que tu reviennes.

Dès le lendemain, Germain se remit à pétrir. Les Allemands avaient disparu, excepté quelques-uns qui balayaient les rues, remettaient en état le jardin Lecoq et portaient à leur tour dans le dos deux majuscules noires, *PG*. Après la Libération, vint l'Épuration. Sous la forme d'exécutions sommaires dans une carrière du puy de Crouel où d'anciens collaborateurs qui avaient commis l'erreur de se laisser prendre la payèrent de leur vie. Notamment un cas intéressant : celui de Georges Mathieu. Inscrit à la faculté de Clermont, il y préparait une licence d'allemand. En 1942, il entre en résistance sous le pseudonyme de Simon et rend des services aux étudiants de Strasbourg repliés à Clermont. Il participe à un coup de main sans danger sur les magasins des Chantiers de jeunesse de Vertaizon. Un peu plus tard, il commet une erreur fatale. Ayant donné par télégramme un rendez-vous à sa fiancée Christiane à Rochefort-Montagne, il tombe dans les bras de la Feldgendarmerie. Sa connaissance de l'allemand et le salut de Christiane le poussent à accepter une place d'interprète au service de la

Gestapo. Dès lors, il oublie ses premières amours ; Christiane est remplacée par Ursula Brandt, une rousse dont le manteau de fourrure lui vaudra le sobriquet de « la Panthère ». Dépassant ses fonctions d'interprète, il participe à l'arrestation et à la déportation de professeurs alsaciens. Il sera fusilé le 12 décembre 1944.

Le 14 Juillet qui suivit fut dans la ville une fête toute en flonflons, en pavoisements, en danses, en acrobaties, en amourettes. Sidonie choisit cette soirée – Germain était au fournil – pour faire à sa mère une révélation :

— Je n'ai plus mon sang. Il a trois semaines de retard.

— Trois semaines ? Mais alors… malheureuse…

— Oui, je crois bien que je suis embarrassée.

— Embarrassée de qui ?

— Devinez.

— Est-ce que je sais qui tu fréquentes ?

— D'Hermann.

— D'Hermann ? D'un Allemand ? Pas possible ! Pas possible ! Il t'a violée ?

— Je ne sais pas. Je ne crois pas.

— Mais comment avez-vous fait ?

— Comme font tous les autres. Je ne me doutais pas que… D'ailleurs, il a dit qu'il écrirait, qu'il reviendrait. Il nous a laissé son adresse.

— Quand il est parti, il te savait enceinte ?

— Je ne le savais pas moi-même.

Lydie eut envie de lui donner une gifle. Puis, se maîtrisant, elle se contenta de se cogner la tête contre les murs en criant :

— Aïe ! Aïe ! Aïe ! Quelle fille le ciel m'a donnée !

Il fallait maintenant apprendre cette bonne nouvelle à Germain. D'un commun accord, la mère et la fille gardèrent le secret une semaine encore, ne sachant comment procéder.

— C'est à toi de parler, décida Lydie. Et prépare-toi à recevoir ce que tu mérites. Il va te tuer.

Sidonie choisit sept heures du matin, le moment où, ayant défourné, mort de fatigue, le père se préparait à regagner son lit. Elle le retint par la manche :

— Papa, j'ai quelque chose à te dire.
— C'est pressé ?
— Ça l'est. Pardonne-moi, mais faut que je parle. Je suis enceinte d'Hermann, l'Allemand déserteur que grand-père avait recueilli et qui nous a quittés avant ton retour. Maman dit que tu vas me tuer.

Germain resta la bouche ouverte, puis proféra :

— Répète un peu.
— Je suis enceinte d'Hermann. À présent, tue-moi.
— Une minute... Tu aimais ce garçon ?
— Il me semble. Il m'a promis de revenir quand la guerre serait finie.
— Si tu l'aimes, il n'y a pas faute.
— Oui, je l'aime. J'en suis certaine.
— Sinon, cet enfant qui est dans ton ventre, faut le faire sauter. Y a certainement par ici des femmes spécialistes qui lui régleront son compte. Y a pas faute non plus si on se débarrasse d'un marmot non désiré. Réfléchis à tout ça. Réfléchis vite.
— Attendons qu'Hermann nous écrive.

Il ne leva pas la main sur elle. Il ne restait plus qu'à espérer une lettre. La poste, très empêchée depuis 1940, reprenait vie peu à peu. Les boulangers de la rue Joly guettaient deux fois par jour, une fois le dimanche, le passage du facteur. Rien ne venait d'outre-Rhin. Sidonie décida d'écrire à celui qu'elle considérait comme son fiancé : Hermann Nagel, *Kottbus* ou *Rottbas*... L'ennui était qu'à présent il existait deux Allemagnes, l'une dite fédérale occupée par les troupes anglo-franco-américaines, l'autre dite démocratique, occupée par les troupes soviétiques. Berlin, l'ancienne capitale, était également partagée entre le fédéralisme et la démocratie. Les Russes entravaient tant qu'ils le pouvaient la communication. Dans les trois mois qui suivirent, Sidonie ne reçut aucune réponse.

Son ventre gonflait de jour en jour. Germain lui proposait souvent :

— Ton petit Boche, on le fait sauter ?

— Non, non ! Cet enfant attend son père. Et pendant ce temps, il appartient à moi seule.

— Surtout, ne sors pas de la maison. Tu risquerais de te faire tondre pour collaboration horizontale.

— Hermann était déserteur.

— Tu expliqueras ça à tes juges.

Le 15 février 1946, avec l'aide de sa mère, elle accoucha dans sa chambre d'un enfant du sexe masculin. Lydie le baptisa elle-même sans aucune cérémonie, sans parrain ni marraine, sans autre eau lustrale que celle du robinet qu'elle lui versa sur la tête en prononçant les mots consacrés. De la main gauche, elle le tenait sur l'évier de la cuisine afin de ne pas mouiller le parquet. Le prénom choisi fut celui d'Armand, parce qu'il est la traduction française d'Hermann. À la mairie de Clermont, il fut déclaré de père inconnu.

Quinze jours plus tard, une lettre arriva. Dans un jargon franco-germanique, elle disait à peu près : *Il nous est interdit de sortir de l'Allemagne démocratique. Je viendrai quand j'aurai obtenu un passeport. Je le jure. Amitiés. Hermann.*

6

À l'âge de dix-huit ans, la jeune boulangère se trouvait mère de famille sans vocation. Elle aurait volontiers oublié les heures des tétées si le jeune Armand ne les lui avait rappelées par ses vociférations.
— Celui-là, disait le grand-père Chaleron, admiratif, il aura du caractère. On en fera un homme !
À six mois, il sut chanter. Pas encore les paroles, mais déjà la musique. Car lorsqu'elle voulait l'endormir, Sidonie le balançait du pied dans son berceau en fredonnant l'air que tous les moutards de France ont entendu :

Dodo, l'enfant do,
L'enfant dormira bien vite...

Ce chant reproduit un très ancien carillon sonné jadis pour l'angélus. Armand en avait exactement attrapé les notes, qu'il débitait ainsi :

Piapia, piapiapia,
Piapiapiapiapia – pia piate...

Tout le monde bâillait d'extase devant cet enfant prodige. Le langage lui vint. À deux ans, on l'entendit s'exprimer comme son grand-père :

— Le four chauffe mal, mède ! mède ! mède !

Et Germain de s'écrier :

— On n'en fera pas un boulanger. On en fera un avocat ! Ou un député ! Un homme de discours !

Ce fut l'année où la mère Pampan se laissa mourir. À quatre-vingt-douze ans, ce n'était pas mal fait. À Thiers, on l'accompagna au cimetière des Limandons qui arborait des ifs noirs, pareils aux points d'exclamation de la douleur. Peu de gens assistèrent à ses funérailles. On l'avait habillée de sa robe sombre et de son caraco, bien peignée sous sa coiffe tuyautée, un chapelet liant ses mains aux grosses veines. On la coucha *dans une terre grasse et pleine d'escargots*. On lui jeta des poignées de poussière et des signes de croix. Sur sa tombe, on dressa une planche sur laquelle était gravé son nom véritable : *Jeanne Rannet 1856-1948*. Elle avait vécu toutes ces années sans rien comprendre au monde, traversé un empire, plusieurs républiques, une occupation étrangère, sans même s'en apercevoir. Veuve à trente ans, sans descendance, riche de peu de relations, elle laissait après elle autant de souvenirs qu'une fourmi.

Trois mois plus tard, vint le tour de monsieur Chaleron. Âgé seulement de la petite soixantaine, il succomba à une crise cardiaque. On le trouva un jour dans le fournil, la pelle à la main. Il n'avait jamais soupçonné que son cœur pût soudain le trahir.

— Méfiez-vous de ce mal, avertit le médecin. Il est souvent héréditaire. Le cœur est un organe creux, mais sujet à des caprices imprévisibles.

Germain devint donc le seul patron de la boulangerie. Il se levait à trois heures du matin et se couchait à neuf. Lydie et Sidonie s'occupaient du ménage et de la vente. Jacob, pressenti pour revenir, refusa, prétextant que bientôt il irait manger les pissenlits par la racine. Ce qui se produisit en effet quelques mois plus tard. Deux apprentis, recrutés par annonces dans *La Montagne*, ne tinrent pas plus de trois semaines. À Clermont, tout le monde voulait manger du pain ; mais bien peu acceptaient de le faire.

Tout cela était bien triste. Germain chercha des consolations à la Confrérie du Bousset, toujours vivante. Il y fut intronisé après une cérémonie riche de chamarures et de galons. Ladite confrérie se proposait de défendre les vins locaux. Malheureusement, Germain Chaumette se laissa aller à trop de célébrations. Ses confrères le ramenaient chez lui saoul comme une grive, incapable de préparer le four du lendemain. Il fallait accrocher derrière la vitre cet écriteau : *Fermé pour raisons de santé*. Il perdit beaucoup de clientèle.

En 1949, Sidonie fêta sa vingt et unième année, celle de la majorité officielle. Le petit Armand participa à la fête familiale avec l'aide d'un tambour et d'une trompette que grand-père Germain lui avait achetés. Il s'en servait pour empêcher les grandes personnes de parler, ce qui confirmait l'opinion du boulanger :

— Ce sera un homme de discours.

Il ne s'exprimait plus avec des pia-pia-pia, mais avec des mots parfaitement articulés. À toute découverte nouvelle, il demandait : « Pourquoi ? » Si bien que

Germain le baptisa « monsieur Pourquoi ? » En s'efforçant de bien répondre :

— Pourquoi que les oiseaux ils volent ?

— Parce qu'ils ont des ailes. Toi, tu n'en as pas. Tu restes par terre.

— Pourquoi qu'y a des trous dans le pain ?

— Pour que ça soit plus facile à manger.

— Pourquoi qu'on mange ?

— Pour enrichir les boulangers, les bouchers, les charcutiers.

— Pourquoi que les amoureux s'embrassent sur les bancs ?

— Parce que, s'il y avait pas de bancs, ils seraient obligés de s'asseoir dans l'herbe et ça leur mouillerait les fesses.

— Pourquoi que le ciel est bleu ?

— D'abord, il n'est pas toujours bleu, il est souvent gris ou noir. Pourquoi qu'il est souvent bleu ? C'est pour remplacer les hortensias, les myosotis, les jacinthes bleues en hiver quand nous n'avons pas de fleurs.

L'interrogatoire se terminait toujours par une question traditionnelle :

— Comment tu sais tout ça ?

— Parce que mon grand-père me l'a appris.

— Et comment ton grand-père le savait ?

— Parce que son grand-père le lui avait dit.

— Et si quelqu'un il le sait pas, c'est pourquoi ?

— C'est parce qu'il n'a pas eu de grand-père.

Sidonie emmenait parfois son fils au jardin Lecoq, le jeudi, pour qu'il épuisât ses forces sur les manèges et les balançoires. C'est dans ce même jardin qu'elle fit la connaissance de Ludovic, qui s'abrège en Ludo. Assis par hasard sur le même banc, ils firent des réflexions intéressantes en considérant les moineaux qui se disputaient le même crottin.

— Si j'étais moineau, dit le jeune homme, je choisirais une autre nourriture. Les crottins, c'est dégueu.

Elle sourit, trouvant la réflexion spirituelle. Il exploitait fréquemment cette supposition :

— Si j'étais limace... Si j'étais lézard... Si j'étais papillon...

Elle riait aux éclats. Un peu plus tard, ils se quittèrent, chacun allant à sa besogne, elle aux pains de la rue Joly, lui aux pneumatiques de la Grande Maison. Ainsi appelle-t-on l'entreprise Michelin qui, depuis plus d'un siècle, fait vivre Clermont-Ferrand. Sans la Grande Maison, Clermont redeviendrait le village de vignerons et de vinaigriers qu'il était autrefois.

— Je travaille au noir, avait précisé Ludo.

Cela signifiait qu'il pétrissait la pâte de latex et de noir de fumée, de même que la boulange pétrit la farine et le levain.

— Moi je travaille au blanc, dit-elle.

Pendant ce temps, Armand jetait des miettes de pain aux cygnes et aux canards qui ramaient sur la pièce d'eau. Il avait fait d'ailleurs la connaissance de plusieurs copains et se passait volontiers de sa mère, par une sorte de réciprocité qu'il pressentait. Ludo et Sidonie convinrent de se retrouver le jeudi suivant.

Pas de chance : le jeudi suivant, leur banc était occupé.

— On marche un peu ? proposa-t-elle.

Ils suivirent les allées où elles les conduisaient. Ils traversèrent la roseraie et son jet d'eau sanglotant. Les paons jouaient de la trompette, les otaries du mirliton. Ils trouvèrent enfin un autre banc disponible, et leurs mains ne se quittèrent plus. Et ce fut pour tous deux le plus beau des jeudis.

Lorsque sa mère voulut récupérer Armand, il gémit, il pleura, il fit un grand cirque parce qu'il aurait voulu rester. Ludo regardait la scène avec inquiétude. Il demanda :

— Qui est ce moutard ?
— Mon fils. Il s'appelle Armand.
— Quel âge a-t-il ?
— Quatre ans.
— Vous l'avez donc eu à dix-huit ?
— J'ai été violée par un Allemand. Naturellement, il ne m'a laissé ni son nom, ni son adresse.
— Dans quelles circonstances ?
— Il m'a mis sa baïonnette sous la gorge.
— Le salopard ! Mais ça change tout.

Il y eut entre eux un silence inquiétant. Ludo en sortit enfin :

— J'envisageais de vous demander en mariage. Mais avec ce petit Boche entre nous, ça ne peut plus se faire. Pourtant, j'ai beaucoup de sentiment pour vous.

— Je peux dire la même chose.

— Y a une seule solution : donnez-le à qui vous voudrez, à l'Assistance peut-être. Moi, je ne veux plus le voir. À la revoyure. On en reparlera si ma proposition vous convient.

Il partit sans l'embrasser.

Quelques jours plus tard, Sidonie fit part à ses parents d'une grande nouvelle :

— Je crois bien que je vais me marier.

Silence dans les rangs. Papa et maman attendaient la suite.

— Ludovic est un garçon très sérieux. Nous sommes amoureux l'un de l'autre. Il travaille à la Grande Maison. Je vous le présenterai quand vous le voudrez.

Lydie et Germain avaient fait mentir le proverbe : mariage d'amour, belles nuits et mauvais jours. Ils n'avaient aucune raison de s'opposer à celui de leur fille. Ils exprimèrent seulement un regret :

— Tu vas donc nous quitter au bord de la vieillesse ?

— Vous n'êtes pas vieux. S'il le faut, vous prendrez une autre personne pour me remplacer. La femme doit suivre son mari. Ludo aura un appartement à Chanturgue. Y a pourtant une petite difficulté : il ne veut pas d'Armand.

— Alors, répondit la mère, il ne t'aime pas beaucoup. Quand on aime quelqu'un, on aime ses enfants, on aime son chien, son chat, son perroquet.

— J'ai été obligée de lui avouer qui était le père, en disant que j'avais été violée.

— Et il t'a crue ?

— Il a dit : « Vous auriez dû le supprimer. Le noyer dans la Tiretaine. » J'ai répondu que je m'en étais aperçue trop tard. Et autre chose : le père de Ludo, prisonnier de guerre, est mort en Allemagne. C'est une chose qui se pardonne pas. Il trouve enfin qu'Armand a une tête de Boche.

Sidonie inventait toutes sortes d'arguments. Elle aurait fait une excellente romancière. Les parents restaient bouche bée. Elle inventa même la solution irréfragable :

— Et si vous le gardiez ? Si vous l'éleviez à ma place ? Il deviendra boulanger comme ses ancêtres. Il vous soignera quand vous serez vieux. De cette façon, vous ne resterez pas seuls. Je sais d'ailleurs que ce petit, vous l'aimez bien. Je ne l'abandonnerai pas tout à fait, d'ailleurs. De notre domicile à Chanturgue à la rue Joly, y a pas bien loin. Je viendrai le voir de temps en temps. Vous voir aussi.

Lydie et Germain versèrent plusieurs litres de larmes, larmes de joie et de tendresse. Et ils accordèrent leur consentement à ce micmac. Quelques jours plus tard, le fiancé se présenta, offrant un bouquet de roses à sa future belle-mère et au futur beau-père une bouteille de Salers. Apéritif doré, doux-amer, que l'on produit en faisant macérer un mois dans un bon vin blanc des racines de gentiane arrachées aux monts du Cantal. Avec cette devise : *Toute peine mérite Salers.*

— Ça tombe bien, dit Germain en riant, je manquais un peu d'appétit.

La rencontre s'accompagna d'un dîner solennel. Ils mangèrent des nourritures auvergnates, savoureuses et bourratives. Du chou farci bardé de lard ; du lapin en sauce à l'ail ; plusieurs espèces de fromages ; de la tarte aux myrtilles. Après le dessert, Ludo récita un monologue à mourir de rire. Vint enfin la question capitale :

— Monsieur et madame Chaumette-Chaleron, moi, Ludovic Grandomir, j'ai l'honneur de vous demander en mariage la main de votre fille Sidonie ici présente.

— Ma foi, ma foi, dit Germain, je veux bien, si elle est consentante, vous accorder sa main et tout le reste.

— Je suis consentante, répondit Sidonie en rougissant.

— Et le gamin ? se fit préciser Grandomir.
— Sidonie nous le confie. Nous l'élèverons nous-mêmes. Il ne sera ni noyé ni abandonné.

Ludo tendit une main horizontale. Ils topèrent comme font à la foire les marchands de vaches, affaire conclue.

7

Pour célébrer les noces prévues, les fiancés durent attendre qu'un appartement fût libre aux cités Michelin de Chanturgue. Comme le royaume de Clovis, l'empire Michelin était né d'une histoire d'amour. Il y eut d'abord Édouard Daubrée, dont la mère tenait à Paris une institution où de jeunes Anglaises venaient améliorer leur français. Nièce du manufacturier Macintosh, miss Elizabeth Pugh Barker avait dans le sang le germe des affaires. Édouard l'épousa en 1829. Elle se rappela l'article qui avait fait la fortune du tonton : la toile caoutchoutée. Associés à un cousin, Aristide Barbier, ils se mirent d'abord à confectionner des balles en *caoutchou* pour enfants. Ils engagèrent deux hommes et une vingtaine d'ouvrières. Le défaut de ces balles était que le froid les durcissait en hiver ; avant de s'en servir, les gamins devaient les réchauffer dans leur poche. Voilà que l'Américain Goodyear inventa la vulcanisation qui, incorporant un peu de soufre à la gomme, lui rendait sa flexibilité. L'entreprise Barbier-Daubrée adopta immédiatement cette méthode, sans verser un centime à son inventeur. Dès lors, les cousins ajoutèrent aux balles la fabrication des tuyaux, des jarretières, des blagues à tabac, des ceintures, des tétines, des joints, des siphons, des amortisseurs ferroviaires. Ce qui devait plus tard être l'« esprit Michelin » déjà se développait dans la maison : travail, exactitude, sobriété, morale, religion.

En 1852, la fille aînée d'Aristide Barbier épousa un employé aux douanes et peintre du dimanche, Jules Michelin, d'origine champenoise. Cette même année, la maison Barbier-Daubrée fut traînée en justice par Charles Goodyear. Grâce à de bons avocats, elle gagna son procès ; le plaignant n'avait plus qu'à mourir ruiné. Après cette victoire de l'Auvergne sur l'Amérique, le gendre champenois renonça à devenir le Douanier Rousseau et entra dans les affaires beau-paternelles.

Depuis, spécialisée dans la fabrication des pneumatiques, symbolisée par Bibendum, un gros Patapouf composé de pneus superposés, l'entreprise s'employa à devenir dans cet article la première du monde. En 1951, elle comptait vingt-cinq mille salariés. L'esprit Michelin consistait à prendre sa main-d'œuvre au berceau, à la former et à la suivre jusqu'à la mort. Cela s'appelle le « paternalisme ». Maudit par les syndicats, mais accepté par force. Le futur Bib naissait dans une clinique Michelin ; habitait une maison Michelin ; suivait les cours d'une école Michelin ; faisait sa première communion dans une église entretenue par Michelin ; achetait ses meubles à la coopérative Michelin. Seul le cimetière échappait à cette paternité, bien qu'il fût adossé à l'avenue Barbier-Daubrée. Les rues du quartier portaient les noms de vertus éminemment caoutchoutières : rue de la Fraternité, de la Foi, de la Vaillance, de la Volonté, du Devoir, de la

Bienfaisance, de l'Amitié... L'église elle-même, consacrée à Jésus Ouvrier, couronnait cet ensemble, oubliant que Jésus de Nazareth exerçait la profession d'artisan charpentier. L'ouvrier obéit à un maître, alors que l'artisan est libre de ses mouvements.

Il y a, paraît-il, une poésie du travail. Avant cinq heures du matin, les Bibs se dirigent vers la Grande Maison en parlant portugais, arabe ou français. Les sortants font le chemin inverse, rêvant du café frais, du lit chaud, des bras de leur femme. Poésie de l'aube grise pour ces menacés du chômage. À huit heures, cohue devant les lycées et collèges ; bises, poignées de main, secrets qu'on échange. À huit heures trente, c'est le tour des écoles primaires ; les bagnoles parentales déchargent leurs cargaisons d'écoliers ; poésie des embouteillages. À neuf heures, les boutiques lèvent leur rideau de fer ; derrière les portes vitrées des Galeries de Jaude, le jeune employé chargé de tirer les verrous se pavane d'un air important en regardant la clientèle qui dehors patiente, suspendue à ses mouvements ; il se baisse enfin, libère les battants, il n'est plus rien, le flot humain s'engouffre. Il y a aussi la poésie du farniente, des clochards qui tendent leur casquette ; des pigeons place de la Victoire qui embrènent la statue d'Urbain II, le maudit inventeur des Croisades ; du Blaise Pascal en bronze dans le square au fond de la rue Saint-Hérem.

L'union de Sidonie et de Ludo se célébra d'abord à la mairie de Montferrand qui, de son ancienne indépendance, avait conservé le privilège d'enregistrer les mariages, les naissances et les décès. Ensuite, à l'église

Jésus Ouvrier. Les noces d'un Bib ne pouvaient se dispenser de bénédiction. Le petit Armand tenait la main de sa grand-mère ; elle lui fit faire les signes de croix. Germain et Lydie se sentaient aussi perdus dans Montferrand jamais fréquenté que s'ils s'étaient trouvés en terre étrangère. Heureusement, les cris des enfants – « Vive la mariée ! Vive Ludo ! Vive Sido ! » –, les poignées de riz qu'ils lancèrent leur remontèrent le moral. Les jeunes époux n'envisagèrent pas de faire un voyage de noces. Après le repas traditionnel, ils prirent simplement congé. Armand dit au revoir à sa mère sans verser une larme. Comme convenu, elle lui promit d'ailleurs de revenir prochainement rue Joly. Et lui, toujours animé par son désir de savoir :

— Prochainement, c'est quand ?
— Dans une semaine.
— Ça ira.

Ses grands-parents, ses copains lui suffisaient. Il disposait aussi de toute la place de Jaude. Il avait coutume de se hisser sur le socle du général Desaix et de lui dessiner des moustaches avec une craie. C'était un enfant d'une précocité surprenante. Il apprit à lire tout seul en déchiffrant les étiquettes des bouteilles : *Limonade, Eau de Javel, Vinaigre*. Il dut quand même fréquenter l'école communale pour savoir écrire et compter. Mais il avait la malice dans le corps. Il se plaisait à pincer ses camarades ; et quand la victime se plaignait, il répondait :

— J'y ai pas fait mal.

Aussi gagnait-il rarement un de ces bons points que la maîtresse distribuait aux plus méritants, à dix on gagnait un caramel. Après sa huitième année, le grand-père décida qu'il en savait autant que l'institutrice, que l'école Artaud-Blanval était insuffisante pour ses capacités. En conséquence, il l'inscrivit à l'école de Jaude que lui-même avait fréquentée. École d'application où les futurs maîtres venaient apprendre leur métier. En conséquence, supérieure à toutes les autres. Il y reçut l'enseignement de brillants professeurs, et lui-même y brilla de tous ses feux.

Sa mère venait le voir de loin en loin, apportant un chou ou une salade. Puis elle donna naissance à une petite Séraphine, sa demi-sœur par conséquent, et n'eut plus guère de temps à consacrer à son demi-fils. Germain, lui, consacrait toujours beaucoup de temps au bistrot de la rue d'Assas. Lydie envoyait Armand pour le ramener. Lorsqu'il poussait la porte du mastroquet, il trouvait le grand-père plongé dans une partie de manille. Celui-ci annonçait :

— Voici le fiston qui vient me chercher. Assieds-toi, fiston. Qu'est-ce que tu veux boire ?… Une crème de cassis ?… Marguerite, servez une crème de cassis à mon fiston…

— La grand-mère m'a dit…

— Laisse dire la grand-mère. Nous sommes entre hommes. Assieds-toi près de moi.

Il était difficile de l'arracher au bistrot. La boulangerie périclitait. Le pain du jour quelquefois ne sortait qu'à dix heures du matin, les clients allaient ailleurs.

Clermont s'agrandissait et s'embellissait. Autour de l'ancien noyau de lave sombre, surgissaient des immeubles de verre ou de béton : Clermont le Blanc, Clermont le Translucide. Mille choses venaient l'agrémenter : des rues piétonnières dont le pavage dessinait des étoiles ; des bancs publics ; des aires de jeux ; des boulodromes ; un théâtre de verdure ; des candélabres modernes. Un monument aux maquisards de 40-45 ; un autre à Alexandre Varenne, fondateur du journal *La Montagne* ; une Maison des Sports, une Maison des Congrès, une église Notre-Dame-de-la-Route.

Pour l'apprécier dans son ensemble, il fallait s'approcher de la ville sans courir. En venant de Thiers, le soir, quand le soleil déjà mort emplissait le ciel du sang de son agonie. Les puys alignés formaient un divan de velours violet sur lequel, bien à l'aise, l'ancienne Augustonemetum allongeait ses membres fatigués. Sur le tout, la cathédrale dressait ses deux flèches pareilles au V de la victoire.

Ou même attendre la nuit complète. Alors ses lignes disparaissaient, remplacées par des lumières. Celles-ci partaient dans tous les sens, par taches, par gerbes, par giclées, clignotantes, traînantes ou fixes, bleues comme Vénus, rouges comme Mars, vertes comme Uranus. De près, elles n'étaient rien que des lampadaires, des feux tricolores, des fenêtres éclairées. De loin, cette illumination semblait l'œuvre d'un pinceau ivre, la plus éblouissante fresque de Braque.

Si l'on arrivait de l'ouest, de Pontgibaud, on devait s'arrêter au Grand Tournant et contempler d'en haut cette immense jonchée de braises électriques. Se dire que chacun de ces points représentait une famille, un commerce, une industrie, un chercheur qui cherchait, un étudiant qui étudiait, un écrivain qui écrivait. Leur débordement ruisselait dans la plaine ; il embrasait les premières pentes des montagnes, vers Durtol, vers Chamalières. C'était superbe et redoutable. Car de même que Paris pompe la France, Clermont pompe la substance humaine de l'Auvergne. On peut envisager le temps où il ne restera plus dans les campagnes que quelques éleveurs presse-boutons dans des fermes automatisées, quelques gardiens de cimetières.

Clermont avait donc une beauté diurne et une beauté nocturne. Une beauté d'hiver quand le puy de Dôme était enrobé de lin comme la rosière de Montferrand ; quand les eaux des fontaines se figeaient en compositions de baccarat. Une beauté de printemps lorsque, unanimement, les pêchers rosissent, les amandiers blanchoient sur les versants de Montaudoux. Une beauté estivale quand les asphaltes fument sous la douche des arroseuses, quand les paulownias de la place de Jaude pendent de l'aile. Une beauté d'automne quand la vigne vierge du rectorat attrape la scarlatine. Les jeunes oisifs, les semi-étudiants participaient à ces spectacles avec les bombes de peinture pressurisée.

En 1956, Clermont se dota d'une nouvelle école d'application, sise au carrefour des rues Rameau et Bonnabaud. Sous le parrainage de Nestor Perret, le héros de la Résistance, elle comprenait plusieurs choses qui manquaient à l'école de Jaude : une cour, des préaux, des cabinets, une conciergerie. Sa construction révéla aux Clermontois la véritable étymologie de la place de Jaude. Certains la rapprochaient du patois *jau* qui veut dire coq sans en comprendre le motif. Or en creusant la terre, on mit au jour les fondations de murailles gallo-romaines, les socles de colonnes énormes, les restes d'une piscine. Fouillant l'*Histoire des Francs* écrite par Grégoire de Tours, un Clermontois du VIe siècle, on apprit l'existence dans sa ville d'un temple à Vasso Galate. Qui était ce Vasso ? En langue celte, le terme signifie « jeune homme puissant ». Peut-être l'empereur Auguste lui-même auquel l'ancienne Augustonemetum était consacrée. Quant à l'adjectif *galates*, il désignait avec mépris les Gaulois rétifs à la romanisation, installés sur un terrain bas et marécageux, culottés de leurs braies. Ils s'appelaient Titos, ou Ollio, ou Avit ; tandis que les *togati*, les porteurs de toge, se faisaient nommer Paulus, ou Marcellus, ou Sertorius, et résidaient sur le plateau central, *Clarus Mons*, d'où ils voyaient avant les Galates le soleil se lever[1].

Quoi qu'il en soit, de Galate à Galde, il n'y a qu'une lettre de trop. Puis à Jalde. Enfin à Jaude. Quant au *jau*, il est parti à Yssingeaux, qui en a mis cinq dans ses armoiries. Tout cela n'est point parfaitement clair. Il faudra encore y rêver longtemps.

Ayant changé d'école, Armand Chaumette ne changea pas d'habitudes. Il continua de pincer, d'éternuer, d'interrompre hors de propos. Néanmoins, il restait imbattable sur les conjugaisons, l'accord des participes passés, la table de Pythagore, les dates de nos révolutions. Lorsque le maître posait une question embarrassante, il était le premier à lever l'index, et sa réponse était toujours la bonne. Son seul point faible : l'écriture. Sa graphie était si mauvaise que parfois il peinait à se relire lui-même.

---

1. En l'année 2007, procédant à des fouilles profondes non loin de la place, des terrassiers ont exhumé un pied de bronze long de soixante centimètres, chaussé d'une sandale très ouvragée, avec une petite aigle nichée entre le pouce et l'index. Il est probablement un morceau du Vasso Galate, du jeune Auguste. À proximité, le mur dit « des Sarrasins » confirme l'existence de ce temple.

— Tu écris comme un médecin ! prédisait son maître.

Les médecins n'aiment pas en effet que les patients déchiffrent leurs ordonnances, c'est pourquoi jadis ils les rédigeaient en latin.

Vint l'année 1959, celle de ses treize ans, qui devait lui permettre d'échapper à l'école. Or cette année-là, le ministre de l'Éducation nationale, Jean Berthoin, allongea de trois ans la durée de la scolarité obligatoire. De plus, les élèves du primaire pouvaient passer dans le secondaire sans examen d'entrée en sixième. Porte ouverte à tous les cancres. Le directeur de Nestor-Perret saisit cette occasion pour se débarrasser de quelques élèves insupportables. Il traversa la place des Galates, rencontra Germain Chaumette :

— Votre fils Armand...

— Mon petit-fils.

— Votre petit-fils est un garçon très intelligent, capable de devenir médecin, professeur, avocat, à condition de faire des études plus longues que celles que nous pouvons lui offrir à Nestor-Perret.

— Je veux en faire un boulanger. Il prendra ma suite.

— Ce serait un grand dommage. Mais la vôtre est une profession pénible qui ne convient guère à ses forces. Il n'est pas des mieux charpentés.

— Et puis, je n'ai pas les moyens de lui payer des études prolongées.

— Compte tenu de sa situation familiale, je peux lui faire obtenir une bourse. Si vous aimez cet enfant...

— Pourquoi donc que je l'aimerais pas ?

— ... vous devez lui assurer l'avenir qu'il mérite.

Germain Chaumette demanda à l'intéressé s'il lui plairait de devenir médecin, professeur ou avocat, expliquant qu'il se fatiguerait moins et gagnerait davantage. Après trois jours, Armand fournit sa réponse :

— Je serai médecin.

Grâce à l'appui et à la recommandation de Nestor-Perret, il obtint une bourse municipale qui lui permit d'entrer dans le secondaire.

8

Le lycée Blaise-Pascal était comme une pomme composé de deux moitiés. La plus grosse, en haut, rue du Maréchal-Joffre, ex-collège de jésuites devenu collège royal, puis collège impérial, était bâtie à chaux et à sable, derrière des murailles capables de résister au canon. Elle gardait le souvenir d'Henri Bergson qui y avait enseigné la philosophie de 1883 à 1888, et d'illustres élèves, Paul Bourget, Emmanuel Chabrier, Joseph Malègue. La seconde moitié, le Petit Lycée, en bordure des rues Audollent et Delarbre, comportait aussi des classes primaires, fort recherchées par la bourgeoisie locale : « Vous comprenez, au Petit Lycée, le recrutement est beaucoup moins laïc que dans les écoles communales. » Aussi ces classes suffisaient-elles rarement à recevoir les gamins petits-bourgeois, mis grâce à elles à l'abri de la salissante laïcité.

Recommandé par le directeur de Nestor-Perret, Armand Chaumette, quoique fils de boulanger, fut admis dans ce Petit Lycée où il devait rester de la 6e à la 4e. Il tomba sous l'autorité d'un professeur inoubliable, historien et géographe, qui avait besoin, pour enseigner, de chahut, comme les plantes ont besoin d'oxygène. Coiffé d'un chapeau de coutil à la relevette, bedonnant, chaussé de bas cyclistes, il bénéficiait du surnom de Paga. Abréviation de Paganel, un homme politique oublié, dont il avait écrit la biographie.

— Lisez mon *Histoire de Pierre Paganel* qui fut professeur, puis curé, puis député, puis ministre, puis éleveur de chevaux. En sortant de cette lecture, vous serez moins bêtes qu'avant d'y entrer.

Les plus grands de ses élèves, les plus diaboliques – Armand fut très vite du nombre – commandaient à son nom et à son adresse des tombereaux de fumier de cheval dont il n'avait point l'usage. Il reçut même la visite d'un employé des pompes funèbres :

— Je viens prendre les mesures.
— Quelles mesures ?
— Celles du défunt, monsieur Paga. Pour le cercueil.
— Monsieur Paga se porte bien. Foutez le camp.

Les farceurs avaient aussi l'habitude d'écrire ces quatre lettres à la craie blanche sur les murs de Clermont, suivies d'une flèche vers son domicile, rue des Jacobins. Pendant l'Occupation, trois occupants suivirent un jour ces signes mystérieux, sonnèrent à sa porte.

— Qui est-ce ?
— Gendarmerie allemande. Ouvrez !

Le *Feldwebel* parlait assez bien le français. Paga, officier en 14-18, s'exprimait en allemand.

— Vous Paga ! Vous terroriste ! Vous *Netzsleiter* ! Chef de réseau !

Paga expliqua que Paga était un sobriquet inventé par ses élèves. Puis il ouvrit une armoire, en tira un casque bleu horizon, s'en coiffa, chaussa la jugulaire.

Épinglant sur sa poitrine trois médailles qu'il avait gagnées, il se mit au garde-à-vous. Les trois Boches impressionnés firent le salut militaire et l'abandonnèrent à ses souvenirs.

Informé de l'incident, le principal du Petit Lycée, monsieur Croisette, en fit le récit devant les élèves de son adjoint, soulignant sa conduite héroïque pendant la Grande Guerre :

— Vous devez respecter ce héros qui ne se contente pas de vous raconter l'histoire, mais qui y a participé.

Il faut dire que les potaches s'en foutirent complètement, et qu'ils ne changèrent rien à leurs chahuts.

En dépit de ces désordres, pendant ses trois ans de Petit Lycée, Armand fit de bonnes études. Ayant à choisir une langue étrangère, il prit celle de Goethe parce que peu d'élèves la prenaient. Sans doute possédait-il en lui-même certains neurones insoupçonnés qui lui facilitaient cette acquisition. D'autres professeurs lui enseignèrent la physique et la chimie, l'arithmétique et l'algèbre. Un Cantalien, originaire de Vic-sur-Cère, fit chanter à ses oreilles les strophes des troubadours :

> *Bien me plaît plaisir et liesse,*
> *Bons repas, cadeaux, prouesses,*
> *Et dame avenante et courtoise,*
> *À me répondre bien apprise ;*
> *Et me plaît riche généreux,*
> *Pour les ennemis malicieux*[1]*...*

---

1. *Les Plaisirs*, de Pierre de Vic, qui était moine et l'oubliait souvent.

À quinze ans, il obtint le brevet des collèges, mention très bien. Ce qui lui permit de monter glorieusement au vieux lycée. Le proviseur était un Lorrain nommé Vogler qui exigeait de tous, maîtres et élèves, une discipline de fer. Lorsqu'un grelottement de sonnerie annonçait la reprise des cours, il se plantait à l'entrée d'une salle de classe, sa montre de gousset à la main, pour vérifier l'exactitude du professeur. Si ce dernier y manquait, il devait subir cette réprimande :

— Vous avez trois minutes de retard, monsieur X...

Présentée avec un sourire excessif qui découvrait toutes ses dents. Si bien que ce proviseur y gagna le sobriquet de « la Vache qui Rit ». Chaque enseignant avait d'ailleurs son sobriquet. Pour Froment, c'était Lavoine. Pour Schwem, le prof d'allemand, c'était Schwamm, qui veut dire « éponge ».

Quelques années plus tard, il fit la connaissance d'une science nouvelle : la philosophie, abrégée en philo. Elle consiste, *grosso modo*, à dire les choses simples d'une façon compliquée. Ecoutez Aristote : « C'est à juste titre qu'on nomme la philosophie la science théorétique de la vérité. En effet, la fin de la spéculation est la vérité ; celle de la pratique, c'est l'œuvre ; et les praticiens, quand ils considèrent le comment des choses, n'examinent pas la cause pour elle-même, mais en vue d'un but particulier, d'un intérêt présent. Or nous ne savons pas le vrai si nous ne savons pas la cause. »

De toute *La République* de Platon, Armand ne retint qu'une considération : « Tant que le gouvernement des pays ne sera pas confié à des philosophes, il n'y aura pas de cesse au malheur de ces pays. » Armand se mit à rêver d'une France gouvernée par des amis de la sagesse comme son grand-père Chaleron.

En 1964, il fut reçu au baccalauréat, section math élem, mention bien. Il fut inscrit aux cours de l'école de médecine qui se donnaient à l'hôtel-Dieu, au bout de la rue Georges-Clemenceau. Derrière une vaste façade en pierre grise de Volvic, s'alignaient d'interminables couloirs empuantis par des senteurs d'éther ou de chloroforme. Un long rectangle de marbre portait en lettres d'or les noms des personnes – parmi lesquelles plusieurs Pascal et monseigneur Massillon – qui avaient fait des donations à l'établissement, précisant leur nature et leur valeur : une vigne, un bois, un pré. Les dons s'arrêtaient brusquement l'année 1840. Après 1840, la charité n'avait plus cours. De larges escaliers montaient aux étages. Les chambres des malades comptaient de douze à vingt lits. Chaque patient profitait des râles de ses voisins. Entre eux, se promenait une religieuse à cornette papilionacée, toute bruissante de chapelets, de clés, de thermomètres, toute odorante de sainteté. En regardant dehors, les agonisants pouvaient apercevoir au rez-de-chaussée une fenêtre aux vitres bleues. Elle les fascinait. Ils se la montraient du doigt. Ils savaient qu'ils iraient tous y finir, tôt ou tard : celle de la morgue.

Les cours se donnaient dans un amphithéâtre. Près de là, la salle d'autopsie recevait les corps abandonnés, sans identité, sans famille, mis à la disposition des étudiants. Ceux-ci leur jouaient des farces, leur coupaient une oreille, une main, un sexe, et glissaient ces débris dans la poche d'un camarade pour lui faire une surprise.

Petit-fils d'un boulanger un peu ivrogne, Armand se sentait mal à l'aise parmi ces fils de médecins ou de pharmaciens qui préparaient leur médecine ou faisaient semblant, comptant sur les relations paternelles. Il commença de nourrir des idées anarchistes ou communistes. Il lut les œuvres de Lénine, se persuada de la nécessité d'une révolution violente comme à Saint-Pétersbourg, proche ou lointaine. « Il n'est pas dans l'histoire de grande révolution qui ait pu se faire sans guerre civile... Les révolutions sont la locomotive de l'histoire... Quiconque attend une révolution "pure" ne vivra pas assez longtemps pour la voir... Le pouvoir soviétique est un million de fois plus démocratique que la plus démocratique des républiques bourgeoises... Celui-là seul vaincra et gardera le pouvoir qui croit au peuple, qui puise sa force dans le génie créateur du peuple... »

Il lut Proudhon et se persuada que « la plus haute perfection de la société se trouve dans l'union de l'ordre et de l'anarchie ». Opinion très difficile à réaliser, car une société sans prison ni gendarmes n'est concevable que si elle ne compte ni voleurs ni assassins.

Il se passionna pour la Commune de Paris, qui essaya de résoudre ces contradictions, et il apprit la chanson d'Eugène Pottier « Elle n'est pas morte » :

> *On l'a tuée à coups de chassepot,*
> *À coups de mitrailleuse,*
> *Et roulée avec son drapeau*
> *Dans la terre argileuse.*
> *Et la tourbe des bourreaux gras*
> *Se croyait la plus forte.*

Tout ça n'empêche pas, Nicolas,
Que la Commune n'est pas morte.

Comme faucheurs rasant un pré,
Comme on abat des pommes,
Les Versaillais ont massacré
Pour le moins cent mille hommes.
Et les cent mille assassinats,
Voyez ce que ça rapporte.
Tout ça n'empêche pas, Nicolas,
Que la Commune n'est pas morte...

Ces pensées subversives ne le détournaient pas de ses études. Au contraire : il voulait prouver aux étudiants petits-bourgeois qu'un fils de pauvre pouvait faire aussi bien qu'eux. Il y travaillait jour et nuit, dimanche et semaine. Après avoir obtenu le PCB, il franchit les cinq années suivantes au prix d'efforts inouïs. Son boulanger de grand-père se plaignait de ne pouvoir le soutenir :

— Tu me coûtes les yeux de la tête !

Il en était même venu à ne plus fréquenter la rue d'Assas. Armand subvenait à ses propres besoins en pratiquant dans les grands magasins ce qu'il appelait le « prélèvement démocratique ». La chose consistait non pas à voler les articles, mais à payer dix francs ce qui en valait cinquante ou cent. Il suffisait pour cela de changer les étiquettes, de les décoller adroitement sur un produit bon marché, de les recoller ensuite sur un produit dix fois plus cher. En général, la caissière ne s'apercevait pas de la substitution ; elle s'en fichait d'ailleurs complètement. Armand put de la sorte se procurer à bon compte ce qui lui manquait : vêtements, chaussures, cravates, casquettes... Mais il s'en prenait aussi à des objets dont il n'avait nul besoin, cafetière électrique, scie sauteuse, sèche-cheveux... Il allait les bazarder à bon prix dans les brocantes qui se tenaient à Clermont ou dans ses alentours. Ainsi participait-il à la lutte des classes et à l'abaissement du capitalisme.

Sans doute n'était-il pas le seul à pratiquer le « prélèvement démocratique » puisque, par la suite, les commerçants ont remplacé les étiquettes mobiles par des codes-barres qui rendent les prix illisibles et immuables.

La préparation du doctorat comportait un stage hospitalier de trois ans. Ce fut pour Chaumette l'occasion de faire une connaissance plus approfondie de l'homme, *Homo erectus*, cet animal à deux pattes, dépourvu d'organe caudal, couvert d'une toison rare et légère, si bien que dans sa nudité native il redoute le froid et le chaud. La nature au milieu de laquelle il doit vivre lui est toujours hostile, excepté dans quelques zones de l'Afrique ; elle ne songe qu'à le faire périr et toute sa vie il doit se protéger d'elle. Mais il est à lui-même son plus grand ennemi : le fort exploite le faible, le réduit à l'esclavage, l'oblige à adorer sa condition inférieure.

Que pouvait faire contre tout ça le pauvre Armand Chaumette lorsque, dans les hôpitaux, il se trouvait face à des malades et à des mourants ? Tout juste les badigeonner de teinture d'iode et d'illusoire espérance. Certains lui baisaient les mains. D'autres l'injuriaient et le maudissaient. Il leur prenait la main, leur parlait doucement, s'efforçait de les préparer à l'inéluctable.

— J'ai peur de mourir, gémissait une vieille femme.

Il trouvait pour la remonter de pauvres raisons :

— Vous n'êtes pas, grand-mère, aussi mal que vous croyez. Demain, après-demain, vous serez toujours là tandis que beaucoup de personnes jeunes, en pleine force, seront mortes sur les routes, dans la mer, dans les rivières, dans les usines.

Il l'embrassait, lui caressait les cheveux. Il vit un célèbre écrivain, auteur de nombreux ouvrages, admiré naguère de la France entière, qui à présent ne savait plus son propre nom, ne reconnaissait plus ses enfants. Et Chaumette se demandait pourquoi Dieu, créateur de cet homme exceptionnel, avait permis une telle déchéance, un tel gaspillage de génie. Pareil à l'enfant qui saccage les fleurs de son jardin. Cela le confortait dans sa volonté de n'adorer ni dieu, ni césar, ni tribun.

En 1968, une partie de la population française perdit la boule, notamment les écoliers, les lycéens, les étudiants. Des professeurs, tenus pour réacs auparavant, se mêlèrent à ces insurgés afin d'obtenir d'eux de bonnes notes. Car, comme au temps des anciennes saturnales, lorsque les esclaves prenaient la place de leurs maîtres, quand les maîtres les servaient à table, quand les sacristains se coiffaient d'une mitre épiscopale, en mai 68 tout était renversé : les étudiants notaient leurs professeurs, des meetings avaient lieu dans les cours de récréation. Certains enseignants, ne comprenant plus rien à ces renversements, abandonnèrent leur fonction et s'engagèrent dans la Légion étrangère. On proclamait dans les universités que le plus grand romancier français était Boris Vian ; que le plus grand philosophe était Boris Vian ; que le plus grand poète était Boris

Vian. Qu'une langue est faite avant tout pour être parlée, qu'il est donc superflu de la savoir écrire. Que le baccalauréat était dû à tout le monde. Que l'idée de patrie était un concept capitaliste ; que les prolétaires n'ont pas de patrie. Que les élections sont des pièges à cons. On ressuscita l'esprit de la Commune de 1871. À Marseille, les potaches débaptisèrent le lycée Thiers qui honorait Adolphe et le rebaptisèrent Commune de Paris. À cette occasion, les historiens publièrent quelques-uns des sobriquets dont les communards se servaient pour le désigner : Foutriquet, Rural Ier, Vieux Polisson, Petit Jean-Foutre, Roi des Versaillais, Croque-mort de la nation, Crapaud venimeux, Cœur saignant, Satrape de Seine-et-Oise, Tamerlan à lunettes, l'Infâme Vieillard, le Nain grotesque, Navet malfaisant, l'Incestueux, etc.

Tu vois bien, Nicolas, que la Commune n'est pas morte.

L'ancienne Augustonemetum changeait aussi de figure. Les vieux murs du quartier pieux, rue de l'Oratoire, rue du Bon-Pasteur, impasse Saint-Austremoine, se teignaient de rose vif, de jaune, de bleu, de vert. Les slogans en graff y étaient rarement politiques. Plutôt philosophiques. Illustrés d'oiseaux, de palmiers, de fleurs, de soleils. *Je veux la liberté avec des fraises.* Parfois exprimés en un anglais bizarre, sans doute venu des Bermudes : *Life wid love. Women de heaven. God is good.* D'autres étaient peints en arabe, et c'était plus beau encore, incompréhensible ; le sens n'entravait point la grâce des lignes. C'était la forme d'un nouvel art : le pariétal.

Comme Paris, Clermont avait son trou des halles. Pour refaire le marché Saint-Pierre, on creusait profond. Ici se dressait avant la Révolution, comme il a été dit, la collégiale Saint-Pierre où Blaise Pascal reçut le baptême. Entourée de son cimetière. Le bras des pelleteuses avait bouleversé des sépultures formées de quatre parois, tels des cercueils sans fond : le défunt avait été déposé sur la terre nue. Ces ossements revoyaient avec stupeur, avant la résurrection promise, le jour des vivants. On y trouvait un os frontal qui jadis avait abrité des pensées ; des côtes qui avaient enfermé un cœur. Un bout de mâchoire planté de molaires en excellent état avait appartenu à un porc. Comme aujourd'hui, les Auvergnats du Moyen Âge étaient de grands amateurs de cochonnailles. Les gorets grouillaient autour des églises. Les cimetières n'étaient d'ailleurs pas un lieu de ségrégation. On y entrait à tout moment de la journée, on les traversait en passant. Assis sur les tombes, on cassait la croûte. En considérant les alentours, on admirait les formes et les dimensions des choses. On découvrait que la géométrie est partout présente suivant la règle du nombre d'or : 1,618. La même proportion s'applique au porche des églises, au profil des puys lointains, aux hommes, aux potirons des jardins, aux miches des boulangeries. De cette familiarité entre morts et vivants résultait une devinette : « Qui est-ce qui marche sur son frère, pour entrer dans sa mère et manger son père[1] ? »

---

1. Le bon chrétien qui traverse le cimetière et foule les tombes des défunts ; qui entre dans l'église, notre sainte mère l'Église, pour prendre l'eucharistie, le corps du Christ, c'est-à-dire le corps de Dieu.

9

Pour payer ses longues et difficiles études, Armand acceptait dans les cliniques des emplois d'infirmier, ou même de balayeur, de vidangeur, d'aide-cuisinier. À force de sacrifices, il réussit à franchir les concours et les examens. Se nourrissant parfois des rebuts abandonnés par les malades.

En 1971, un siècle après la Commune de Paris, âgé de vingt-cinq ans, il soutint devant un aréopage d'éminences médicales une thèse qui lui avait demandé beaucoup de recherches : *Influences du milieu sur l'organisme de l'homme, et spécialement météoropathologie, climatothérapie et astrobiologie.* Il y exposait l'ensemble des syndromes morbides déclenchés par les perturbations atmosphériques, en particulier chez les nourrissons ; l'utilisation bienfaisante qu'on peut obtenir des divers climats selon leurs caractères telluriques et actiniques. Il mit en évidence le rôle des astres et des taches solaires dans l'apparition des épidémies. Il suggéra les moyens et les médicaments susceptibles de réduire ces effets. Dans l'écheveau des questions embarrassantes que lui opposaient les éminences, il se dépatouilla au mieux. Leurs hochements de tête l'encourageaient. Après un conciliabule assez court de ces maîtres, leur président lui décerna le titre de docteur en médecine avec la mention très honorable, le tout inscrit sur un beau diplôme en papier d'Ambert, encadré par les portraits de huit médecins ou philosophes anciens, Platon, Aristoteles, Theofrastus, Averois, Hippocrates, Galenus, Avicena, Paré.

Quelques jours plus tard, tous les nouveaux docteurs, entourés de leurs parents et amis, se réunirent dans la grande salle de l'hôtel-Dieu dont l'ornement unique était le buste du plus grand médecin de l'Antiquité, afin de prononcer solennellement, la main levée, le serment d'Hippocrate :

« Je promets et je jure d'être fidèle aux lois de l'honneur et de la probité dans l'exercice de la Médecine.

Je promets et je jure de conformer strictement ma conduite professionnelle aux règles prescrites par le Code de Déontologie et aux principes traditionnels qui y sont contenus.

Je donnerai mes soins gratuits à l'indigent et n'exigerai jamais un honoraire au-dessus de mon travail ; je ne participerai à aucun partage illicite d'honoraires.

Admis dans l'intérieur des maisons, mes yeux ne verront pas ce qui s'y passe, ma langue taira les secrets qui me seront confiés et mon état ne me servira pas à corrompre les mœurs ni à favoriser le crime.

Je garderai le respect absolu de la vie humaine, dès la conception.

Même sous la menace, je n'admettrai pas de faire usage de mes connaissances médicales contre les lois de l'humanité.

Respectueux et reconnaissant envers mes Maîtres, je rendrai à leurs enfants l'instruction que j'ai reçue de leur père.

Que les hommes m'accordent leur estime si je suis fidèle à mes promesses.

Que je sois couvert d'opprobre et méprisé de mes Confrères si j'y manque. »

Au terme de cette formalité, les jurers se considérèrent les uns les autres, cherchant à discerner sur leurs visages le signe, le poil de barbe, le pli du front qui révélait leur parenté hippocratique, et l'inscription du principe fondamental : *Primum non nocere*. Avant tout, ne pas faire de mal. Auquel les anciens ajoutaient sarcastiquement : *Jus necandi*. Droit de tuer. Car il y a des médecins qui ne croient pas à la médecine, de même qu'il y a des prêtres qui ne croient pas en Dieu.

Armand ne s'en tint point à ce titre généraliste. Il consacra une année de plus à étudier une spécialité non reconnue par la CNAM (Caisse nationale d'assurance maladie) dont les actes, en conséquence, étaient remboursés au tarif des soins généraux : l'homéopathie. Du grec *homoios*, « semblable », et *pathos*, « maladie ». Doctrine suivant laquelle les symptômes peuvent être combattus par des agents capables de les produire à une importance très réduite. Autrement dit, elle veut combattre le mal par le mal. Son inventeur, le médecin allemand Samuel Hahnemann (1755-1843), prétendait en avoir reçu la révélation des puissances célestes. Il vint en France où il connut un grand succès, avant de mourir à Paris en bonne santé à quatre-vingt-huit ans. Un moment délaissée, l'homéopathie avait retrouvé un essor flamboyant, dû en partie au fait que ses granules, ses flacons coûtaient vingt fois moins cher que les médicaments allopathiques. Ils sont fondés sur le principe de dilution qui aboutit à des doses infinitésimales ; elles préparent le corps à supporter des doses bien plus fortes. Au fond, ce principe est très proche de celui qu'emploient les vaccins préventifs. Les opposants caricaturent volontiers l'homéopathe :

— Si vous êtes à Paris, versez une flacon de teinture d'arnica au pont de Tolbiac. Prenez ensuite un taxi et allez chercher sa dilution au pont Mirabeau, au milieu du fleuve. Voilà le médicament avec lequel les homéopathes vont vous guérir.

Lorsque l'Académie de médecine parisienne demanda l'expulsion de Samuel Hahnemann, elle obtint cette réponse de Guizot :

— Monsieur Hahnemann est un savant de grand mérite. Si l'homéopathie est une chimère, elle tombera d'elle-même. Si au contraire elle est un progrès, elle se répandra malgré toutes nos mesures de préservation, et l'Académie doit le souhaiter, elle qui a pour mission de faire avancer la science.

Des mains des médecins, elle est passée entre celles des vétérinaires. La plupart des animaux s'en sont bien trouvés. Il n'empêche que les allopathes considèrent toujours que ses granules ne sont rien d'autre que de la poudre de perlimpinpin.

En 1973, Armand fut appelé à faire son service militaire, jusque-là renvoyé à force de sursis. Au conseil de révision, il comparut dans le plus simple appareil devant des médecins en uniforme qui le mesurèrent et calculèrent son indice thoracique :

— Taille, 170. Tour de poitrine, 80. Poids, 65. Indice : 170-(80+65) = 25.

En conséquence, l'indice l'aurait jugé apte au service des armes si un certain dérèglement cardiaque ne s'y était opposé. Il ne lui restait plus qu'à trouver une commune qui voulût de lui comme médecin. Après l'avoir longtemps cherchée, il décida de s'établir à Orcival, un village dépourvu de médecin, niché dans un frais vallon, au cœur de hauts pâturages qu'arrose le Sioulet. En venant de Clermont, on longe le château de Cordès où Paul Bourget a situé son *Démon de midi* ; les charmilles en ont été plantées par Le Nôtre. Sir Laurence Olivier y a joué *Hamlet*. Orcival est dominé par une célèbre basilique, un des chefs-d'œuvre de l'art roman auvergnat. Avec ses grandes toitures de pierre, elle semble la sœur aînée des maisons environnantes, quasiment toutes consacrées au commerce. Une fontaine coule petitement. À l'intérieur, une Vierge assise sur son trône avec une royale raideur tient sur ses genoux son fils aux proportions d'adulte ; par sa tête crépue, par son nez grec, par son visage inexpressif, il semble copié sur l'Aurige de Delphes. Elle devrait être noire, comme le sont ses pareilles de Moulins, de Marsat, de Besse, de Clermont, du Puy-en-Velay et de bien d'autres paroisses ; et au contraire, elle et son Enfant sont blancs malgré la fumée des adorations. Elle est le type de ces Vierges auvergnates dites de majesté, dont le genre fut créé au IXe siècle, semble-t-il, par le moine Aleaume, orfèvre et sculpteur, architecte aussi de la cathédrale de Clermont sous l'évêque Étienne II : un parchemin dessiné au trait noir en garde le souvenir. Ce que les foules adoraient alors, c'était d'ailleurs moins la statue elle-même que ses reliques. Chacune avait dans le dos une logette à cet effet ; sur sa poitrine, un œilleton en cristal de roche permettait d'apercevoir le précieux contenu.

Les foules accourues donnent vie et chaleur à ces bois vénérables. Chaque année, le grand pèlerinage de l'Ascension lui amène des milliers de fidèles et de cierges. Beaucoup d'étudiants tiennent à faire à pied les quatre lieues qui la séparent de Clermont. Enveloppés de couvertures, de châles, de ponchos, barbus ou chevelus, embreloqués de colliers et de bracelets, ces jeunes fervents s'installent partout, jusqu'au pied de l'autel, gospélisent, grattent leurs guitares, frappent dans leurs mains, gesticulent, ondulent du postérieur. On se croirait à l'enterrement de Louis Armstrong :

> *Tu ne nous quittes point, mon frère,*
> *Tu marches simplement devant.*
> *Réserve-moi un strapontin*
> *Dans le music-hall du Seigneur.*

Depuis quelques années, les Gitans l'ont placée parmi leurs saintes patronnes. Boucanés, farouches, ils ôtent un moment leur cigarette pour baiser sa châsse et ses brancards. Leurs vieilles mâchouillent des patenôtres. Ils se marient entre eux sans bénédiction, mais ils croient au baptême et apportent des dizaines de nouveau-nés pour les présenter à l'eau lustrale. L'évêque parle d'eux dans son homélie :

— Ces voyageurs éternels, toujours à la recherche d'un havre, sont l'image de notre humanité tirée à hue et à dia par les sollicitations du plaisir et de l'intérêt, mais en quête aussi de la paix intérieure…

Tout le monde gravit le chemin de croix. Quelques-uns le font à genoux. À la façade de la basilique sont suspendus des carcans, des chaînes, des boulets. Hommages d'anciens captifs libérés. La Vierge d'Orcival s'appelle aussi Notre-Dame de Délivrance ou Notre-Dame des Fers. Des milliers de déportés sont venus la remercier après 1945 pour avoir échappé à l'extermination. On pique-nique dans les prairies environnantes au milieu des vaches rouges. On danse la bourrée. Une immense exaltation emplit ce val où le Sioulet essaie ses premiers vagissements.

Ayant trouvé une maison disponible, Armand fit graver et sceller près de la porte une plaque de cuivre :

> *Docteur Armand Chaumette*
> *Ancien interne des hôpitaux*
> *Homéopathe Allopathe*

Les habitants d'Orcival, ayant considéré ces titres, le surnommèrent Poil-aux-Pattes. Lorsqu'il entrait en conversation avec eux, ils lui exprimaient leur réserve :

— Vous ne ferez pas fortune ici, docteur. Nous n'avons pas besoin de médecin. Pour nous guérir, Notre-Dame de Délivrance s'en charge.

Ces braves paysans se demandaient comment cet homme venu de Clermont, maigre, un peu chauve, un peu voûté – avec cependant un visage agréable et de belles dents quand il souriait –, comment il osait vouloir concurrencer leur Vierge miraculeuse. La plupart des Orcivaux avaient eu recours à Elle avec plein succès, sans intervention de la sécurité sociale. Se rappelant les principes d'Hippocrate, Armand eut alors l'idée de placarder à sa porte un autre écriteau inspiré par le Dr Knock : *Pendant cette semaine, le Dr Chaumette recevra gratuitement les personnes de tous âges qui se sentent malades.* Il s'aperçut très vite en conséquence que la Dame d'Orcival n'avait pas guéri tout le monde, comme l'affirmaient les sceptiques. Toute la semaine, sa salle d'attente fut bondée. Il examina des diarrhées infantiles, des constipations chroniques, des aigreurs stomacales, des furonculoses, des ulcères de la peau, des coqueluches, des fuites urinaires, des trachéobronchites. Il usa tout un bloc d'ordonnances, employant selon les cas l'homéopathie ou l'allopathie. La Bourboule et Le Mont-Dore possédaient des pharmacies recommandables. Il expliquait aux consommateurs d'homéo les précautions à prendre :

— conserver les remèdes à l'abri de la lumière, de la chaleur, de l'humidité et des odeurs ;

— éviter d'ouvrir un tube de granules dans une pièce où l'on a fumé ;

— proscrire tous aliments ou produits parfumés ;

— utiliser les pâtes dentifrices homéopathiques ;

— ne pas toucher les granules avec les doigts ; les compter dans le couvercle du tube, etc.

La semaine suivante, le docteur Poil-aux-Pattes enleva son écriteau, s'attendant à ne plus recevoir personne. À sa grande satisfaction, il eut la surprise d'ouvrir à quelques patients. Leur nombre augmenta de semaine en semaine. Si bien qu'il jugea bon d'aller en remercier sa divine concurrente.

Il entra par la porte sud dans la basilique. Assez peu éclairée, comme toutes les églises romanes. Hésitant, il avança dans cette ombre pétrie de silence et comme ruisselante d'une grande paix. Les bruits extérieurs, le broum-broum des voitures et des motos, le braiment des ânes, n'y étaient point admis. Tout le long de la nef, deux lignes de colonnes aux chapiteaux historiés lui firent un accompagnement d'honneur. C'est à peine s'il y distingua le *Fol dives*, le Riche, ce pauvre fou, accroupi, sa bourse pendue au cou, tourmenté par deux démons qui lui arrachaient les cheveux et lui enfonçaient dans les épaules une fourche à deux dents. Il avança vers le chœur et se trouva soudain face à la Dame et à son Fils. Assise sur un trône assez rustique, vêtue d'une longue robe marquée de plaques d'argent aux plis verticaux d'où émergeaient à peine les bouts de ses pieds, elle entourait l'Enfant adulte de ses mains aux longs doigts épais, symboles de sa puissance. Lui-même tenait sur ses genoux le livre des Évangiles, timbré de l'alpha et de l'oméga.

Armand s'approcha d'elle et la salua. Non point du signe de croix qu'il ne pratiquait point, mais par une honnête révérence, la même qu'il aurait effectuée éventuellement devant la reine d'Angleterre. Il se redressa, leva la tête. Il vit qu'elle le regardait de ses yeux immenses, amygdalins. Il eut l'impression que ses lèvres bougeaient.

— Merci, mon fils, crut-il entendre, d'être venu m'aider.

— Vous aider, ma Dame ? Vous concurrencer, plutôt !

— Toi, tu guéris les corps ; moi, je guéris les âmes. Mais ces guérisons que tu as obtenues ne se seraient pas produites ailleurs qu'à Orcival. Tes petits granules n'auraient eu aucun effet sans mon secours.

— Dois-je croire, ma Dame, que vous aussi pratiquez l'homéopathie ?

— On peut dire la chose comme ça.

— Puis-je donc penser que vous m'encouragez ?

— Tu peux le penser. N'oublie pas de te soigner toi-même. Je te vois le cœur fragile.

— Il m'a épargné de faire le service militaire.

— Est-ce qu'il y a eu des cardiaques dans ta famille ?

— Mon arrière-grand-père Chaleron est mort d'une angine de poitrine.

— Je te conseille donc de prendre deux fois par jour sept gouttes de *Crataegus* dans un peu d'eau, avant les repas. Et de consommer beaucoup de vitamines.

— Merci, ma Dame, de tout mon malheureux cœur.

Il se sentit soudain pénétré d'une sorte de fluide infiniment doux. Il s'affaissa. Combien de temps resta-t-il dans cette immobilité ? Il n'avait point regardé sa montre. Tout soudain, un choc le réveilla. Il constata qu'il s'était endormi sur le tapis rouge qui montait au chœur.

— Eh bien ! fit une voix. Je suis Roussel, le sacristain. Que vous arrive-t-il ? Pour vous endormir comme ça brusquement, vous devez être bougrement fatigué.

— Je l'étais. Je ne le suis plus.

— Qui êtes-vous ?... Ah ! je vous remets. Le docteur Poil-aux-Pattes. Allez vous reposer. Et buvez un petit verre de Verveine du Velay, ça vous remontera.

— Vous aussi vous êtes homéopathe ?

— Non. C'est moi qui tiens le café-auberge d'en face, Verveine et Lentilles. Je suis natif de la Haute-Loire.

10

Les nouvelles couraient vite autour de Notre-Dame de Délivrance. On sut bientôt que le jeune docteur était un très pieux catholique ; que Roussel l'avait trouvé dans la basilique évanoui de ferveur aux pieds de la Vierge et de son Fils. Il monta très haut dans l'estime de la population. À dire vrai, Armand ne participait jamais aux offices, ni du dimanche, ni des jours fériés. Mais il fréquentait régulièrement l'église, en dehors et en dedans, pour des motifs purement esthétiques. Il lui plaisait d'examiner l'étagement des masses architecturales, la modestie des décorations, la splendide nudité des plans, les formes pures de cette géométrie, la proportion des volumes. Les lignes montaient, se déployaient, se répétaient comme une fugue de Jean-Sébastien Bach. Elles étaient le triomphe de la mathématique dans l'art. À force de voûtes, d'arcs, de coupoles, les moines-architectes auvergnats entendaient suggérer dans leurs églises une certaine image du paradis, où tout ne peut être que rondeurs et embrassements. Les analphabètes qui pendant des siècles les avaient fréquentées s'y trouvaient chez eux. Elles étaient leur école, leur catéchisme, leur université. Par elles, ils apprenaient l'histoire sainte, les vices et les vertus, les signes du zodiaque, l'astronomie, la zoologie. Ils voyaient dans la pierre des animaux inconnus : singes, chameaux, éléphants, crocodiles, et d'étranges créatures composites qui nourrissaient leurs légendes : griffons, centaures, sirènes, hommes végétaux, serpents ailés. Armand notait tout cela et en tirait des conclusions.

Cela ne l'empêchait pas – habitué dès l'enfance à courir plusieurs lièvres à la fois – de pratiquer exactement son métier de médecin. La clientèle commençait de s'épaissir. Il ne craignait pas de se rendre à bicyclette dans les hameaux du voisinage : Gioux, Saint-Bonnet, Voissieux, Bessat, Montcheneix. Il ne portait pas costume et cravate, arrivait en pull et blue-jean. Les paysans disaient de lui :

— Il est pas fier. Il essuie pas le banc avant de s'asseoir.

Ces clients possibles n'avaient pas l'habitude de se soigner, trop pauvres ou trop vieux :

— Il me reste quatre jours à vivre. À quoi ça servirait que je me soigne ?

— Peut-être à ne plus souffrir. Vous n'avez pas des douleurs ?

— Oh que si ! C'est pour la pénitence de mes péchés.

Il leur donnait un analgésique. On le payait avec un fromage sénectaire. Ou bien on ne le payait pas du tout.

— Revenez. Si votre remède m'a fait du bien, vous me direz ce que je vous dois.

La méthode chinoise. Armand n'avait pas choisi cette profession pour devenir riche. Il n'oubliait pas les leçons de Proudhon, de l'Évangile, de Romain Rolland : « La propriété c'est le vol... Malheur à vous les riches, car vous tenez votre consolation... La richesse est une maladie. » Il devint tout de même riche de clientèle.

Autour d'Orcival, gratuitement aussi, l'Auvergne lui présentait ses trésors. À l'horizon méridional, se dressait le massif du Sancy, blanc l'hiver, bleu l'été. Avant la Révolution, il fut appelé le mont d'Or et faillit donner son nom au département. Par bonheur, le député de Clermont Gaultier de Biauzat proposa à la Constituante celui de Puy-de-Dôme, disant :

— Je préfère cette dénomination afin d'éviter que l'on ne conçoive l'idée de richesse en le prononçant, et pour prouver qu'il est plus facile chez nous de peser l'air que de peser les écus.

Allusion à l'expérience de Blaise Pascal et de son beau-frère Florin Périer. Les autres députés clermontois applaudirent et décidèrent d'édifier un monument au parrain de leur département. Mais, ayant considéré le devis qu'on leur présentait, ils renoncèrent à cette dépense et donnèrent seulement son nom à une de leurs rues. Quelques coups de pinceau y suffirent. Par surcroît de précaution, ils changèrent l'appellation dudit mont d'Or pour celle de Sancy, qui est le nom d'un diamant.

Le sommet en serait difficile à atteindre si l'on n'avait pas installé un funiculaire dont les câbles se rompent de temps en temps, juste pour ajouter au plaisir de l'ascension le plaisir de la peur. Le docteur Poil-aux-Pattes ne manqua pas de s'y risquer. Il arriva sans dommage au terminus. Pour atteindre les mille huit cent soixante-six mètres du sommet, il dut se hisser encore par un chemin de chèvres. Et pour finir, à quatre pattes, le long de crêtes vertigineuses. De ce point, s'offrait un merveilleux spectacle : la sculpture du massif des Monts-Dore sans particule. Une énorme pièce montée construite jadis par des éruptions volcaniques, saccagée ensuite à plaisir par les glaciers quaternaires. Ils y ont creusé des vallées rayonnantes en *U* majuscule, n'ayant d'égard que pour les roches les plus dures. Ainsi Tuilière et Sanadoire, dressées comme deux sentinelles perdues. La première a longtemps servi de carrière à tuiles. La seconde héberge un écho capable de répéter une longue salutation.

Sur ces montagnes, la gentiane élève vers le ciel l'offrande de ses calices. Les gentianiers l'arrachent à de grandes profondeurs en se servant d'un pic dont le fer courbe évoque l'arc d'Ulysse. Partout l'eau ruisselle, cascade, stagne ou jaillit. Les lacs sont les yeux de l'Auvergne, ils en reflètent exactement les humeurs. Bleus dans sa gaieté, gris dans sa tristesse, noirs dans sa colère. Le plus sombre, le plus profond, le plus mystérieux, le Pavin, dont le nom signifie Épouvante. Il y eut autrefois sur ses rives un village dont les habitants pratiquaient les commandements du diable. Las de leurs crimes, le Maître du monde les précipita un jour dans le lac épouvantable. Par beau temps, quand son eau est transparente, on distingue fort bien les tours, les toitures du village englouti.

Armand prenait un plaisir extrême à consommer des yeux ces paysages. Pour mieux le faire, il renonça à la bicyclette et acheta une moto Honda CB 750 Four à quatre cylindres, à freins à disques. Sur cette machine, il faisait fuir la volaille et terrorisait les Orcivaux. Ceux-ci durent pourtant s'y habituer. Des années passèrent. Il prenait ses repas de midi et du soir chez Roussel, Verveine et Lentilles, l'aubergiste-sacristain. Au petit déjeuner, deux tartines lui suffisaient. Madame Roussel lui recommandait de se nourrir davantage :

— Si vous restez toujours aussi maigre, il vous faudra remplir vos poches de pierres comme un personnage du *Capitaine Fracasse*.

C'était une personne instruite, elle avait lu Théophile Gautier. Lui prétendait au contraire qu'une certaine légèreté de poids est bonne pour le cœur ; que les maigres deviennent plus vieux que les obèses. Prenant son pouls aux carotides, il constatait néanmoins qu'il souffrait souvent d'extrasystoles. Son cœur s'interrompait toutes les vingt pulsations, puis il repartait. Il s'appliqua le traitement conseillé par la Dame d'Orcival, sept gouttes de *Crataegus* dans un peu d'eau avant les deux principaux repas. Auxquelles il se permit d'ajouter du *Phosphorus triiodatus*, cinq granules chaque matin.

Après quoi, il rencontra la factrice Amandine. Et les pulsations de son cœur prirent une autre signification.

Peu de femmes vers 1975 portaient le courrier dans les campagnes à cause des distances. Amandine Ceyssat en était une. Chaque matin, elle partait à pied du hameau de Rouchaube, arrivait à huit heures à la poste d'Orcival où elle procédait au tri. Rarement plus de deux cents plis ou lettres. Coup de tampon sur chacun. Elle les rangeait dans sa sacoche de cuir, coiffait son béret bleu marine marqué de l'oiseauflèche argenté, se mettait en route. À la porte du docteur Chaumette, elle glissait dans la boîte ce qui lui revenait ; mais elle devait sonner quand elle apportait un ou plusieurs paquets. Dans ces occasions, en même temps que les objets, il recevait un joli sourire et un « Bonjour docteur ! ». Il remerciait.

Quatre heures de suite, elle battait la campagne. Pour se distraire, elle tirait de sa poche un livre qu'elle empruntait à la bibliothèque de l'école. À treize heures, elle rentrait chez elle avec vingt kilomètres dans les pattes. Et *La Mare au diable* dans la tête.

Ses parents élevaient un troupeau de vaches salers qu'elle gardait l'après-midi sur les pentes. La salers nourrit non seulement les hommes, mais chacune aussi deux milliers de mouches occupées à lui butiner le front et le ventre. À leur tour, ces mouches nourrissent des étourneaux qui prennent ses cornes pour perchoir. La Barrade a ses habitués. Et de même la Dragonne, la Clermonte, la Comtesse. Avec l'aide de son chien Barbu, Amandine les surveillait, les éloignait du vératre blanc, ou fausse gentiane, qui est un poison pour les animaux, mais que l'homéopathie emploie contre les phlébites. En fin de journée, les vaches, le chien et Amandine redescendaient pour la traite. Elle exerçait donc deux professions : le matin femme de lettres, l'après-midi fille de ferme.

Un jour, alors qu'elle revenait de sa tournée, sa sacoche vide lui battant l'échine, elle fut rejointe par une Honda 750 qu'elle reconnut pour celle du docteur Poil-aux-Pattes. La moto s'arrêta, Armand leva sa visière, lui fit un salut, proposa de la ramener en croupe à Rouchaube.

— Je ne veux pas vous déranger, protesta-t-elle mollement.

— Pas du tout, ça m'arrange.

— C'est la première fois que je monterai à motocyclette.

— Tenez-vous bien. N'ayez pas peur de me prendre à bras le corps.

Elle s'installa. Il lança quelques coups d'accélérateur pour faire une démonstration de sa puissance. Ils partirent vers Rouchaube.

— J'ai peur ! cria-t-elle.

— Serrez-moi bien.

Elle l'étreignit. Il sentit sur sa nuque le chatouillement de ses cheveux roux. Il devinait contre son dos la tendre élasticité de ses lolos. Ils arrivèrent à Rouchaube. Trop vite, beaucoup trop vite. Elle mit pied à terre. Pour le remercier, elle l'embrassa sur les deux joues.

— Encore ! demanda-t-il.

Elle lui servit une seconde tournée. Il apprécia la douceur de sa peau, la fragrance naturelle qui émanait de sa personne. Il resta longtemps à califourchon, la regardant s'éloigner vers la ferme de ses parents. Ses malades lui apportèrent un divertissement. La nuit d'après, il eut de la peine à fermer l'œil.

— J'ai rêvé de vous, lui confia-t-il le lendemain.

— De moi ? Quel genre de rêve ?

— Je n'ose vous le dire. C'est trop... c'est trop spécial.

— Je sens que vous allez me faire rougir.

— Allons, il vaut mieux que je parle. J'ai donc rêvé que nous étions tous deux au bord de la mer, assis sur la plage. Et nous faisions... Devinez !

— Je ne vois pas !
— Nous faisions des pâtés de sable.
— Rien d'autre ?
— Rien d'autre.
— Vous êtes un joli farceur.

Toute la semaine qui suivit, il la pourchassa comme le lévrier pourchasse le lapin. Certaines fois, elle se faisait prier. En fin de distribution postale, elle acceptait toujours qu'il la ramenât chez elle. Jusqu'au jour où elle s'aperçut qu'il ne prenait pas le bon chemin.

— Où m'emmenez-vous ? demanda-t-elle avec un peu d'inquiétude.
— Prendre le frais. Il fait une chaleur étouffante.

Ils furent bientôt sur les bords du lac Servière, en même temps que des dizaines d'autres personnes, les pieds dans l'eau. À l'opposé, des vaches y descendaient boire. Ils n'eurent pas de peine à trouver un peu d'ombre herbue et solitaire.

— Asseyez-vous. J'ai quelque chose à vous dire.

Elle déposa la sacoche, enleva son béret, secoua ses cheveux qui flamboyèrent. Elle prit la place qu'il lui désignait. On entendait les cris des enfants et les mugissements des bovins. Une pancarte disait : *Il est interdit de se baigner*. Une multitude de baigneurs bravaient l'interdiction. D'autres se contentaient de se cuire au soleil côté face et côté pile.

— Avez-vous remarqué que nos deux prénoms ont quelque parenté ? Vous Amandine, moi Armand ?
— Je m'en étais aperçue. Un masculin, un féminin.
— Il me semble qu'ils ont été créés pour s'unir. Amandine, voulez-vous être ma femme ? Acceptez-vous de vous appeler bientôt madame Chaumette ?

Elle ouvrit les bras pour dire oui. Leurs deux bouches se scellèrent.

— Un jour, promit-il, nous irons réellement faire des pâtés de sable.

Il fallut régler les points des accordailles. Le couple habiterait dans Orcival une maison indépendante avec jardin. Elle abandonnerait son emploi de factrice pour devenir la secrétaire-réceptionniste du docteur. Il signerait une assurance-vie sur la tête de sa femme afin de lui garantir une rente honorable en cas de décès.

Une grave dissension faillit cependant empêcher l'affaire : Armand ne voulait pas entendre parler de mariage religieux ; il voulait un mariage républicain, avec le seul passage devant le maire. La belle-mère s'y opposa vertement, affirmant qu'un mariage sans prêtre est un mariage de chiens. Amandine, en termes plus doux, était du même avis :

— Je souhaite que tous les liens possibles nous unissent, municipal, notarial, républicain, religieux. Si tu m'aimes assez, tu les accepteras tous.

— Dans l'église, je ne saurai pas faire les gestes qui conviennent.

— Je te les apprendrai.

Il finit par consentir. Les noces eurent lieu le samedi 11 juin 1976. Armand venait d'accomplir sa trentième année. Amandine n'en était encore qu'à la vingt-quatrième. Il avait invité ses grands-parents boulangers, des cousins et cousines, quelques condisciples endoctorés comme lui à Clermont. Sa mère avait préféré s'abstenir. Le maire d'Orcival les régala d'un petit compliment. La cérémonie religieuse se déroula selon les rites habituels, sauf qu'il fit les signes de croix de la main gauche, par étourderie. Les jeunes époux échangèrent leurs anneaux et leurs consentements.

— Je vous unis, dit le prêtre, pour le meilleur et pour le pire.

La Dame et son Enfant suivaient la cérémonie de leurs yeux sans paupières.

Ils se retrouvèrent dans la sacristie en compagnie de leurs témoins, de leurs parents et amis. Le prêtre les coucha sur son registre. La pièce sentait le cigare éteint, l'encens, la naphtaline. Le tout produisait une atmosphère quasi irrespirable. Alors se produisit le plus incroyable des incidents. Armand venait de remettre la plume dans l'encrier lorsque soudain on le vit blêmir, s'accrocher à la table, tomber sur le pavement. Cris d'effroi de toute l'assemblée. La mariée pâlit à son tour et elle l'aurait rejoint si ses parents ne l'avaient retenue. Déjà l'un des médecins invités expliquait :

— L'émotion... Le manque d'air... L'odeur du tabac... La chaleur étouffante.

En même temps, il distribuait à son collègue une série de gifles – pif ! paf ! – pour le tirer de sa pâmoison. Silence consterné, sanglots d'Amandine, prières de la belle-mère. Après la troisième claque, il se redressa, disant :

— Je crois bien qu'il ressuscite.

Impression qui se confirma peu après. Il fallut tout de même aider le jeune marié à se relever. Amandine sécha ses yeux et lui donna le bras pour le meilleur et pour le pire. À Rouchaube, le festin prévu se fit quand même. Il y assista pauvrement. Il passa la nuit de noces à dormir entre deux oreillers. Les jours suivants, il se soigna en prenant chaque soir des granules d'*Arnica*, de *Phosphorus triiodatus* et de *Gelsemium*. Au bout d'une semaine, il put accéder aux délices conjugales. Y compris à la confiture de prunes, une spécialité d'Amandine.

11

Il entreprit de cultiver le jardin prévu dans les accordailles. Il savait que bêcher, semer, piocher sont des exercices excellents pour le cœur. Descendant de la boulange, il s'était pris d'affection pour la terre dont il ne venait pas. Il cultivait des légumes oubliés, des fèves, des arroches blondes, de l'oseille, des raiponces, des rutabagas. Il en étudiait les saveurs, les vertus, en faisant profiter ses voisins orcivaux. Il n'employait aucun insecticide chimique, mais associait à ses plantes des espèces capables d'éloigner les pucerons, les chenilles, les doryphores ; ainsi, des œillets d'Inde ou de l'absinthe près des choux et des poireaux.

Pendant ce temps, à huit cent soixante mètres au-dessus du niveau de la mer et bien plus haut au-dessus de la pensée des hommes, Orcival menait tranquillement sa petite vie semi-montagneuse. Chaque saison prenait nom des fruits qu'elle produisait. Mars, avril, mai étaient le temps des doucettes au revers des talus et des pissenlits dans les taupinières ; on les assaisonnait, plutôt qu'à l'huile, au lard fondu. Juin, juillet, août amenaient les guignes et les cerises dont les fermières préparaient des clafoutis qu'elles appelaient des milhars, de sorte que tous les Orcivaux devenaient des milhardaires ; la fin août était aussi la saison des airelles et des mûres qui bleuissent la langue. Septembre, octobre, novembre étaient la saison des pommes, des poires, des coings ; on en a à revendre, on en donne aux cochons, et aux curés quand les cochons n'en veulent plus. Décembre, janvier, février étaient la saison des nèfles, immangeables dans leur fraîcheur, qu'il faut laisser blettir sur la paille, et des prunelles qu'on peut distiller.

Rien d'important ne se produisait donc à Orcival excepté le pèlerinage de l'Ascension, la procession de la Vierge et de son Fils. Depuis des siècles, l'Auvergne se considérait comme une sorte de Palestine. Ses rassemblements étaient aussi jadis des points d'amusement ; les bateleurs s'y installaient, les vendeurs d'orviétan, les montreurs d'ours. D'où peut-être le nom d'Orcival. Pour sa part, Chaumette ne s'était pas réconcilié avec le Christ ; et s'il lui arrivait, à l'occasion d'un enterrement, d'un mariage, d'un baptême, de devoir entrer dans la basilique, il se signait toujours de la main gauche. De temps en temps, son cœur avait des fatigues. Il accrochait à la porte de son cabinet un écriteau : *Fermé pour trois jours. En cas d'urgence, s'adresser au médecin de Rochefort-Montagne.* Si son arrêt était plus long, il engageait un remplaçant. Lui-même se faisait ausculter. Il devait accepter des remèdes allopathiques car aucun de ses collègues ne croyait à la poudre de perlimpinpin. Ils le bourraient de magnésium, de chlorhydrate de pyridoxine, de digitaline, de spartéine. Il avait certains jours des crises d'asystolie. Il dut subir une saignée phlébotomique comme celles des médecins de Molière.

Dans les deux familles, on attendait, selon l'ordre logique des choses, la naissance d'un enfant. Celui-ci ne se décidait point à venir. Les Ceyssat, naturellement, accusèrent l'incapacité de leur gendre. La vaine espérance dura ainsi cinquante-deux mois. Or l'année 1980, alors que le docteur Poil-aux-Pattes venait de sortir de son chômage, de courir de nouveau la campagne sur sa Honda 750, voici qu'Amandine se trouva, comme on dit dans Orcival, en situation embarrassante. C'était une fille de la terre, nourrie dans son enfance de pain gris, de lard, de fromage. Pour l'aider dans sa grossesse, Armand lui proposa des granules contre les fourmillements ; elle les refusa.

— Une bonne alimentation me suffira, viandes grillées, légumes verts, peu de féculents.

À force de le fréquenter, lui et ses prescriptions, elle avait capté la moitié de son savoir, comme font les épouses d'instituteurs, de cuisiniers, de tailleurs d'habits. Elle se fiait aussi à la Dame blanche qui aurait dû être noire.

L'enfant – une petite fille – naquit le 24 juin 1980, jour de la Saint-Jean-Baptiste, sans le secours d'aucune sage-femme. La grand-mère Ceyssat, venue de Rouchaube, y avait pourvu, selon la tradition auvergnate. La nouveau-née se révéla une gaillarde aussi vigoureuse que sa mère, dont elle était d'ailleurs en miniature le portrait tout craché. La maison déborda de bonheur. Amandine sécrétait suffisamment de lait pour qu'on pût se passer de biberon. Armand tenait cette adorable créature dans ses bras, la pressant contre sa poitrine comme s'il eût été la nourrice.

On dut lui donner un prénom. La grand-mère proposa Baptistine puisqu'elle était née le jour de la Saint-Jean-Baptiste.

— Je n'aime pas ce saint, protesta le jeune père. Un bavard. Ses commérages lui valurent d'être décapité. Si vous voulez donner à cette petite le nom d'un saint, trouvez-lui un saint heureux, une sainte heureuse.

Les deux femmes cherchèrent sur le calendrier des Postes des saints connus pour leur bonheur terrestre. Elles n'en trouvèrent point. Elles consultèrent le curé de la basilique, qui confirma : il n'y a pas de saint heureux, tous ont été martyrisés ; c'est ainsi qu'ils ont gagné l'auréole. Le père répéta qu'il ne voulait pas d'un prénom qui portât malheur.

— Et alors, comment on va faire ?

— Je propose qu'on lui donne un nom de fleur. Et je choisis Gentiane. C'est une plante de chez nous.

— Gentiane ! se récrièrent les deux femmes. Jamais personne n'a été baptisé Gentiane.

— Il y a un commencement à tout. Elle ne sera pas la première à porter un nom de fleur : pensez à Muguette, Anémone, Véronique, Angélique, Violette.

— Tout de même ! Le nom d'un apéritif !

— Ce sera Gentiane ou rien du tout ! Je suis le père. Elle s'appellera Gentiane Chaumette !

Consulté de nouveau, le curé exprima une réserve :

— Je veux bien qu'elle porte ce nom de baptême. Mais il n'existe dans le ciel aucune sainte Gentiane. Elle n'aura pas de sainte patronne pour la protéger. Vous pouvez toutefois lui donner un second prénom. Je peux très bien la baptiser Marie Gentiane. Ou Gentiane Baptistine. Ou Gentiane Émilie.

Le père accepta cet arrangement : sa fille fut prénommée Gentiane Véronique. Nom de la sainte femme qui essuya le visage de Jésus montant au Calvaire, couvert de sang et de sueur. Le prêtre et le curé en furent d'accord. Armand accepta même de remettre les pieds à l'église pour assister à la cérémonie baptismale.
— *Ego baptizo te, Gentiana Veronica, in nomine Patris, et Filii, et Spiritus Sancti. Amen.*

Fut-ce à cause de ce prénom de plante apéritive ? Toujours est-il que, par une sorte de contagion, le docteur Poil-aux-Pattes retrouva dans les années qui suivirent un peu plus d'appétit. Il ne boudait plus sur les soupes, les potées, les omelettes que lui préparait Amandine. Il reprit un peu de poids et n'eut pas besoin, comme le Tranche-Montagne de Gautier, de se remplir les poches de cailloux pour résister aux vents. Car sur les pentes de ce massif, il n'en soufflait pas moins de huit. Tous au féminin comme l'exigeait leur origine latine. La perpezanne, qui venait de Perpezat, apportant parfois les pluies de l'Atlantique. La bize, vent du nord-ouest, froide, mais pas glaciale, et son diminutif le bizou. La bize noire, très froide, arrivait du nord. Au contraire, la bize blanche venait du midi sans rien apporter. La matinale, du sud-est à la saison chaude, apportait souvent des orages. Le soleil droit, de l'orient, sec et froid, avec le lever du soleil. La traverse soufflait plein occident, chargée de longues pluies. Aucun de ces vents n'empêchait Armand d'enfourcher sa Honda.

La petite Gentiane grandissait bien. Avec d'étranges yeux noisette entourés de vert. À douze mois, elle sut marcher toute seule et prononcer les premiers mots.

Armand la prenait sur ses genoux. Elle lui tirait le nez, le menton, les oreilles. Ils se montraient passionnés l'un de l'autre. Le soir, couchée dans son berceau près du lit matrimonial, elle refusait de s'endormir, disant :

— Main !

Il lui tendait la sienne. Et aussitôt elle partait au pays des merveilles.

Il ne se doutait pas que certains mauvais esprits faisaient courir des allégations sur son ménage. Resté stérile quatre années, celui-ci avait soudain produit le fruit d'une naissance inespérée, certainement due au remplaçant. Un beau jeune homme, fraîchement adoubé, avec des yeux noisette entourés de vert ; il ne s'était pas contenté de remplacer le médecin dans son cabinet. La calomnie courait de bouche à oreille. « D'abord un bruit léger, rasant le sol comme l'hirondelle avant l'orage, *pianissimo* murmure et file et sème en courant le trait empoisonné. Telle bouche le recueille, et *piano*, *piano* vous le glisse en l'oreille adroitement. Le mal est fait, il germe, il rampe, il chemine, et *rinforzando* de bouche en bouche il va le diable[1]... »

Chaumette ne soupçonna rien jusqu'au jour où il eut une altercation verbale avec Renard, le charcutier de Rochefort-Montagne, qui venait de lui couper la route avec son fourgon. Armand put l'éviter par une embardée qui l'envoya dans le fossé avec sa moto. Il se releva sans trop de mal, remit la Honda sur ses roues et se préparait à repartir lorsqu'il vit le charcutier venir à lui avec un regard mauvais.

---

1. Beaumarchais, *Le Barbier de Séville*.

— C'est pas, vociféra-t-il, pasque t'as une moto japonaise que t'as le droit de courir comme la foudre. Je te reconnais, t'es le toubib d'Orcival. Moi je suis qu'un pauvre artisan. T'as failli me foutre en l'air.

— Mais, protesta Poil-aux-Pattes, as-tu la moindre idée de ce qu'est le Code de la route ? Tu avais un stop et tu l'as brûlé.

— Je serais passé tranquillement si tu m'avais pas foncé dessus.

Commencée *moderato*, la conversation s'éleva très vite à *furioso*. Renonçant enfin à discuter, le charcutier remonta dans son fourgon en lançant par la portière :

— Cocu ! Cocu ! À Orcival, tout le monde sait que t'es cocu !

Et il s'éloigna, laissant Chaumette pétrifié. Ayant normalement achevé la tournée de ses malades campagnards, il rentra chez lui. Il trouva sa femme occupée à donner la becquée à Gentiane Véronique. Voyant rentrer son père, la petite battit l'air de ses bras, comme un oisillon qui cherche à s'envoler. Elle désirait manifestement qu'il la prît, mais il lui recommanda de finir d'abord la soussoupe. Il baisa Amandine sur le front. C'est plus tard, quand il se fut dépouillé de ses vêtements de cuir, qu'il put s'emparer de la petiote. Les voilà partis tous deux, d'abord autour de la fontaine, puis sur la route qui descend vers la roche Sanadoire. Arrivé sur le site d'où on lance l'écho, il s'assit sur une pierre, tint l'enfant sur ses genoux et lui adressa la parole :

— Est-il vrai que tu n'es pas ma fille ?

Elle sourit. Il discerna dans ses yeux noisette un double rayon de lumière. Elle répondit d'une voix un peu baveuse :

— Bou... bou...
— Répète un peu ! supplia-t-il.
— Bou... bou...
— Tu as raison. On s'en fout !
D'une voix forte, il lança vers l'écho :
— On s'en fout ! On s'en fout !
Et l'écho répéta :
— On s'en fout !... On s'en fout !

Une certaine année, il y eut des élections municipales. Le docteur Chaumette eut l'étrange idée de présenter sa candidature. Deux listes se faisaient face. Une de droite, paysans aisés, commerçants, fervents adorateurs de la Vierge blanche. L'autre de gauche, un instit retraité, un artiste peintre, un rempailleur de chaises, un rebouteux... Armand ne voulut appartenir à aucune. Il se présenta comme extrême gauchiste. Proudhonien. Communard. Quelques affiches furent placardées où l'on pouvait lire les éléments des trois programmes. Deux n'étaient pas très éloignés l'un de l'autre : « Amélioration des chemins vicinaux. Installation d'un camping et d'un plan d'eau à l'usage des touristes. Secours aux agriculteurs. Ramassage et tri des ordures ménagères. Subvention à la caisse des écoles et au Secours catholique. Réfection de la toiture du presbytère... » Pour présenter le sien, Armand fabriqua lui-même une douzaine de placards manuscrits qu'il alla coller aux points stratégiques : « Longévité de la population améliorée grâce aux soins homéopathiques obligatoires. Construction d'une crèche gratuite pour les bébés des mères célibataires. Interdiction de l'humiliante appellation de "filles mères". Construction d'une salle de gymnastique où seront reçues les personnes handicapées. Interdiction générale des postes de télévision, remplacés par un tambour de ville qui publiera chaque soir les nouvelles importantes... »

Tout le monde comprit que ce dernier programme était celui d'un farceur. Mais le candidat était si populaire qu'il obtint assez de voix pour être élu et bien élu. Lorsque les nouveaux conseillers se réunirent, il ne fut pas choisi cependant à la fonction de maire et dut se contenter d'une place d'opposant indépendant. Il assistait régulièrement aux délibérations municipales. Lorsque le maire demandait : « Ceux d'entre vous qui sont pour ma proposition, veuillez lever la main », il ne levait jamais la sienne. Il était toujours contre. Contre l'abattage des tilleuls qui gênaient la circulation. Contre les réparations à la basilique. Contre la fermeture de l'école par manque d'effectifs. Contre les diverses subventions. Il vota même contre le recrutement d'un garde champêtre-tambour de ville, oubliant qu'il l'avait proposé lui-même.

En 1986, Amandine donna un petit frère à Gentiane Véronique. La cérémonie du baptême se répéta dans les mêmes conditions.

— J'ai choisi d'appeler mon fils Marx, dit-il au curé.

— Vous voulez dire Max, abrégé de saint Maxime, qui fut évêque de Jérusalem au IVe siècle ?

— Pas du tout. Marx avec un *r* au milieu, comme Karl Marx.

— Mais Karl Marx n'était pas un saint !

— Il l'aurait mérité. Il a fondé une religion nouvelle, le marxisme.

Le prêtre haussa les épaules. Il connaissait son homme. Lorsqu'il bredouilla la formule latine, on ne sut pas s'il avait prononcé le *r* ou non.

Pour remercier sa femme de lui avoir fait ce deuxième cadeau, se rappelant une promesse ancienne, Chaumette emmena toute sa famille au bord de la mer. Sur les plages vendéennes, tous quatre firent une quantité de pâtés de sable.

En 1987, Armand fut frappé d'une angiocardite sévère. Une ambulance le transporta au Centre hospitalier universitaire de Clermont. On lui fit subir une infinité d'examens, extérieurs et intérieurs, depuis le crâne jusqu'aux orteils. Les médecins ne dissimulèrent pas la vérité à leur collègue :

— Tu souffres d'une cardiomyopathie dilatée, sans doute d'origine héréditaire.

— Je la dois probablement à mon arrière-grand-père Chaleron.

— Un de ces quatre matins, tu vas le rejoindre. À moins qu'on ne te trouve un cœur de remplacement.

— À ce point ?

— Ni l'homéopathie ni l'allopathie ne peuvent te tirer d'affaire.

— Sans transplantation, combien de temps me donnes-tu ?

— Si tu pratiques un repos absolu, deux mois. Peut-être trois.

— Qu'appelles-tu repos absolu ?

— Sans activité professionnelle. Sans jardinage. Sans fatigue amoureuse.

— Si on me greffe le cœur d'un autre, quelle pourra être ma survie ?

— Dix ans. Peut-être davantage. Le Marseillais Emmanuel Vitria, transplanté en 1968, a survécu dix-neuf ans. En 1972, il est même allé à l'enterrement de son chirurgien Edmond Henry. Il faut dire que celui-ci est parti d'un cancer.

— Est-on sûr que j'aurai un cœur disponible ?

— On n'est sûr de rien.

— Et s'il n'y en a pas ?

— Je te laisse imaginer la suite.

— N'a-t-on jamais essayé des cœurs artificiels ?

— Aux États-Unis, on en a fabriqué un en aluminium et polyméthane. Il a été implanté à Salt Lake City dans la poitrine d'un dentiste. Ce dernier est mort après quatre mois d'usage.

— Tout ça est très encourageant. C'est bon. Inscris-moi sur la liste des demandeurs.

Rentré chez lui, il vécut des semaines et des semaines une vie végétative, dans l'attente d'un cœur disponible. Ne produisant d'autre effort que pour se nourrir, se laver, respirer, éternuer. Parfois, des crises d'étouffement lui laissaient prévoir une fin prochaine. Il lut des romans. Il fréquenta des poètes connus ou inconnus. Il aimait Pierre Moussarie, ignoré de tous sauf de quelques privilégiés, qu'aucun médecin n'avait su guérir :

> *Mourant, qu'on me porte au soleil,*
> *Sur un brancard, sur une claie,*
> *Pour ce miracle du réveil,*
> *Les merles dans la cerisaie.*
> *Passés les espoirs du matin,*

> *J'accepterai mieux la disgrâce*
> *De m'abandonner au destin*
> *Qui veut pour un autre ma place.*
> *Passé le débat des oiseaux,*
> *Passé le cap des repentailles,*
> *Saurai-je enfin d'un cœur nouveau*
> *Consentir à mes funérailles ?*[1]

Le 11 août, Armand Chaumette fut informé qu'il allait recevoir le cœur d'un accidenté. Un hélicoptère le transporterait à l'hôpital cardiologique de Bron (Rhône).

---

1. Pierre Moussarie, « Poème pour m'aider à mourir », *Fin de saison*.

12

Anna Stapinski se rongeait les mains de fureur contre elle-même. Elle n'avait pas souhaité ce cinquième enfant, il était venu quand même, et voilà que le ciel le lui enlevait pour la punir d'avoir voulu s'opposer aux volontés de Dieu. Elle avait oublié que Dieu a toujours raison. Elle devait le remercier de le lui avoir laissé cinquante ans. Elle signa l'autorisation écrite de lui arracher le cœur.

— Et si je vous proposais de m'arracher plutôt le mien ?

— Il ne nous intéresse pas. Il est trop vieux.

— Savez-vous au moins à qui vous le donnerez ?

— Nous le savons, même si nous ne pouvons vous révéler son identité. Entre plusieurs demandeurs, nous avons choisi celui qui, par l'âge, par la compatibilité sanguine, par l'état général convient le mieux.

Le corps de Jules Stapinski fut transporté dans le bloc opératoire. L'équipe chirurgicale ouvrit le thorax, scia les côtes, découpa de façon longitudinale le sternum. Penché sur le cœur, elle constata qu'il se contractait faiblement, mais régulièrement, et ne montrait aucun signe de contusion. Ils l'immobilisèrent à l'aide d'un liquide dans la racine de l'aorte. Il fut ensuite détaché des veines et des artères comme on sépare un melon de sa plante nourricière. L'organe passa dans un conteneur stérile contenant une solution de sérum froide d'environ quatre degrés Celsius et fut emporté par hélicoptère Alouette vers l'hôpital cardiologique de Bron où il arriva une heure plus tard.

Ce qui restait de Jules Stapinski fut proprement refermé. Sa tête enveloppée d'un bandeau épais lui conférait un certain air musulman. On l'habilla de vêtements secs et propres, on lui mit une cravate, on lui colora les joues. Il fut placé dans un cercueil de première catégorie et transporté au cimetière de Waziers, près de son père et de son grand-père, accompagné par une foule énorme, franco-polonaise. L'église ne suffit pas à recevoir tout ce monde. Un orchestre joua l'hymne national *Jeszcze Polska nie zginela*. La Pologne n'est pas morte. Le cœur de Jules non plus.

Une Alouette rouge se déposa sur le terrain d'atterrissage du CHRU de Clermont-Ferrand. Allongé sur un brancard, Armand Chaumette y fut introduit en compagnie de deux infirmiers.

— C'est la première fois, dit-il, que je voyage par les airs. Est-ce que je pourrai m'asseoir pour regarder le paysage ?

— Non, il ne faut pas. Vous devez rester couché. De toute façon, on ne voit pas grand-chose, on vole souvent dans les nuages. Nous vous raconterons ce qu'on devrait voir. Restez bien tranquille. Et ne dormez pas. Gardez les yeux ouverts.

Pour ne pas s'endormir, il chantonnait *Alouette gentille alouette, Alouette je te plumerai...* Ses gardes du corps l'informaient :

— Nous survolons Thiers et les Bois Noirs... Nous survolons Feurs... Nous survolons le Rhône...

Il se rappelait ce berger auvergnat qu'il avait rencontré sur les pentes du Sancy, au milieu de ses moutons, et qui avait tendu un index vers le ciel, en disant :

— Tiens !... Une hélicoptère !

Et Chaumette de rectifier :

— Un hélicoptère.

— Foutre ! Vous avez une meilleure vue que la mienne !

L'instant d'après, l'Alouette rouge atterrit sur le terrain de l'hôpital cardiologique de Bron. Il était attendu. On l'interrogea.

— Je m'appelle Armand Chaumette, fils de Chaumette Sidonie. Père inconnu.

— Inconnu de vous, pas de votre mère.

— Elle ne m'a jamais fait de confidences sur ce détail.

— Profession ?

— Docteur en médecine, homéopathe et allopathe. Les médecins aussi ont des problèmes de santé.

On le prépara comme on prépare un poulet en le plumant de la tête aux pieds avec un rasoir électrique. On le badigeonna du cou jusqu'aux genoux d'un désinfectant couleur café au lait. On le couvrit d'une blouse blanche fermée par-devant, ouverte par-derrière. On le coiffa d'une calotte. On l'enroula dans un drap. On le déposa sur un chariot et on l'emmena en promenade tout le long des couloirs de l'hosto dont il voyait défiler les plafonds. De temps en temps, le rouleur demandait :

— Vous vous sentez bien ?
— Comme un bébé dans sa poussette.
— Parfait.

Ils arrivèrent dans le bloc opératoire où l'attendait une équipe de huit personnes, toutes masquées de blanc jusqu'aux yeux. On le poussa sous le scialytique, le lustre immense qui éclaire sans produire d'ombre. L'anesthésiste saisit son poignet pour une injection intraveineuse.

— Comptez jusqu'à dix.

À sept, il tomba dans un sommeil bienheureux, entretenu régulièrement par un flux de substance dormitive. Après quoi, on lui enfonça dans la bouche et dans la trachée un tube de caoutchouc pour lui permettre de respirer bien à son aise. Plus bas, on le munit d'une sonde vésicale afin de recueillir ses mictions éventuelles.

Les chirurgiens firent ce qu'ils avaient à faire, selon les enseignements des docteurs Barnard, Shumway, Lower, Cabrol, Guiraudon, Mercadier. Pendant un certain temps, le patient, débarrassé de son mauvais cœur et pas encore pourvu du remplaçant, se trouva sans cœur du tout. Le mouvement sanguin fut assuré par une machine CEC, une sorte de pompe aspirante et foulante chargée de la circulation extracorporelle. Pendant cet intervalle, le cœur de Jules Stapinski put être mis en place, suturé à l'aorte, à l'artère pulmonaire, aux veines caves supérieure et inférieure. Le sang détourné par la CEC pénétra dans le cœur polonais, le réchauffa, le remit en marche. Avec la mise en place de drains thoraciques et d'un pacemaker, l'ensemble de l'opération dura cinq heures et demie. Le sternum fut enfin recousu au moyen de six boucles en fil d'acier.

Lorsque Chaumette rouvrit les yeux, il eut de la peine à comprendre où il se trouvait. Des tubes lui sortaient d'un peu partout, le plus gros émergeant de la bouche. Des dames blanches, penchées sur lui, tâtaient son front, son pouls. Il émit un petit gloussement interrogatif dont elles comprirent le sens :
— Vous êtes dans l'unité de soins intensifs.
Autre gloussement interrogatif.
— Que voulez-vous savoir ?
— Hi... ui... vivant ?
— Si vous êtes vivant ? Parfaitement. Dans trois jours, vous serez transporté dans une chambre ordinaire. On vous traitera à la ciclosporine, un puissant immuno-suppresseur, pour prévenir tout rejet. Dans trois semaines, on vous renverra en Auvergne où vous serez reçu dans un centre de convalescence. Vous y suivrez une réadaptation progressive à l'effort. Dans un an, si tout va bien, vous rentrerez chez vous.

Un an plus tard, il retrouva sa femme, sa fille et son fils. Pendant son absence, tous trois avaient été nourris, chauffés, habillés par Isabelle Calvet, une doctoresse remplaçante, divorcée, originaire d'Avignon. Conformément à un accord qu'ils avaient établi entre confrères. Son séjour à Bron l'avait un peu enlevée de sa mémoire.
— Comment dois-je vous appeler, madame ou docteur ?

— Appelez-moi Isabelle et tutoyez-moi.

Une très jolie personne, brune, aux dents éblouissantes. Son accent était une musique, il donnait envie de danser la farandole. *De bon matin, j'ai rencontré le train...* Elle lui donna des nouvelles de ses patients, des soins qu'elle leur avait prescrits, tout cela était noté sur fiches. Tous les cinq, ils déjeunèrent au champagne, moins lui qui se contenta de Perrier. Au terme de cette célébration, Armand fit à Isabelle une proposition inattendue :

— Formons ensemble un contrat social. Une association qui préserve les intérêts de chacun et lui permette une plus grande liberté. Il se peut que les patientes vous préfèrent, que les patients me choisissent plus volontiers. Nous mettons tous nos gains dans le même pot, nous les partageons en fin de mois. Chacun conservera son style, son indépendance. Nos deux plaques seront superposées.

Isabelle adhéra dans l'enthousiasme à cette entente. Au cours des premiers temps qui suivirent, elle se réserva les malades écartés qu'elle allait voir dans sa Clio, tandis qu'il recevait les autres à son cabinet. Suivant les circonstances, ils se les passaient de l'un à l'autre tels les gamins aux billes se passent les agates et les calots. Il leur arrivait souvent de se consulter comme le suggérait le serment d'Hippocrate. Par la suite, ses forces étant revenues, il reprit sa part de randonnées.

À intervalles réguliers, il allait se faire examiner au Centre hospitalier universitaire de Clermont-Ferrand, 58 rue Montalembert, qui, à présent, était en mesure, comme Bron, de pratiquer et de suivre les transplantations cardiaques. On constata une certaine fibrillation auriculaire, c'est-à-dire des contractions superficielles du myocarde au niveau des oreillettes. Le changement du pacemaker corrigea cet épisode.

De jour et de nuit, une question l'obsédait : « D'où provient le cœur qu'on m'a donné ? » S'il la posait aux grands maîtres, tous répondaient en secouant le front :

— La loi interdit de le révéler.

L'interdiction n'existait pas lors des premières transplantations : le célèbre Marseillais Emmanuel Vitria, dit Bicou, qui aimait à se faire photographier à bicyclette, avait appris que son donneur était Pierre Ponson, un fusilier marin auvergnat décédé accidentellement alors qu'il faisait son service national à Toulon. Il avait rendu visite à sa famille et s'était recueilli sur sa tombe. J'aimerais, ruminait Chaumette, me recueillir aussi sur la tombe de mon donneur.

Un jour qu'il feuilletait les pages jaunes de l'annuaire des téléphones, il tomba sur une série d'annonces publicitaires dans ce style :

Détective privé
Agence XXXX
Enquêtes privées, commerciales, industrielles, financières.
Filatures. Surveillances. Recherches en vue de procédures.
Recherche de débiteurs, de personnes disparues ou inconnues.
Rapports utilisables devant les tribunaux.
Enquêtes de moralité. Trente années d'expérience.
Adresse... Fax... Téléphone...

Ayant choisi entre plusieurs, il se rendit à l'agence Lacombe, boulevard La Fayette, à Clermont-Ferrand. Une secrétaire l'introduisit dans le bureau de monsieur Lacombe. Un homme assez jeune, aux moustaches tombantes, pas du tout genre OSS 117. Plutôt genre gaulois traditionnel. Après l'avoir salué, Poil-aux-Pattes lui fit remarquer qu'il ressemblait à Vercingétorix.

— Forcément, c'est moi-même.
— Enchanté.

Ils se serrèrent la main. Le docteur raconta son histoire : grâce à une transplantation cardiaque, il avait gagné peut-être dix années de vie ; et il souhaitait ardemment connaître l'identité du donneur, rencontrer sa famille pour lui exprimer sa reconnaissance. Malheureusement, la loi interdit cette identification.

— Pour notre agence, affirma Vercingétorix, rien n'est impossible. Il y faut seulement du temps et de l'argent.
— J'espère avoir assez de l'un et de l'autre.
— Avez-vous quelques indices ?
— Je sais seulement que la transplantation s'est opérée le 11 août 1987 à l'hôpital cardiologique de Bron (Rhône).
— Bien. Nous partirons de là. Revenez me voir dans quinze jours. Je vous dirai où en sont nos recherches. Et je vous proposerai le devis de notre enquête.

Le docteur Poil-aux-Pattes regagna Orcival. L'image du donneur paraissait souvent dans ses rêves. D'autres fois, c'était celle du fusilier marin, coiffé d'un pompon rouge. Et d'autres encore celle de Vitria, le joyeux Marseillais, qui jouait à la pétanque sous les tilleuls du parc Borély.

— T'en fais pas, lui disait Bicou. Cesse de faire le tourmente-chrétien. Que ça soye un Turc qui t'a donné son cœur ou que ça soye un Auvergnat comme le mien, quelle importance ?

Il se réveillait à quatre heures du matin, tout escagassé, le cœur en chamade, au point qu'il se demandait s'il n'allait pas faire une rechute. Il petit-déjeunait de nourritures compliquées recommandées contre les infarctus, carottes râpées, potage à l'orge mondé, figues sèches, les faisant toujours suivre de quelques granules de *Rhus tox* ou d'*Ignatia amara*.

Il entra en conflit avec Isabelle Calvet car elle avait jugé bon d'ajouter à son titre de généraliste un semblant de spécialité : *Azote liquide*. Il questionna :

— Qu'est-ce que c'est que ça ?

— Un remède contre les verrues. En quelques instants, elles disparaissent. Mais parfois elles reviennent, il faut recommencer.

— Est-ce que votre azote n'attaque pas les chairs environnantes ? Ne risque-t-il pas de produire une dermatose, voire un cancer de la peau ?

— Cela ne s'est jamais produit.

— Savez-vous que l'homéopathie obtient de bons résultats avec la pommade du docteur Périn : teinture de thuya et axonge ?

— C'est possible.

— Faisons une expérience. Lorsqu'un patient nous présente, par exemple, deux verrues semblables, je vous abandonne une des deux et je traite l'autre. Nous comparerons les résultats.

— J'accepte le défi.

L'ennui fut qu'ils attendirent si longtemps les verrues jumelles qu'ils finirent par ne plus l'espérer. Chacun resta enfermé dans ses opinions.

Imperturbable, la terre continuait de tourner sur son axe. Les populations adultes se passionnaient pour le sport en général, tour de France, foot, rugby. Non point le sport pratiqué, le sport qui fatigue, mais pour le sport télévisuel. Dans les mêmes conditions, les semi-adultes adoraient les groupes de rock, les rappeurs, les slameurs. La religion, autrefois opium du peuple, avait cédé la place à l'opium du spectacle. Seuls les enfants dédaignaient ces frivolités et s'intéressaient aux choses sérieuses. Ils regardaient le ciel, la lune, les étoiles ; ils craquaient des allumettes ; ils rêvaient de devenir pompiers ou hommes volants.

13

Appelé par l'agence Lacombe, Chaumette redescendit à Clermont. Vercingétorix lui donna les premiers résultats de son enquête :

— Nous avons interrogé le personnel de l'aéroport de Bron. Il n'est pas difficile de faire parler les bouches silencieuses moyennant un peu de bakchich. C'est ainsi que nous avons su que l'hélicoptère qui transportait le cœur du donneur provenait de Lesquin, aéroport de Lille. C'est donc là-haut qu'il nous faut poursuivre nos recherches. Voici le devis que je vous propose. Si vous en êtes d'accord, écrivez *Lu et approuvé*, signez et versez-moi dix pour cent de la somme.

Armand suivit ces consignes. Il attendit la suite.

Elle vint quinze jours plus tard :

— Le cœur provient d'une famille polonaise, les Stapinski, établie depuis longtemps à Waziers, un centre minier où les Polaks sont aussi nombreux que les Ch'timis. À Waziers, tout le monde est au courant de ce qui est arrivé à Jules Stapinski. Il y a encore des frères et des sœurs, et sa mère, madame Anna Stapinski, dont voici l'adresse exacte... Ils étaient cinq enfants, lui le plus jeune.

— Comment est-il mort ?

— D'un accident de la route. Sa voiture a été heurtée par un camion fou, le chauffeur condamné à douze mois de prison ferme.

— Quelle était la profession du donneur ?

— Au départ, ouvrier maçon. Après quelques années, il avait épousé la fille de son patron, un certain monsieur Courtine originaire de la Creuse.

— Savez-vous autre chose de lui ?

— Sa dépouille est ensevelie dans le cimetière de Waziers. C'est fini. Je ne sais plus rien.

Pendant huit jours, il en perdit le sommeil et l'appétit, ce qui n'était pas très recommandé pour le greffon. Comment pourrait-il exprimer sa gratitude à cette famille, à cette mère, à cette épouse, à ces enfants ? Il supplia sa femme :

— Amandine, donne-moi des idées.

— Que tu les aies recherchés, que tu ailles les rencontrer, que tu leur parles, c'est déjà beaucoup.

— Ce n'est pas assez.

— Un cadeau ? Rien ne peut être proportionné au leur. N'importe quoi d'auvergnat leur fera plaisir.

— Quoi par exemple ?

— Un parapluie d'Aurillac. Un couteau de Thiers. Un chapelet d'Ambert.

— Oui, j'apporterai tout ça. Mais ce n'est pas assez.

— Des dentelles du Puy-en-Velay.

— D'accord. Mais ce n'est pas assez.

— Une larme de volcan. Une de ces petites bombes volcaniques qu'on trouve dans nos cratères.

— D'accord. Mais ce n'est pas encore assez.

— Des gants de Millau ou de Saint-Junien.

— Pour sûr. Mais ce n'est toujours pas assez. Ce ne sera jamais assez.

— Tu ne vas tout de même pas leur apporter un fromage ! On en produit dans le Pas-de-Calais.

— Je voudrais des choses qui durent.

Il se procura tous ces ustensiles, courut à Millau pour les gants, à Aurillac pour les parapluies. Il en remplit sa voiture, car il avait remplacé sa machine à deux roues par une machine à quatre. Il y ajouta des choses qui ne durent pas : du vin de Saint-Pourçain, une fourme de Laqueuille, un jambon de Fix-Saint-Geneys. Sa bagnole se trouva remplie de parfums divers. Et le voilà parti.

Grâce aux cartes Michelin, il traversa des fleuves et des rivières, des villes connues et d'autres inconnues. Il contourna Paris-sur-Seine, pénétra dans le département du Pas-de-Calais, puis dans celui du Nord qui lui est consanguin. À Cambrai, il quitta l'autoroute A2 pour la N43. La D25 le transporta à Waziers où il arriva le lendemain vers treize heures. Il erra parmi les corons de la cité Notre-Dame. Beaucoup étaient inhabités. Quelques-uns avaient perdu leur chapeau et tombaient en ruine. Les survivants lui indiquèrent la maison d'Anna Stapinski, la plus fleurie de la rangée.

Il poussa la porte du jardin. Une sonnette tinta. Une fenêtre s'ouvrit. Parut une vieille femme blanche de chevelure et de visage.

— Madame Stapinski ? La mère de Jules Stapinski ?
— Elle-même.
— C'est moi qui ai reçu le cœur de votre fils.

Les yeux écarquillés, elle se couvrit le visage avec une expression presque de terreur, comme si elle voyait paraître le fantôme de son garçon mal-aimé.

— Je voudrais, poursuivit Armand, vous dire ma gratitude infinie. Acceptez-vous de me recevoir ?

Elle disparut de la fenêtre, la porte s'ouvrit, ils tombèrent dans les bras l'un de l'autre. Elle avait dû être grande, mais la vieillesse et le chagrin l'avaient courbée. Elle sanglota contre la poitrine dans laquelle battait encore le cœur de son fils, elle avança ses deux mains pour le toucher. Armand lui baisait les cheveux. Puis il tourna la tête, avec le sentiment qu'ils se donnaient en spectacle. Des passants s'étaient arrêtés, stupéfiés par cette belle bagnole et par ces embrassades. Anna enfin l'introduisit dans son coron. Il sentait la choucroute, nourriture préférée des Polonais. Une marmite émettait des vapeurs comme celle de Papin. Anna lui tendit une chaise, disant :

— Vous allez manger avec moi.

— Auparavant, j'ai quelques cadeaux auvergnats. Laissez-moi les apporter.

Entre la voiture et la maison, il fit plusieurs voyages, déposant en désordre sur la table et expliquant ce qui venait d'Auvergne, les pastilles de Vichy, les gants de Millau, le couteau de Thiers, etc., etc. À chaque instant, elle s'écriait :

— C'est trop ! C'est trop ! Que vais-je faire de tout ça ?

Elle en vint même à rire de cette abondance.

— Vous mangerez ce qui se mange, vous boirez ce qui se boit, vous utiliserez le reste. On a toujours besoin d'un parapluie, d'un couteau, d'un chapelet, d'un plus petit que soi.

Elle rangea dans ses placards cette charcuterie, cette bimbeloterie, obligea son visiteur à s'asseoir. Elle mit sur la table débarrassée tout ce qu'il fallait, des assiettes légèrement ébréchées, des couverts, des verres, des serviettes.

— Vous aimez les roulades ?

— Je ne sais pas ce que c'est. Mais j'aimerai sûrement.

— Ça ressemble à des paupiettes. Avec du chou rouge.

— J'adore les paupiettes. Je raffole du chou rouge.

Pendant qu'elle s'affairait, il regardait autour de lui. Les murs, les meubles étaient tapissés de christianisme. Un portrait de la Vierge noire de Czestochowa luisait à l'opposé de la porte. Au dos des chaises, des devises en polonais et en français : *Dieu et patrie. À tout péché miséricorde. Heureux ceux qui ont le cœur pur car ils verront Dieu.* Le chapelet d'Ambert trouva sa place au cou d'une statuette de saint Stanislas.

— Vous ne m'avez pas dit qui vous êtes.

Il s'expliqua, en long, en large et en travers.

— Comment les docteurs peuvent-ils souffrir du cœur ?

— Ils se négligent souvent pour soigner les autres. Que faisait votre fils ?

— Il avait d'abord voulu se faire prêtre. Ensuite, il y avait renoncé, s'étant aperçu que les demoiselles l'intéressaient. Il était devenu entrepreneur de maçonnerie.

Ils mangèrent les roulades. Ils attaquèrent le saint-pourçain et le bleu de Laqueuille et firent un magnifique repas auvergnato-polak.

L'après-midi, ils se rendirent au cimetière. On y distinguait les tombes des pauvres et celles des riches. Les premières n'étaient rien qu'un carré de terre, cerné par une corde, recouvert de galets blancs, avec un petit banc pour la méditation. Les secondes comportaient une pierre tombale, des inscriptions en lettres d'or et le portrait du défunt en médaillon. Celle de Jules Stapinski appartenait à la seconde classe. La mère s'en excusa :

— C'est la belle-famille qui l'a voulu ainsi. Lui aurait préféré le simple trou dans la terre.

Elle se signa, s'agenouilla, marmotta une prière polonaise. Chaumette ne pouvait rester debout et indifférent. Il s'agenouilla comme elle, se signa de la main droite. Il ajouta en français :

— Jules Stapinski, je te remercie infiniment de m'avoir donné ton cœur. De cet instant, je jure que je m'efforcerai de m'en rendre digne.

Ils revinrent en se donnant le bras. Elle parla de ses autres enfants, de Jan son mari, de la famille restée en Galicie. Tous chrétiens achevés autant que le pape Jean-Paul II, ci-devant archevêque de Cracovie. À minuit, ils s'entretenaient encore. Elle le fit dormir dans la chambre qu'avait occupée jadis son cinquième enfant.

Le lendemain, il la pria de s'asseoir sur une chaise et lui parla solennellement :

— J'ai décidé une chose : je veux me convertir à la religion catholique. Ce sera le plus beau cadeau de remerciement que je pourrai faire à votre fils et à vous-même qui l'avez mis au monde.

Elle s'en étonna :

— Vous convertir simplement pour nous remercier, ça ne marche pas. La conversion doit être profonde et sincère. Elle doit venir du cœur.

— Justement : elle vient du cœur que vous m'avez donné. Durant tous les jours qu'il me reste à vivre, je me comporterai comme un parfait chrétien.

— Êtes-vous déjà baptisé ?

— Je crois que oui. Né de père inconnu, la religion ne tenait pas beaucoup de place dans mes pensées. Que faudra-t-il que je fasse ?

— Aller à la messe. Recevoir les sacrements.

— Autre chose : je voudrais aussi apprendre le polonais.

— Ça, c'est une autre affaire. Il vous faudra au moins cinq ans. Peut-être dix.

— Si j'habitais par ici, vous me l'enseigneriez. Mais mes malades m'attendent en Auvergne. Apprenez-moi seulement votre prière préférée. En polonais.

— C'est le « Je vous salue Marie pleine de grâce »... *Zdrowas Maryjo, Laski pelna...*

— Pouvez-vous me le copier sur une feuille ? Vous m'apprendrez aussi la prononciation.

— Je ne suis pas très instruite, je ferai des fautes d'orthographe.

— C'est sans importance.

Trois jours plus tard, Armand se retrouva dans Orcival. Les Orcivaux furent ravis de récupérer le docteur Poil-aux-Pattes. Avant de rouvrir son cabinet, il alla s'agenouiller au pied de Notre-Dame de Délivrance. Il l'informa de la transformation qui s'était opérée en lui. Puis, lisant son papier, il récita le « Je vous salue... » dans son entier :

— *Zdrowas Maryjo, Laski pelna, Pan z Toba blogoslawionas Ty miedzy niewiastami, i blogoslawion owoc zywota Twojego, Jezus. Swieta Maryjo, Matko Boza, modl sie za nami grzesznymi teraz i w godzine smierci naszej. Amen.*

Il présenta des excuses pour sa mauvaise prononciation. Comme il se relevait, il remarqua qu'un rayon bleu, tombant d'un vitrail, parcourait le visage austère de la Dame auvergnate et produisait sur sa bouche un sourire inattendu. Il se signa encore de la main droite et partit comblé, devinant que la Vierge d'Orcival comprenait la langue polonaise et qu'elle acceptait sa conversion.

Ceyrat, 12 décembre 2007

Une bergère en terre inconnue

(Pocket n° 4607)

Gastounette Peyrissaguet est une fillette pas comme les autres : son parrain n'est autre que le président de la République Gaston Doumergue. Mais « Tounette » est aussi une bergère espiègle qui, arrachée aux bancs de l'école à quatre ans, apprend à ses moutons conjugaisons et tables d'addition. Quand, en 1942, un jeune Auvergnat l'« enlève » pour l'emmener à Thiers, elle découvre un bien étrange pays où les gens font tout à l'envers...

Il y a toujours un Pocket à découvrir

Trois frères, trois destins

(Pocket n° 10145)

Tout semblait séparer Pancrace Cervoni, chef de brigade à la gendarmerie de Viverols, et Tiennette Farigoule, sa cadette de seize ans, se prétendant issue d'une lignée royale. Ils se marièrent pourtant en 1903 et eurent trois garçons. Annet devint prêtre, Jean militaire, et André « poète-proxénète ». Ces carrières si dissemblables n'empêchent pas Tiennette de nourrir pour chacun un amour égal et passionné et d'être prête à toutes les indulgences.

Il y a toujours un Pocket à découvrir

Retour au pays

(Pocket n° 11097)

Jean Anglade
La fille aux orages

Au grand désespoir de son père Auguste, Auvergnat de souche qui cumule les deux beaux métiers de facteur et d'agriculteur, Raoul a embrassé une carrière de marin. Lorsqu'en 1975, il revient au pays, il ramène avec lui Béatrice, une jeune Indochinoise qu'il a l'intention d'épouser, ainsi que Jeannette, la petite fille de celle-ci. D'abord méfiant, Auguste finit par être conquis par sa nouvelle famille. Ce n'est malheureusement pas le cas de sa femme, Augusta, pour qui il va être plus difficile d'accepter deux étrangères sous son toit…

Il y a toujours un Pocket à découvrir

Composé par Nord Compo
à Villeneuve-d'Ascq (Nord)

Imprimé en Allemagne par
GGP Media GmbH, Pößneck
en juin 2011

POCKET – 12, avenue d'Italie – 75627 Paris cedex 13

Dépôt légal : septembre 2010
Suite du premier tirage : juillet 2011
S19397/02